www.tredition.de

AF214873

DANI AQUITAINE

Ainias Heimkehr

Band 4
Ein Themiskyra-Roman

Aufgepasst:

Ein Glossar mit Begriffserklärungen befindet sich
am Ende des Buches. Beim Herumblättern bitte unbedingt
vermeiden, Seite 251 vorab zu lesen: Spoilergefahr!

Weitere Bände dieser Reihe:

Ainias Geheimnis (Band 1)
Ainias Rache (Band 2)
Ainias Schweigen (Band 3)

Weitere Themiskyra-Romane:

Themiskyra – DIE BEGEGNUNG (Band 1)
Themiskyra – DAS VERSPRECHEN (Band 2)
Themiskyra – DIE SUCHE (Band 3)
Finger weg! Pollys Aufzeichnungen

© 2019 Dani Aquitaine

Umschlaggestaltung: Dani Aquitaine

Verwendetes Bildmaterial:
Amazone: © Coka, Fotolia
Faltenwurf: © inarik, Fotolia
Goldbogen: © vik_y, Fotolia
Schwert: © Paul Fleet, 123rf.com
Floraler Hintergrund: © mohaafterdark, DeviantArt

Verwendete Schriften:
Liberation Serif unter der SIL Open Font License
La Portenia de la Boca by Diego Giaccone, Angel Koziupa & digitized by
Alejandro Paul

Verlag & Druck: tredition GmbH, Halenreie 40-44, 22359 Hamburg

ISBN
Paperback: 978-3-7469-5972-6
Hardcover: 978-3-7469-5973-3
e-Book: 978-3-7469-5974-0

Auf der dreitägigen Reise in die Amazonenstadt stand das Kopfkino nie still. Die möglichen Szenarien reichten von: *Nia wird bereits einige Kilometer vor Themiskyra von einem Pfeil durchbohrt, weil sie unerlaubt Amazonengebiet betreten hat*, bis: *Themiskyra wurde doch noch vom Verfall in die Knie gezwungen; marodierende Banden haben die Stadt inzwischen dem Erdboden gleichgemacht und alle Amazonen getötet.*

Es war ungewohnt für mich, wieder so viel in der Natur unterwegs zu sein, die gerade aus dem Winterschlaf zu erwachen schien. Die Nächte wurden lauer, die Tage länger, die Vögel lauter, endlich spross wieder zartes Grün auf Bäumen und in den Büschen, die meinen Weg säumten. Ich orientierte mich an präapokalyptischen Straßenschildern und mithilfe der alten Lektionen, die mir Jacintha im Unterricht beigebracht hatte. Außerdem hatte mir Verne, mein rastahaariger, Schlaghosen tragender, herzensguter Chef sein wertvollstes Kleinod, einen alten Kompass geliehen. Ich schlief im Zelt, wusch mich in bitterkalten Bächen und Seen, wärmte mir von Chiara vorgekochtes Essen über dem Feuer auf. Wenn mir jemand begegnete, verkroch ich mich, bevor ich gesehen wurde, denn ich hatte keine Zeit, Konflikte auszutragen. Und nach drei Tagen sah ich in der Ferne Themiskyras hohe Schlote hinter ein paar bewaldeten Hügeln auftauchen. In dieser Nacht hatte ich kein Lager aufgeschlagen, sondern war weitergeritten, weil ich wusste, dass die Stadt nah war. Und doch nahm mir ihre Präsenz nun den Atem. Frühes Licht ließ den Nebel golden schimmern, der auf den Weiden um das ehemalige Kraftwerk stand, Tautropfen glitzerten an langen Grashalmen und verschwammen. Mein Herz klopfte zum Zerspringen, als ich Chiimori, meinen treuen Fuchshengst, mit zitternden Händen anhielt. Ich war nicht erschossen worden, und Themiskyra stand noch. Und doch spielte ein

Teil von mir mit dem Gedanken, nur so schnell wie möglich wieder das Weite zu suchen. Denn jetzt, als ich die drei Türme in der Morgensonne sah, wurde mir klar, wie sehr ich die Amazonenstadt vermisst hatte. Und wie sehr ich den Hass der anderen fürchtete und dass sie mir nie verzeihen würden, was ich ihnen und Themiskyra und den Clans angetan hatte.

Bitte, flüsterte Louis in meinen Gedanken, *bittebittebitte*.

Also würgte ich den Kloß in meiner Kehle mit einem großen Schluck aus meiner Wasserflasche hinunter und sammelte in einem Atemzug meinen ganzen Mut. Dann lenkte ich mein Aspa weiter und schließlich den Kiesweg entlang, bis ich vor dem Tor zum Stehen kam, vor dem meine alte Taekwondo-Lehrerin Tianyu und eine unbekannte Amazone als Wachen postiert waren.

„Ich muss zu Atalante. Ich habe wichtige Nachrichten", sagte ich mit fester Stimme.

„Guten Morgen", grüßte die fußkräftige Tianyu mit Vorwurf in der Stimme. Sie war mittlerweile runzelig wie eine Rosine, ihre Haltung jedoch trotz ihres Alters kerzengerade und von einer natürlichen Anspannung, die mich vermuten ließ, dass sie jederzeit wie eine Feder losschnellen und ihre Gegner mit ein paar unangestrengten Handgriffen außer Gefecht setzen konnte. Ich wollte es nicht darauf ankommen lassen, deswegen fügte ich augenrollend hinzu:

„Guten Morgen." Als ob übertriebene Höflichkeiten jetzt eine Rolle spielten.

Sie kniff die Augen zusammen. „Wer bist du? Ich kenne dich."

„Nia", antwortete ich. „Ainia. Die mit dem Riesendiamanten und der geklauten Tasche voller Geld und der Steuerfahndung und dem verhunzten Yazama."

„Ach ja", erwiderte Tianyu und nickte langsam. „Richtig. Du bist verbannt."

„Ich weiß. Aber ich habe eine Botschaft für die Unbeugsame."

„Von wem?"

„Von der mondflügligen Aella."

Die beiden Wächterinnen sahen sich mit großen Augen an. Und dann ging alles ganz schnell. Eine löste den Alarm aus, die andere öffnete das Tor. Und binnen weniger Sekunden stand ich mit Chiimori am Zügel mitten auf dem Hof vor der Kardia und sah mich von zig aufgeregten Amazonen umringt, die mich, meist noch im Schlafanzug, mit Fragen und Ausrufen bestürmten, während die Sirene heulte.

„Du hast Nerven, hier aufzutauchen!"

„Welches Unheil willst du diesmal anrichten?"

„Was hast *du* hier zu suchen?!"

„Du bringst Nachricht von Ell?"

„Was ist mit der Mondflügligen?"

„Ist sie wohlauf?"

„Kehrt sie bald zurück?"

Diskretion und Überforderung verboten mir zu antworten. Es überraschte mich schon ein bisschen, dass Ell so vermisst wurde, obwohl sie einfach mit dem ihr zugeteilten Clanmann aus dem Sommerhaus verschwunden war. Zu meiner Zeit wäre ein solches Verhalten mit Verachtung und Verbannung geahndet worden. Aber bitte.

Plötzlich verstummte die Menge und teilte sich – und mir wurde schlagartig bewusst, dass ich mich zu keiner Sekunde ernsthaft vor der Reaktion meinen früheren Schwestern gefürchtet hatte, sondern einzig und allein vor *ihr*. Die hochgewachsene, dunkelhäutige Frau, der die anderen respektvoll Platz machten, maß mich mit versteinerter Miene von Kopf bis Fuß. Ihr Blick zerrte unbarmherzig an allem, was ich war, was ich *geworden* war in den vergangenen Jahren, zupfte alles herunter, was meine Seele umhüllte, mein Erlebtes, mein Erlerntes, mein Erkämpftes und Erliebtes, bis nur noch mein elementares, schlagartig schwaches Ich übrigblieb, das sich viel zu fragil für eine Konfrontation anfühlte. Ich hatte verlernt, ihr zu trotzen … womöglich wollte ich es auch einfach nicht mehr. Für einen Moment schloss ich die Augen, um den ihren zu entfliehen und nach Stärke zu ringen, die ich in der drohenden Flut ihrer Vorwürfe sicherlich brauchen würde – da ließ mich ein Laut die Lider heben, der sich genauso zerbrechlich anhörte, wie ich mich fühlte. Ein herzzerreißender Laut, den ich noch nie zuvor gehört hatte, und ehe ich mich versah, schloss mich meine Mutter mit einem Schluchzen so fest in die Arme, dass ich kaum atmen konnte.

„Ainia", flüsterte sie in mein Ohr.

„Jacintha." Ich war froh, dass sie mich so drückte, denn sonst hätte ich vielleicht auch Luft zum Weinen gehabt. So jedoch schluckte ich alle Tränen hinunter. Ich weinte grundsätzlich nicht, nicht einmal aus Freude darüber, dass meine Mutter mich anscheinend doch vermisst hatte.

Wir umarmten uns sehr lang, während uns die anderen still umringten. Und ich … erinnerte mich. Der Geruch, das Gefühl, die Geborgenheit, wenn ich sie nur zuließ – alles war wie damals, während der seltenen Besuche Jacinthas bei meiner Bisabuela, wenn die kleine Ainia von ihrer Mama zur Begrüßung geherzt und herumgewirbelt wurde.

„Du lebst."

„Natürlich." Ich löste mich aus ihrer Umarmung. „Du hast mir doch gezeigt, wie das geht." Immerhin hatte sie die jungen Amazonen in Umwelt- und Naturkunde unterrichtet, und tat es noch, wenn ich Ell richtig verstanden hatte. Apropos Ell – „Ich muss zu Atalante. Dringend."

Jacintha nickte. „Ich bringe dich zu ihr."

Zu meiner Überraschung führte meine Mutter mich nicht zum Studierzimmer der Paiti, sondern zu den ebenfalls im obersten Stockwerk der Kardia gelegenen Tempelräumen.

„Ist sie jetzt eine Hiery?", fragte ich verblüfft, als wir vor den mit Schnitzereien verzierten Flügeltüren stehenblieben.

„Sie hat sich vor einer Weile hierhin zurückgezogen", präzisierte Jacintha und klopfte an. „Tetra hat solange das Ruder übernommen."

„Ja?", erklang Atalantes verwunderte Stimme. Die Hiery wurde normalerweise nicht gestört. Sie erhielt Nahrung und Kleidung durch eine Klappe in der Wand, stand sonst jedoch nicht in Kontakt mit den anderen Amazonen, damit sie sich ganz Artemis' Huldigung hingeben konnte.

„Verzeih, dass wir dich bei deiner Andacht stören, Unbeugsame, aber Ainia ist zurück", rief Jacintha. „Sie hat Nachricht von Aella."

Es vergingen keine drei Sekunden, da wurden die Türen aufgerissen und Atalante stand vor uns, mit noch wehenden, dunklen Haaren und in ein langes, weißes Gewand gehüllt, das in der Taille von ihrem goldenen Gürtel zusammengehalten wurde.

„Was ist geschehen? Geht es ihr gut?" Sie packte mich voller Unruhe an den Armen, und die Adlerfeder, die an einem Kettchen von ihrem Ohr herabhing, schien sich aufgeregt zu sträuben.

Ich nickte. „Sie ist wohlauf." *Halbwegs.*

„Kommt herein. Beide." Eilig machte sie eine einladende Geste; offenbar wollte sie Mutter und Tochter nicht gleich wieder voneinander trennen.

Jacintha schüttelte jedoch den Kopf. „Ich danke dir. Aber was ihr zu besprechen habt, geht mich nichts an. Außerdem muss ich mich um meine Schülerinnen kümmern, der Unterricht beginnt bald."

Typisch, dachte ich verletzt, *jede noch so kleine Pflicht ist wichtiger als ich, und jeder noch so kleine Vorwand ist recht, sich nicht mit mir abgeben zu müssen.*

So war es immer gewesen. Meine Mutter hatte mich ihres Studiums wegen an meine Uroma abgeschoben, die mich aufgezogen hatte. Nach dem Tod meiner geliebten Bisabuela waren wir dann nach Themiskyra gekommen, wo sich Jacintha voller Elan der Ausbildung der jungen Amazonen gewidmet hatte – ich war nur eine von vielen gewesen. Wenn Padmini nicht gewesen wäre ... Ich musste schlucken. Ich hatte sie noch nicht gesehen und würde auch alles tun, was in meiner Macht stand, um eine Begegnung zu verhindern.

Jacintha riss mich aus meinen düsteren Gedanken. „Kommst du danach gleich zu mir?", bat sie mich.

Ich nickte, ein bisschen freudig, ein bisschen skeptisch. Nachdem Atalante die Türen hinter mir geschlossen hatte, sah ich mich um.

Wir befanden uns in einem großen, fensterlosen Raum mit weißem Marmorboden, auf dem viele Sitzkissen eine Art Altar und eine kupferne Feuerschale umgaben, aus der wohlriechender Rauch von verbrennenden Harzen aufstieg. Die Wände waren mit aufwendigen Mosaiken verziert, auf halbhohen Regalen voller Folianten standen einige massive Kerzenleuchter, die den Tempel in warmes, feierliches Licht tauchten.

Die Unbeugsame wies auf eines der Kissen und setzte sich auf ein benachbartes, während sie sich erkundigte: „Was ist geschehen?"

Ich spürte ihre Sorge, deshalb redete ich nicht lang um den heißen Brei herum.

„Ell ist in Citey", berichtete ich und nahm Platz. „Sie hat sich mit ein paar üblen Mafia-Typen angelegt, dem sogenannten Schattenorden, da sie sich nicht von ihnen einschüchtern lassen wollte. Also wurde ein Exempel an ihr statuiert. Sie wurde entführt und tagelang in einem kleinen dunklen Raum unter der Erde festgehalten. Wir konnten sie befreien und sie ist gesund, aber wir kommen nicht an sie heran. Wir brauchen Polly, um auch ihre Seele zu befreien." Das klang arg esoterisch, aber ich wusste nicht, wie ich mich sonst ausdrücken sollte. Ich hatte wirklich das Gefühl, Ell steckte psychisch immer noch in ihrer Zelle fest.

Atalante war blass geworden. „Wer sind *wir*?"

„Die Arkadier, eine Gruppe Neristas, zu denen auch ich gehöre. Shirokko und seine Mannen, sowie ein Sonderkommando von Charondas' Erben, den örtlichen Gesetzeshütern."

Bei dem Wort *Mannen* verengten sich Atalantes Augen voll Misstrauen. „Was ist mit Cesare Saveri? Ist er bei ihr?"

Mein Herz trommelte los. Meine Chance, sich für seinen Clan einzusetzen. „Natürlich. Er kümmert sich aufopferungsbereit und hingebungsvoll um sie, und das nicht erst seit den tragischen Ereignissen. Ich kann mir keinen treueren und ehrenhafteren Gefährten für eine Amazone vorstellen als Ces."

Atalante blickte mich mit einer hochgezogenen Augenbraue an. Ich hatte es offenbar übertrieben, doch da ich vom Inhalt meiner Worte überzeugt war, überzeugten sie wohl auch die Paiti.

„Dann ist sie in Sicherheit im Augenblick?"

„Ja, hundertprozentig."

„Gut." Sie sprang auf und begann aufgewühlt hin- und herzutigern. Schließlich blieb sie mit grimmigem Gesicht vor mir stehen. „Polly bleibt im Schoße Themiskyras. Ich schicke ein paar andere Amazonen und lasse Ell zurückbringen."

Das hatte ich befürchtet. Ich selbst hätte es vermutlich nicht anders entschieden als die Unbeugsame. Und doch war Atalantes Entscheidung eine Katastrophe. Ich dachte an Ell und was ich ihr schuldete, ich dachte an ihren Vater, der mir das Leben gerettet hatte, ich dachte an Louis, seine Verzweiflung und die Hoffnung, die er in mich gesetzt hatte. Es war nicht ratsam, der Paiti zu widersprechen, aber ich konnte nicht zulassen, dass sie alles zerstörte, wofür ihre Tochter so viele Monate gekämpft hatte. Genau das wollte ich ihr gerade erklären, da baute sich Atalante vor mir auf und fuhr ihre Ehrfurcht gebietende Aura hoch. Ich klappte meinen Mund erschrocken wieder zu. Die Paiti war nicht groß, aber sie hatte es ziemlich gut raus, einen klein zu machen.

„Und dir, Ainia, gewähre ich als Dank für deinen Einsatz Amnestie, was deine früheren Vergehen anbelangt", beschied sie mir. „Deine Verbannung ist aufgehoben. Du darfst wieder Amazone in Themiskyra sein und bist als Tochter und Schwester herzlich willkommen, sofern du gewillt bist, künftig Artemis' Gesetze wieder anzuerkennen."

Mir blieb die Spucke weg. „Danke", krächzte ich.

Sie musterte mich eingehend. „Du wirkst nicht besonders glücklich."

„Doch", gab ich zurück. „Natürlich. Es ist nur …"

Bei Artemis, sagte meine Bisabuela und rollte mit ihren dunklen, wachen Augen. *Du bist keine siebzehn mehr. Du hast Millionen gestohlen und Männer getötet, Schlachten angezettelt und die Mafia besiegt, bist dem Tod von der Schippe gesprungen und von Liebe durchströmt, ohne ihr je erlegen zu sein. Reiß dich zusammen und sag, was du denkst, du Schaf, wenn du es jemals zu etwas bringen willst!*

Ich nahm all meinen Mut zusammen und blickte Atalante fest in die moosgrünen Augen. „Wenn es möglich ist, möchte ich lieber eine andere Belohnung."

Atalantes Blick wurde merklich kühler. „Was willst du?", fragte sie unwirsch.

Ich will Ces, schrie alles in mir, aber ich wusste, dass das utopisch war. Niemals würde sie das Clansystem ändern, die Familien in etwas hineinziehen, was womöglich zu einer Kettenreaktion von Unmut und Ungehorsam führen würde.

Also schluckte ich meine Träume hinunter. Hier und jetzt ging es in erster Linie um mein Gewissen. „Ich will, dass du mir verzeihst …"

„Ich habe dir bereits Gnadenerlass zugesichert."

Ich fuhr unbeirrt fort: „Dass du mir verzeihst, dass ich dir das hier nicht früher gegeben habe." Aus dem Lederbeutel, den ich unter meinem Pulli trug, holte ich einen kleinen, weißen Briefumschlag hervor und händigte ihn Atalante aus.

„Was ist das?"

„Ein Brief, den mir ein 'Shim für dich gegeben hat. Er hat mir das Leben gerettet, als ich sehr krank war. Während mich das Fieber im Griff hatte, war mein einziger Wunsch, nach Hause zurückzukehren, und da rutschte mir wohl auch der Name *Themiskyra* heraus. Der Mann horchte auf und bat mich, dir sein Schreiben zukommen zu lassen." Es waren weder Ehrfurcht noch Brauchtum, die mich von meinem Sitzkissen auf den Boden rutschen und vor den Füßen der Paiti auf die Knie sinken ließen – es waren schlicht und einfach Schuld und Reue. „Atalante – ich habe es nicht geschafft früher herzukommen. Ich war so wütend, dass ihr mir mein Aspa genommen hattet, so verletzt, wegen Padmini, wegen … allem. Ich … konnte es einfach nicht. Es tut mir so leid."

Im ersten Moment war sie, völlig zurecht, verwirrt. Doch plötzlich schien sie etwas zu ahnen. „Hast du den Brief gelesen?", fuhr sie mich an.

„Nein. Natürlich nicht", versicherte ich, und die Tatsache, dass der Umschlag unbeschädigt war, machte meine Aussage glaubwürdig genug, dass die Paiti sich von mir ab- und dem Schreiben des Apothekers zuwandte. Hastig riss sie das Kuvert auf und las, verschlang die Buchstaben, wieder und wieder, setzte sich, sprang auf und verließ schließlich den Raum durch eine seitliche Tür, die mir zuvor gar nicht aufgefallen war.

Ich war mir nicht sicher, ob ich das Richtige getan hatte. Ob mich die impulsive Aktion Kopf und Kragen kosten würde oder ob sie uns, uns alle, retten würde.

Kapitel 2

Es dauerte eine lange Weile, bis Atalante wieder in den Tempelraum zurückkehrte. Mit einer fließenden Handbewegung warf sie den zerknüllten Brief in die Feuerschale. Kurz flackerten Flammen auf und der trockene Geruch von verbranntem Papier wurde durch die Luft getragen, bevor der süße Duft des Harzes wieder die Oberhand gewann. Die Paiti wirkte unendlich müde, als sie ein paar Holzscheite nachlegte und sich anschließend zu mir setzte. Resignation hatte die Schärfe aus ihrem Blick vertrieben.

„Ich wünschte, ich hätte dir den Brief früher zukommen lassen können", flüsterte ich.

„Du weißt, was darin steht, habe ich recht?"

„Nein. Ich habe nur eine Theorie." Die darauf fußte, was mir mein Lebensretter von seiner Amazonentochter erzählt hatte, und dem Inhalt einer kleinen Blechdose, die ich im Garten von Ells altem Zuhause in Citey gefunden hatte: nämlich ein Foto von ihr als Vierjähriger und dem besagten Apotheker.

„Willst du mich erpressen?"

Das war mal ganz ursprünglich mein Plan gewesen, aber jetzt und hier begriff ich, wie utopisch er gewesen war. Die Paiti würde mich liquidieren, ehe ich bis drei gezählt hätte. Ich schüttelte also den Kopf. Alles, was ich wollte, war die Menschlichkeit in ihr zu wecken, die Erinnerung daran, dass sie auch mal geliebt hatte und geliebt worden war.

„Womit? Und weshalb? Ich habe weder Grund, noch Grundlage, dich zu erpressen", behauptete ich. „Ich will, dass du mir verzeihst."

„Du hast dir einiges geleistet, das weißt du. Und das hier setzt dem Ganzen die Krone auf, weil es mich persönlich betrifft. Und es trifft mich, wirklich, zutiefst." Ihre Augen schienen heller und größer als sonst, als hätte die Trauer sie erstarren lassen, obgleich ich keine Tränen darin ausmachen konnte. „Jedoch, auch, wenn ich dieses Schreiben früher erhalten hätte, hätte es nichts geändert. Ell wäre vielleicht etwas früher nach Themiskyra gelangt, aber der Mann, der dir diesen Brief gegeben hat, wäre trotzdem umgekommen, denn er hätte die Stadt und ihre Bewohner nie im Stich gelassen." Sie formulierte vorsichtig. „Deshalb, ja, verzeihe ich dir."

„Danke", brachte ich hervor.

„Und du bist begnadigt, aber über die Angelegenheit mit dem Brief und was du dir sonst so zusammenreimen magst, wirst du kein Wort verlieren."

„Natürlich nicht. Ich schwöre es."

„Sonst werde ich dich zur Verantwortung ziehen und zwar inoffiziell und … na ja, du kannst es dir vorstellen." Sie starrte eine Weile ins Nichts, dann fragte sie: „Berichte mir von ihm. Von dem Mashim, der dir den Brief gegeben hat."

Auch ich formulierte vorsichtig. „Wir sind uns nur zweimal begegnet, aber er war sehr freundlich. Er hatte braune Augen, ganz ähnlich denen von Polly. Nur dort, wo Pollys Augen vor Freude leuchten, waren seine unbeschreiblich traurig. Seine ganze Sorge galt seiner Tochter, wie er mir erzählte. Ihre Sicherheit lag ihm am Herzen, vor allem jedoch, dass sie glücklich werden sollte." Ich sah auf. „Atalante, wir dürfen sie nicht wieder trennen."

Ich wappnete mich für einen Tobsuchtsanfall, bemühte mich trotzdem gerade zu sitzen, um der Wut der Paiti standzuhalten. Atalante jedoch … sah nur mit unbewegter Miene in die Flammen, die nun aus der Feuerschale hervorzüngelten.

„Meinst du denn, sie wird glücklich mit diesem Clanmann?", fragte sie irgendwann.

Es dauerte einen Moment, bis ich das Missverständnis begriff. „Nein!", rief ich etwas zu energisch aus.

„Nein?", fragte die Paiti verwundert.

Ich war in der Zwickmühle, denn ich wusste nicht, was genau die Unbeugsame wusste. „Sie wird glücklich mit … einem anderen."

„Sie hat Louis gefunden? Cesares Bruder?" Offenbar war sie im Bilde.

„Ja", nickte ich erleichtert. „Vor Kurzem." Nur deshalb war Ell überhaupt nach Citey gekommen.

„Und was ist mit Cesare?"

„Er hat ihr beigestanden, ihr geholfen, sich dabei stets ehrenhaft –"

„Jajaja", unterbrach sie mich abwinkend. „Hat sie ihm das Herz gebrochen? Oder können wir weiterhin auf sein Engagement im Clan zählen?"

„Ähm." Ich wusste wirklich nicht, was ich sagen sollte, weil mir nicht klar war, wie sich meine Antwort auswirken würde. Ich wollte seiner Familie nicht durch eine ungeschickte Antwort schaden.

„Hat er seine Pflichten im Sommerhaus erledigen können? Oder ist er demoralisiert?"

„Ich … äh."

„Gedenkt er in seine Heimat zurückzukehren? Hat er Kontakt zu seiner Sippe?"

„Hm."

„Ainia! Mach es mir doch nicht so schwer! Kennst du den 'Shim überhaupt?"

„Natürlich", stieß ich aus. „Aber ich … kann nicht in ihn reinsehen. Was weiß ich, was seine Clangepflogenheiten vorsehen, und was er oder seine Familie vorhaben." Das kam pampiger, als ich beabsichtigt hatte. Atalante sah überrascht auf und nahm mich genau ins Visier, bevor ein winziges Halblächeln ihren linken Mundwinkel hob.

„Ich verstehe."

Na wunderbar. Ich verzog das Gesicht. „Glaube ich nicht. Es ist …"

„…kompliziert. Ich weiß. Ist es immer. Zurück zu Aella. Du kannst nicht von mir erwarten, dass ich das Leben meiner einen Tochter unnötig aufs Spiel setze, nur um einer Laune der anderen Tochter nachzugeben."

„Es ist keine Laune, das kann ich dir versichern." Ich dachte nach. Zögerte. Und sprach es dann einfach aus, obwohl ich wusste, dass ich es früher oder später bereuen würde: „Ich übernehme die Verantwortung. Ich bringe Polly sicher nach Citey und schütze sie, sollte es nötig sein, mit meinem Leben."

Nach langem Nachdenken sagte sie: „Du weißt, dass ich dieses Angebot von jeder anderen Amazone ablehnen würde. Aber du hast extrem lange da draußen überlebt. Du hast einen wachen Geist und starke Alliierte, kennst die Stadt und ihre Gefahren. Und auch, wenn du einen moralisch fragwürdigen Lebenswandel hast, so bin ich doch davon überzeugt, dass du Polly dahingehend nicht beeinflussen wirst." Das war keine Feststellung, es war ein Befehl.

Ich nickte, konnte aber eine gewisse Schärfe nicht aus meiner Erwiderung heraushalten. „Mein Lebenswandel, wie du ihn nennst, ist im übrigen tadellos."

„Was ich meinte, war –"

„Ich weiß, was du meintest. Ich habe mir nichts vorzuwerfen, genauso wenig wie du, Jacintha oder Artemis höchstpersönlich."

„Was war mit diesem jungen, blonden Herzensbrecher mit dem Angeberauto?"

Kassian. Ich schluckte. „Nichts." Ich sah ihr an, dass sie mir nur schwer Glauben schenken konnte, aber es war mir egal. „Dann erlaubst du, dass ich Polly zu ihrer Schwester bringe?"

Sie machte einen kleinen Mund. „Ja", stieß sie aus. „Und nicht nur wegen Ell. Es ist wichtig, dass Polly die Stadt sieht. Es wird ihr gut tun, ihren Horizont zu erweitern – mir hat es gut getan, damals. Sie muss lernen, was im Land vor sich geht. Und ich muss lernen –", an ihrem Stirnrunzeln sah ich, wie sehr ihr das gegen den Strich ging, „– sie loszulassen. Auch davon wird sie profitieren. Ihr reitet gleich morgen. Bring Ells Seele wieder in Ordnung und sorge dafür, dass Polly sicher hierher zurückkommt. In spätestens drei Wochen erwarte ich, zumindest Nachricht von euch zu erhalten. Lass dir Geld für einen Kurier von Tetra geben. Oder weißt du was? Ich gebe es dir selbst. Genug gebetet und gehadert." Sie warf Sand in die Feuerschale, um die Flammen zu ersticken, und marschierte energisch aus den Tempelräumen und zwei Türen weiter in ihr Studierzimmer hinein. Nach einigem Wühlen auf ihrem mit Papieren und Büchern beladenen Schreibtisch förderte sie ein Ledersäckchen zutage, dem sie einen goldenen Taler entnahm. Nach kurzem Zögern händig-

te sie mir diesen aus. „Ich nehme an, du hast deine Klepto-
manie inzwischen im Griff!?"

„Ich nehme es auch an."

„Fantastisch. Ich setze Polly in Kenntnis und veranlasse,
dass euch Myrto Reiseverpflegung für die nächsten Tage
zusammenstellt." Sie wedelte in Richtung des Treppenhau-
ses. „Na los! Nutze die Zeit. Du wirst sicher schon sehnsüch-
tig von deiner Mutter erwartet. Und von Xanthos. Und Padmini."

Oh Göttin. Padmini. Die Enttäuschung über ihre Illoyalität
saß so tief, dass es jetzt noch, nach Jahren, weh tat. Und doch
war dieser eine Tag Themiskyra wie ein Traum, von dem ich
wusste, dass er sich niemals wiederholen würde. Ich streifte
über das Gelände, besuchte die Schmiede und die Maschi-
nenhalle, unterhielt mich mit den Ärztinnen und Energie-
technikerinnen, lachte mit den Weberinnen und Schneiderin-
nen, warf einen flüchtigen Blick in die Wäscherei und die
Küche und verzog mich eilig wieder, bevor jemand auf die
Idee kam, mich für irgendwelche Arbeiten einzuspannen. Ich
sog die altbekannten Gerüche tief ein, die sich zwischen den
Gebäuden auf einzigartige Weise vermischten, Feuer, Leder
und heißes Metall, gutes Essen, Stroh und Gewürze. Ich
lauschte den typischen Geräuschen, prägte sie mir ein, so gut
ich nur konnte, das Hämmern, Surren, Klopfen und Sägen
und das so unendlich vertraute, rein weibliche Stimmenge-
wirr, das federleicht in der Luft tanzte.

Sicher, nicht alle hatten mir das katastrophale Yazama vor
ein paar Jahren verziehen; von den damaligen Yashti wurde
ich sicher immer noch verflucht. Aber die meisten begegneten mir wohlgesonnen, erkundigten sich nach meinem jetzi-
gen Leben und natürlich nach Ell, der Mondflügligen.

Der Besuch bei Xanthos war umwerfend. Der Wallach war
ein alter Herr, aber ich musste im Nachhinein zugeben, dass
Atalante recht damit gehabt hatte, ihn mir nicht nachzuschi-
cken, sondern in Themiskyra zu behalten. Er war glücklich
hier. Nun, so glücklich er eben ohne mich hatte sein können.

Ich stromerte herum, ließ aber den Trakt mit den Schu-
lungsräumen unbewusst aus. Obwohl sich ein Teil von mir

unendlich nach meiner Mutter sehnte, fürchtete der andere nach wie vor die Zurückweisung.

Schließlich war Jacintha es, die mich fand: Sie hatte tatsächlich den Unterricht unterbrochen, und brachte mich in den ansonsten leeren Speisesaal, wo uns ein spätes Frühstück erwartete, bei dem wir uns anfangs jedoch nur stumm beäugten. Wir hatten uns nie viel zu sagen gehabt, und das hatte sich auch nach sechs Jahren nicht geändert, nur weil meine Mutter sich zur Abwechslung Zeit für mich nahm.

Auch äußerlich war Jacintha unverändert: Ihr herzförmiges, dunkles Gesicht mit den ausgeprägten Wangenknochen war faltenfrei, ihre große, feingliedrige Gestalt aufrecht. Sie wirkte nicht wie eine Mutter, die sehr unter der Abwesenheit ihrer Tochter gelitten hatte – doch die zu ertragen war ihr ja nie wirklich schwergefallen.

Jetzt lächelte sie. „Was denkst du?"

Ich blickte schnell in meine Kaffeetasse. „Nichts."

„Willst du wissen, was ich denke?"

Ich presste die Lippen zusammen, brachte dann aber der Höflichkeit halber ein „Meinetwegen" hervor. Ich hatte keine Lust auf die übliche Litanei. Haltung, Leistung, Ehrgeiz – ich wusste ja, was meine Mutter seit jeher an mir bemängelte.

„Dass das der glücklichste Tag meines Lebens ist."

Überrascht sah ich auf.

„Was ist? Glaubst du mir etwa nicht?", erkundigte sie sich.

Ihren leuchtenden Augen nach sprach sie die Wahrheit, doch, ganz ehrlich, wir hatten nie über Glück oder Freude und generell selten über Emotionen gesprochen, und wenn, waren negative Gefühle das Thema gewesen. Ah, und natürlich, da kamen sie schon, Hand in Hand mit diversen Vorwürfen:

„Du warst ein verwöhntes, störrisches, unzufriedenes Kind. Du hast dich nicht an die Regeln gehalten, warst immer dagegen, egal, um was es sich handelte. Ich schätze, das war meine Schuld. Denn in den Jahren, die du ohne mich verbracht hast, bist du zu einer wunderbaren Frau herangewachsen. Ich bin unendlich erleichtert, dass die Ungewissheit über deinen Verbleib ein Ende hat. Ich bin überglücklich, dass du hier bist, und ich bin stolz auf dich. Und deine

Bisabuela wäre es auch."

„Lass sie da raus", wollte ich sie anfahren, „du hast keine Ahnung, was sie denkt!", aber meine Uroma rief dazwischen: *Halt den Mund und pass auf*, und so klappte ich ihn wieder zu, und verarbeitete das Gehörte.

Es gelang mir nicht. War das eben Anerkennung gewesen? „Was?"

„Sieh dich an! Du hast verantwortungsbewusst gehandelt, aufopferungsbereit für deine Schwester und deine Gemeinschaft. Du hast dich bewiesen, vor dir und vor uns allen. Du hast die Wirren des Verfalls überlebt, und auch, wenn du behauptest, dass ich es war, die dich das gelehrt habe, warst doch du es, die die Lektionen in dem Chaos da draußen erprobt hat. Mit Erfolg." Jetzt hob sie die Hand und berührte sacht meine Wange. „Du bist erblüht, wenngleich du vielleicht ein bisschen mager bist. Du bist schön. Du bist stark. Wenn ich geahnt hätte, dass dieser blonde Mashim mit dem alten Auto solch positiven Einfluss auf dich hat, hätte ich eure Verbindung womöglich sogar –"

„Hat er nicht", platzte ich hervor und war erstaunt über die Bitterkeit in meiner Stimme. „Es gab keine Verbindung. Nicht, nachdem ich aus Themiskyra verbannt wurde. Und Kanya bin ich immer noch. Falls das immer noch eine so wichtige Rolle spielt wie damals."

Wenn ich Häme und Selbstgefälligkeit erwartet hatte, lag ich falsch. Jacintha ließ die Hand sinken. „Was ist denn geschehen? Wo warst du denn in all der Zeit?", fragte sie sanft.

Irgendetwas ging hier definitiv nicht mit rechten Dingen zu. Ich betrachtete die Frau gegenüber voller Misstrauen.

„Wer bist du und was hast du mit meiner Mutter gemacht?"

„Du denkst, ich bin's nicht?", wunderte sie sich. „Was genau fehlt dir denn an mir?"

Ich öffnete den Mund, um ihr etwa tausend Gründe aufzuzählen, warum sie nichts mit der Jacintha gemeinsam hatte, die ich damals in Themiskyra zurückgelassen hatte, und sagte stattdessen: „Ehrlich gesagt nichts. Die neue Jacintha ist besser."

„Es gibt keine neue Jacintha. Du bist es, die sich verändert hat. Du *sprichst* mit mir."

„Ja, weil du plötzlich *zuhörst*."

Wir schwiegen einen Moment, dann meinte Jacintha leicht resigniert: „Wir haben anscheinend ziemlich viel falsch gemacht. Vielleicht hätten wir uns einfach lieb haben sollen."

„Ist ja noch nicht zu spät", murmelte ich pampig.

„Möchtest du … weitererzählen?", fragte sie vorsichtig.

Wollte ich?

Ja.

Denn dieses neue Verhalten, dieses neue Verhältnis machten es mir mit jedem Wort leichter – und es tat mir gut –, von den Geschehnissen zu berichten.

Nicht von Kassian, den ich bei einem kleinen Raubzug in Goldvelt kennengelernt hatte, und der mich mit Aufmerksamkeit, Luxus und Geschenken verwöhnt hatte. Nicht von Duke, bei dem ich mich monatelang eingeigelt hatte, weil er mich vor der Welt da draußen und vor mir selbst mit meinem immensen Liebeskummer schützen konnte. Und natürlich auch nicht von Cesare, dem Mann aus den Clans, der mein Herz gestohlen hatte, obwohl seine ganze Loyalität und Hingabe seiner Yashta Ell gehören sollte.

Aber ich erzählte Jacintha von meiner Eifersucht, meiner Einsamkeit, meinem Einsatz für Chiara, Verne und Ell. Padminis Verrat ließ ich aus. Nicht aus Rücksicht. Es wäre mir egal gewesen, wenn die anderen sie ihrer Untreue wegen verachtet hätten. Aber ich ertrug es nicht, mich damit zu befassen, nicht hier, wo sie, unsere Freundschaft und unsere Vergangenheit sich so nah anfühlten.

Ihr ging ich den ganzen Tag aus dem Weg und saß auch abends im großen Speisesaal nicht bei meinen Altersgenossinnen, sondern bei meiner Mutter am Tisch, wo wir unser Gespräch fortsetzten. Doch dann erhielt ich von Atalante die Weisung, dass ich, wie früher schon, in Padminis Zimmer untergebracht sein würde.

„Um der alten Zeiten willen", bemerkte die Paiti fast fröhlich.

Frustriert verzichtete ich darauf, sie in Kenntnis zu setzen, dass ich mich mit den alten Zeiten überhaupt nicht befassen wollte. Padmini war für mich gestorben.

Anstatt also mein Zimmer aufzusuchen, schlich ich ins Arbeiterviertel und fand nach kurzem Suchen die Hütte, die Louis mir beschrieben hatte. Ich stieg die hölzernen Stufen zu einer winzigen Veranda hoch und klopfte an die Tür. Nach kurzem Warten öffnete mir ein ehrwürdig wirkender, alter Herr, der so gar nicht in solch ärmliche Verhältnisse zu passen schien, auch wenn er natürlich, wie alle anderen, die dunkle, robuste Kleidung der Arbeiter Themiskyras trug.

„Dante?"

„Ja?" Er musterte mich eingehend und strich sich dabei über seinen sauber gestutzten, weißen Bart. „Ich kenne dich. Du bist doch die Amazone mit dem Riesendiamanten und der geklauten Tasche voller Geld und der Steuerfahndung und der ins Wasser gefallenen Sonnenfeier."

„Genau die", seufzte ich. Der Arbeiterschaft blieb auch nichts verborgen. „Ich bringe dir Nachricht von deinem Pflegesohn."

Da leuchteten seine Augen vor Freude auf. „Komm herein."

Ich setzte mich zu ihm an einen grob gezimmerten Tisch und unterhielt mich eine ganze Weile mit dem alten Mann, berichtete ihm von Louis und was wir erlebt hatten. Die Hütte mochte armselig sein, doch die hölzernen Wände, die vollgestopften Bücherregale ringsum und das warme Flackern aus dem Ofen schufen eine gemütliche, entspannte Atmosphäre, und mit der Zeit wurden mir die Augenlider schwer. Was kein Wunder war: Ich hatte die letzte Nacht schlaflos verbracht und war ziemlich geschafft von der Reise, die ich gleich morgen würde fortsetzen müssen.

„Lass dich nicht aufhalten", sagte Dante. „Ich danke dir für deinen Besuch."

Einen Moment lang überlegte ich, ob ich nicht bei ihm unterkommen sollte, um Padmini zu meiden, aber dann meldete sich mein Stolz. Warum sollte ich in einer heruntergekommenen Holzhütte schlafen anstatt eines weichen Amazonenbetts – nur weil meine ehemals beste Freundin mich hintergangen hatte? Ich würde sie einfach behandeln, als sei sie Luft für mich. Wahrscheinlich schlief sie ohnehin schon.

Meine Vermutung war richtig. Als ich im Licht einer Laterne ins Zimmer schlich, lag Padmini ruhig atmend in ihrem Bett; ich sah nur ihren dunklen Schopf unter der Bettdecke hervorlugen. Auf meinem frisch überzogenen Bettzeug fand ich ein Gäste-Set vor, bestehend aus einem kleinen Kulturbeutel, duftenden Handtüchern und Schlafanzug. Oh Artemis, ich fühlte mich luxuriöser als damals in der Sonnenkönig-Suite in Urba. Nach einer ausgiebigen Dusche schlüpfte ich zurück ins Zimmer, in meinen Pyjama und dann in mein Bett, kuschelte mich hinein in die nach Frühling riechende Decke ... Es war wie früher. Nur viel, viel besser.

„Ainia?"

Ich erschrak und mein Herz klopfte so laut, dass ich Angst hatte, Padmini würde es hören. Ich wollte nicht, dass sie es hörte, ich wollte ihr nicht antworten, ich wollte nicht, dass sie wusste, wie sehr ich sie vermisste. Ihre Decke raschelte.

„Ainia?", fragte sie nun lauter.

Da konnte ich nicht anders. „Hmmm?"

„Schläfst du schon?"

„Ja."

„Warum bist du nicht mit Fenrael nach Hause gekommen?" Padmini hatte ihren gesamten Familienschmuck in die Entlohnung dieser Frau gesteckt, die schon zuvor für Atalante als Mittelsfrau aufgetreten war, und nun alle Hebel in Bewegung gesetzt hatte, um mich zu finden. Das gelang ihr schließlich, jedoch nur, weil ich zu diesem Zeitpunkt schon schwer krank war. Also pflegte sie mich mithilfe der Pillen des besagten Apothekers gesund und offenbarte mir anschließend Padminis Wortbruch und ihre Bitte, nach Themiskyra zurückzukehren.

„Das fragst du? Das Einzige, was mir hier abgesehen von Xanthos wirklich etwas bedeutet hat, warst du. Und nachdem ich von deiner ...", ich suchte nach Worten, „Treulosigkeit erfahren hatte, war die Idee meiner Heimkehr gestorben. Für immer."

„Aber jetzt bist du da."

„Ja. Aber nicht deinetwegen." Meine Worte klangen hart, aber sie entsprachen der Wahrheit. „Ich bin nicht aus freien Stücken zurückgekommen, ich hatte keine Wahl. Ich muss Ell helfen."

Eine Weile blieb es still, dann hörte ich, wie ein Streichholz angerissen wurde, bevor sanftes Kerzenlicht den kleinen, mit schlichten Holzmöbeln eingerichteten Raum von Padminis Nachttisch aus erhellte. Schnell verkroch ich mich noch weiter unter die Decke, doch ich sah noch, wie Padmini sich vor meinem Bett auf den Boden setzte.

„Was ich getan habe, war falsch. Ich hätte diesem 'Shim, diesem Kassian von dir ausrichten müssen, dass du ihn liebst und dass er auf dich warten soll. Wie ich es dir versprochen hatte, bin ich hingeritten, doch dann … brachte ich es einfach nicht über mich und zog unverrichteter Dinge wieder ab, ohne am Tor zu klingeln. Ich habe eigenmächtig und dumm gehandelt, und das tut mir unendlich leid, auch wenn es damals aus guter Absicht geschah. Ich weiß, es ist viel verlangt, aber ich bitte dich inständig, mir zu verzeihen."

Mein Herz klopfte immer noch zu fest, diesmal jedoch vor Bestürzung und Wut und Ergriffenheit und … Liebe. Und jeder Schlag tat weh. Ich denke, ich hätte ihr nicht vergeben können, wenn Atalante nicht mir ein paar Stunden zuvor für etwas Absolution erteilt hatte, was mindestens genauso schlimm war wie das, was Padmini Kassian und mir angetan hatte. Vorsichtig schälte ich mich aus der Decke und betrachtete das Mädchen, nein, die Frau, die früher meine beste Freundin gewesen war. Sie saß im Schneidersitz vor mir, am Handgelenk das Armband aus Rosenholzperlen, das ich ihr nach meiner Verbannung als Erinnerung überlassen hatte, die dunklen, glatten Haare zu einem formvollendeten Zopf geflochten, der ihr über die Schulter hing.

Ich setzte mich auf. „Du hast die Haare lang."

„Du hast die Haare kurz."

„Ich kann nicht hierbleiben."

„Ich rede mit Atalante. Sicherlich kann sie dir eine Arbeit hier zuteilen und –"

„Ich habe Arbeit. In Citey. Und Freunde. Und ein Zuhause."

Unglücklich blickte sie auf. „Aber nicht mich." Sie wirkte so ratlos und verloren, wie ich sie gar nicht kannte. Padmini war stark und schön, einfach eine vollkommene Amazone, die nicht den geringsten Grund hatte, nicht völlig zufrieden zu sein. Ich schwang die Beine über die Bettkante und klopfte neben mir auf die Matratze.

„Nein", sagte ich, sobald Padmini dort Platz genommen hatte, „dich habe ich nicht. Aber ich verzeihe dir. Dann können wir zumindest wieder Freundinnen sein. Zwar nur aus der Ferne, aber immerhin."

„Immerhin", echote sie und lächelte traurig, bevor sie mich umarmte. „Danke." Ihr typischer, süßer, wilder Duft aus Kardamom und Vanille stieg mir in die Nase, unverändert und unglaublich vertraut, und diese Woge aus Vergangenheit und Geborgenheit ließ mich fast zusammenbrechen. Aber ich blieb stark. Das kostete mich allerdings einiges an Kraft und so dauerte es fast eine Minute, bis ich begriff, dass Padmini weinte. Ihre Tränen kullerten mir den Hals hinunter und durchnässten meinen wunderbaren Schlafanzug.

„Wieso weinst *du*, verdammt?! *Ich* müsste jammern und wehklagen. *Ich* bin das arme, gutherzige Mädchen, das um seinen Traumprinzen gebracht wurde!"

„Und ich bin wieder der dicke Frosch oder was?" Das hatte sie mich schon einmal gefragt, damals, als ich sie gebeten hatte, zu Kassian zu reiten und ihm auszurichten, dass er auf mich warten solle.

Und damals wie heute sagte ich: „Nein. Die gute Fee."

Sie löste sich von mir. Selbst verheult war sie noch hübsch anzusehen mit ihren roten Bäckchen und den glänzenden Augen.

„Wie das, bei Artemis?", wollte sie resigniert wissen.

„Wenn ich mit Kassian zusammengekommen wäre, wäre ich Cesare nicht begegnet."

Padmini runzelte skeptisch die Stirn. „Cesare?"

„Er ist perfekt. Gutaussehend, gebildet, unterhaltsam. Hast du dir die alten Bilder von den antiken Helden mal angesehen, die im Atrium hängen? So sieht er aus. Nur besser. Und – er kommt aus den Clans." Ich lächelte, als meine Erinnerung ein Bild des 'Shims vor mein geistiges Auge zeichnete, den ich liebte. Und mein Lächeln verging mir, als ich mich daran erinnerte, dass diese Liebe keine Zukunft hatte.

Auf Padminis verständnislosen Blick erklärte ich: „Er war Ell zugeteilt, aber er wollte mich."

Ich merkte, wie sie sich bemühte, meine Gefühle nachzuvollziehen. „Das ist doch … gut? Oder?"

„Ja, das ist es. Das *war* es. Wir sind uns näher gekommen, auch körperlich, aber dann hat er einen Rückzieher gemacht."

„Das ist nicht gut."

„Nein. Stattdessen hat er mir einen Heiratsantrag gemacht. Nein, Padmini, das ist *nicht* gut", widersprach ich sofort, als meine Freundin den Mund öffnete. „Halt mich nicht für überheblich. Ich habe einiges durchgemacht, es wäre absolut okay für mich, in bescheidenen Verhältnissen zu leben, wenn ich Cesare an meiner Seite wüsste. Aber teilen werde ich ihn nicht. Niemals."

„Du meinst, wenn er wieder zu den Sommerhäusern gerufen wird?"

„Ja. Das mache ich nicht mit. Also habe ich ihm gesagt, dass er sich entscheiden muss, ob er mich oder seinen Job will."

Padmini schüttelte ungläubig den Kopf. „Das kannst du nicht machen."

„Was?"

„Der Clan, der Kodex, seine Aufgabe, das ist ein essenzieller Bestandteil seiner Identität. Nicht nur ein *Job*."

„So etwas Ähnliches hat Cesare auch schon gesagt", gab ich zu.

„Der Pakt mit den Amazonen ist für seine Familie lebenswichtig. Den kann er doch nicht einfach verraten, nur weil du ihn in die Enge treibst."

„Na hör mal, er hat mich einfach im kalten Bad sitzen lassen!"

„Du hast ihm kaum eine Wahl gelassen."

„Sag mal, wer bist du? Meine beste Freundin oder Fürsprecherin missverstandener Clanmänner?", empörte ich mich. „Wieso glaubst du überhaupt, dich so gut auszukennen?!"

Mein vorwurfsvoller Ton perlte an ihr ab, sie straffte ihre Haltung und verzog ihren Mund zu einem ganz kleinen, fast hoheitsvollen Lächeln. „Weil mir Gio, der Clanmann, der mir zugeteilt worden war, das System erklärt hat. Die Tradition. Den Kodex."

Mein Mund klappte auf. Klappte zu. Klappte wieder auf. „Du hast dich … als Yashta gemeldet?"

„Zweimal. Du warst nicht da, um mich gegen meine Mutter zu unterstützen, wie du es versprochen hattest", erwiderte sie nüchtern. „Ich hatte keine Wahl."

„Es tut mir so leid."

„Es gibt nichts zu entschuldigen." Sie zuckte mit den Schultern. „Du bist auch eine gute Fee. Wenn ich nicht zu den Sommerhäusern gegangen wäre, hätte ich meine Ama nicht bekommen."

Ich riss die Augen auf. „Deine … Tochter?"

Sie strahlte. „Ja. Hast du sie nicht gesehen? Sie saß beim Essen neben mir."

„Nein, ich war …"

„… beschäftigt, mich zu ignorieren, ich weiß."

Ich schüttelte ungläubig meinen Kopf. Padmini als Mutter? Unvorstellbar.

„Ainia, sie ist wunderbar. Schlau und aktiv, okay, auch ein wenig eigensinnig, aber so kreativ und fröhlich und –" Es klopfte an der Tür. Padmini zog ein Gesicht. „Jep. Und nachtaktiv."

Sie öffnete; im Gang stand eine müde Amazone mit stattlichen Augenringen, die nun ein knapp zweijähriges Mädchen mit einem dunklen Lockenkopf und großen blauen Augen ins Zimmer schob. Padmini bedankte sich bei der Erzieherin und erklärte mir, sobald die Tür wieder geschlossen war:

„Sie macht so einen Wirbel im Kinderzimmer, dass sie sie mir oft nachts schicken, weil es der einzige Weg ist, für Ruhe zu sorgen. Und ich freue mich, wenn ich sie bei mir habe." Sie drückte das Kind mit einem beinahe rebellischen Funkeln im Blick an sich. Ich musste an das Gespräch denken, das wir vor einer Ewigkeit geführt hatten und in dem es um die Distanz zwischen uns und unseren Müttern ging.

Ich werde es anders machen, hatte sie gelobt. *Um meine Tochter werde ich mich liebevoll kümmern.*

Das scheint dir zu gelingen, dachte ich nun.

Padmini gab ihrer Tochter einen Kuss auf die Stirn, bevor sie sie zu mir herumdrehte. „Ama, das ist Ainia, meine beste

Freundin."

Die Kleine legte den Kopf schief und betrachtete mich eingehend.

„Nia", sagte sie dann entschlossen.

„Genau", stimmte ich zu und grinste, obwohl ich doch gar keine Kinder mag.

Ich hatte Polly am Vortag schon ein paar Mal aus der Ferne gesehen, doch da war sie wohl mit Vorbereitungen beschäftigt gewesen, sodass wir uns erst richtig unterhalten konnten, nachdem wir unsere gemeinsame Reise angetreten hatten. Zuvor hatten wir uns bewaffnet, das Gepäck aufgeladen und uns von den Amazonen verabschiedet, wobei mich Atalante nur mit einem langen, unendlich strengen Blick gemessen hatte. Jede Wette hatte sie ihr gefühlsmäßiges Einlenken schnell bereut, wollte jetzt jedoch keinen Rückzieher machen, um vor den anderen nicht als wankelmütige Paiti zu gelten.

Jacintha nahm mein Gesicht in die Hände und blickte mich lang an. Und dann sagte sie nicht:

„Mach mir keine Schande, reite nicht bei Gewitter und iss nichts, was du nicht klassifizieren kannst", sondern etwas, das ich schon viele, viele Jahre nicht mehr aus ihrem Mund gehört hatte:

„Hab dich lieb."

Ich war zu perplex, um etwas zu erwidern, umarmte nur der Reihe nach sie, Padmini und sogar Ama, dann schwangen Polly und ich uns auf unsere Aspahet und trabten los. Die beiden Pferde verstanden sich prächtig. Beinahe allzu prächtig, stellte ich fest, so wie sich Pollys Fuchsstute Selanna bei jeder sich bietenden Gelegenheit an Chiimori heranwanzte und ihn beschnupperte. Und er reagierte natürlich darauf und tänzelte stolz neben ihr her.

Jetzt war ich viel achtsamer als auf meinem Hinweg. Mir war absolut klar, dass Polly nichts passieren durfte, und auch, wenn die Welt leer und riesig geworden war, so waren wir doch nicht allein unterwegs, und Atalante würde mich zweifellos finden und mir das Fell über die Ohren ziehen, sollte ihrer Diadoka irgendetwas zustoßen.

Meine Wachsamkeit machte mich zu keiner unterhaltsamen Weggefährtin. Ich wollte leise und schnell vorankommen, wollte nicht abgelenkt werden und jederzeit ins Dickicht lauschen können, ohne um Ruhe bitten zu müssen.

Für Polly jedoch schien das okay zu sein. Zwar war sie immer noch die kleine Amazone, die ich kannte, zierlich, aber sehnig, mit hellbraunen Zauselhaaren und den dunklen Augen, die mich von nun an immer an den Apotheker erinnern würden, der mir das Leben gerettet hatte. Doch auch sie blickten nicht mehr so unbeschwert wie früher in die Welt hinein. Ein Schatten lag in ihnen, der damals nicht da gewesen war, ein Zug um ihren Mund, der mir zeigte, dass die Jahre des Verfalls nicht spurlos an ihr vorübergegangen waren und dass ihr bewusst war, warum ich so wachsam war.

Erst, als wir nach einem halben Tag an einem Bach pausierten und die Pferde trinken, grasen und sich angeregt beknabbern ließen, kamen wir ins Gespräch. Wir saßen auf einem umgestürzten Baumstamm, nebeneinander, aber jede observierte eine andere Richtung. Während wir Brot und kalten Braten verzehrten, schien Polly ein paar Mal Luft zu holen, um sie dann jedoch ohne etwas zu sagen wieder auszustoßen.

„Wie ist es dir ergangen?", setzten wir schließlich unisono an und mussten lachen.

Ich begann zu erzählen, denn ich konnte mir vorstellen, dass Polly darauf brannte zu erfahren, was mit ihrer Schwester geschehen war.

„In Citey arbeite ich als Nerista, aber selten direkt auf den Schwarzmärkten. Ich helfe öfter bei der Logistik mit, hole die Ware von außerhalb, bewache die Transporte und so etwas. Auf Ell traf ich zufällig; am Anfang wussten wir beide nicht, dass wir Amazonenschwestern sind." Ich hatte keine Lust, von meinen diversen Dramen zu berichten und kam rasch auf unsere Auseinandersetzung mit dem Schattenorden und Ells Rolle darin zu sprechen. Da ich Polly mit in die Sache hineinzog, hatte sie ein Recht auf die ganze Wahrheit, also ließ ich nichts aus und beschönigte nichts, und so war es wenig überraschend, dass sie vollkommen erschüttert war, nachdem ich geendet hatte.

Sie riss die Augen auf. „Und jetzt spricht sie nicht mehr mit Louis?"

„Ähm – nein. Leider nicht."

„Gar nicht?", fragte sie mit belegter Stimme.

„Nein, sie lässt ihn gar nicht zu sich." Ich hatte gedacht, dass sie mehr mit der Entführung ihrer Schwester in einen stockdunklen, sich verkleinernden Raum unter der Erde zu kämpfen hätte als mit der Tatsache, dass zwischen Ell und einem 'Shim Funkstille herrschte. „Was weißt du denn über die beiden?"

„Dass sie nicht ohne einander sein können. Dass sie füreinander bestimmt sind."

Im ersten Moment dachte ich, sie scherze. Ich hätte wesentlich mehr Widerstand erwartet, was Ells Beziehung zu Louis anging; und dass die Diadoka nun so pathetisch wurde, schien … absurd. Immerhin wusste ich nun mit Gewissheit, dass sie diesbezüglich an meiner Seite kämpfte.

Schnell packte sie den restlichen Proviant in ihre Tasche zurück und sprang auf. „Lass uns gleich weiterreiten. Wir müssen das so schnell wie möglich wieder in Ordnung bringen. Ich schlage mich noch kurz in die Büsche, dann können wir gleich aufbrechen."

Das war mir recht. Auch ich erhob mich, umrundete den Wurzelballen des gefallenen Baumstammes und folgte ihr hinter die ausladenden Äste eines Holunderbusches.

Sie wandte sich stirnrunzelnd zu mir um. „Das würde ich wirklich gerne alleine erledigen."

„Vergiss es. Ich lasse dich nicht aus den Augen."

„Ich kann nicht, wenn jemand zuschaut."

„Dann lerne es. Außerdem schau ich nicht."

„Aber du hörst."

„Soll ich mir die Ohren zuhalten?" Lieber hätte ich mir die Nase zugehalten, es roch so, als wäre hier ganz in der Nähe irgendetwas verendet.

Sie verschränkte die Arme vor der Brust. „Nein, du sollst dich einfach für eine Minute vom Acker machen."

„Nie im Leben. Bei Artemis, jetzt reiß dich mal zusammen und –"

Im Nachhinein war der Streit albern und vollkommen

überflüssig. Hätte ich Polly nämlich die Privatsphäre gelassen, nach der sie verlangte, wären wir niemals beide gleichzeitig in die Wildgrube geraten.

So jedoch gab bei unserem nächsten Schritt der Boden plötzlich nach und wir purzelten in die Finsternis.

Kapitel 3

Das Nächste, woran ich mich erinnerte, war Pollys vorwurfsvoller Blick. Ungehalten und ziemlich unsanft tätschelte sie meine Wangen.

„Reicht schon." Ich hielt ihre Hand fest und rappelte mich auf.

„Du warst ganz schön lange weg", schimpfte sie.

„Besser ich als du." Ich befühlte meinen Hinterkopf, der wohl nach dem Fall auf einem Stein gelandet war, fand eine dicke Beule, aber immerhin keine Platzwunde. „Geht's dir gut?"

„Ja. Alles okay. Ich müsste nur mal dringend."

Wir befanden uns in einem erdigen Loch, vielleicht gerade mal zwei Meter tief, dessen oberer Rand von angespitzten Holzpfählen umgrenzt war. Um uns herum lagen Reisig und Blätter, die das Bodenloch ursprünglich getarnt hatten. Bei Jacintha hatten wir diese althergebrachte Jagdmethode gelernt, und die verwesende Krickente, die als Köder neben mir auf dem Boden lag und einen süßlich-toten Geruch verströmte, legte nahe, dass die Menschen nun auch wieder auf diese traditionelle Art und Weise versuchten, sich eine Mahlzeit zu sichern.

Ich stand auf. Wenn ich die Hände hob, konnte ich die Pfähle erreichen. Uns würden sie im Gegensatz zu einem Wildtier nicht daran hindern, die Grube zu verlassen.

„Keine Sorge, hier sind wir gleich wieder draußen. Mach mir mal eine Räuberinnenleiter", bat ich Polly gerade, als sich ein freundliches, runzliges Gesicht mit wirren, weißen Haaren und einem verbeulten Filzhut über den Rand des Erdloches schob.

„Nanu!", sagte der alte Mann und blinzelte uns erstaunt an. „Huhu! Ihr seid nicht die Beute, die ich erwartet hatte. Kleines Momentchen." Er lächelte und verschwand.

Und wir standen da und warteten ab. Weil wir einfach todsicher waren, dass er uns jeden Augenblick eine Strickleiter oder ein Seil herunterwerfen würde. Wir hörten trockenes Laub rascheln und der Typ ächzte, Metall knirschte und dann klappte mit einem dumpfen Schlag ein massives Eisengitter über der Grube zu.

Ich traute meinen Augen und Ohren kaum. „Halt!!!", schrie ich, hirnlos, hilflos, fassungslos, und zog mein Schwert, mit dem ich hier unten nicht das Geringste ausrichten konnte.

„Keine Angst", tauchte da das vergnügte Gesicht des verwitterten 'Shims wieder auf. „Ich werde euch nicht essen."

„Was hast du vor?! Du elender Bastard, lass uns augenblicklich raus, sonst wirst du es bereuen!", tobte ich, aber er tippte sich nur an die Hutkrempe und machte sich davon.

„Los", herrschte ich Polly an. „Räuberinnenleiter!"

Mit aller Kraft stemmte erst ich mich und dann sie sich gegen das Gitter, doch es gab nur ein paar Millimeter nach. Dann versuchte ich es alleine, sprang hoch und hielt mich an den dicken, rostigen Gitterstäben fest, zog mich hoch, um etwas erkennen zu können, sah aber weder Scharniere noch ein Schloss. Das Ding war nur ein primitiver, aber unendlich schwerer Deckel, den wir aus unserer Position nicht verrücken konnten.

„Verdammter Dreck", fluchte ich und noch einiges mehr, während Polly schwieg und sich einfach an die am weitesten vom Entenkadaver entfernte Stelle kauerte.

Wenn es nur um mich gegangen wäre – schlimm genug. Aber jetzt, da die Verantwortung für diese starre, stumme Diadoka noch auf mir lastete, war ich nahe dran durchzudrehen. Welche Pläne hatte der alte Typ mit uns? Wohin war er gegangen? Wie konnten wir uns wappnen? Und, am wichtigsten: Wann würde er wiederkommen?

„Was, denkst du, machen die Aspahet?", war alles, was Polly hervorbrachte.

Ich pfiff nach Chiimori. Er kam nicht, aber ich hörte ihn wiehern. Sehr anmutig und kraftvoll. Jede Wette wollte er Selanna beeindrucken. „Ich denke, sie nutzen die ungeplante Pause für ihre Zwecke." Resigniert ließ ich mich in der anderen Ecke auf die Erde fallen.

Die Zeit dehnte sich. Es dämmerte und wurde kühl, ein Rotkehlchen flötete hingebungsvoll ganz in unserer Nähe. Alle paar Minuten kämpfte ich erfolglos mit dem Gitter, nur um mich dann wieder hinzusetzen.

„Du bist dran", sagte ich irgendwann. „Was hast du die letzten sechs Jahre so gemacht?"

„Die meiste Zeit habe ich mich um Ell gekümmert", meinte sie nach einer Weile, „und dafür gesorgt, dass sie klarkommt und nicht rausgeworfen wird. Habe viel Musik gehört. Und sonst ... Von der großen Schlacht weißt du?"

Ich wiegte den Kopf. „Ein bisschen. Erzähl mir davon!" Das würde die Zeit vertreiben und ihren Kampfgeist stärken. Hoffte ich. Sie berichtete, jedoch viel emotionsloser als Ell mir die Sache geschildert hatte, reihte lediglich Fakten an Fakten, als sie die Taktik der Feinde und die Reaktion Themiskyras darlegte.

Ohne Triumph in ihrem Blick erklärte sie schließlich: „Wir haben gesiegt. Natürlich."

„Natürlich." Die Amazonen siegten immer.

„Aber die Verluste, die wir hinnehmen mussten, waren ... hart. Mich hätte es beinahe erwischt, aber ich hatte Glück. Weil sich jemand anderes für mich geopfert hat." Obgleich ihre Stimme nüchtern klang, waren ihre Augen groß und dunkel geworden.

Ich konnte mir vorstellen, welche Last dieses größte Geschenk war, das einem eine Schwester machen konnte. Sicher war es nicht leicht, damit umzugehen. Schlechtes Gewissen, das einen bei jedem Schritt begleitete, Unsicherheit, ob es doch nicht andersherum besser gewesen wäre, und der verzweifelte Versuch, irgendwie das Beste daraus zu machen, aus diesem geschenkten Leben.

„Wie lautet dein Epor?", wollte ich wissen.

Jetzt glitt doch der Hauch eines Lächelns über ihr Gesicht. „Die Adleräugige."

„Die Grube hast du trotzdem nicht gesehen", konnte ich mir nicht verkneifen.

Sie nahm es mir nicht krumm. „Wie ist es bei dir? Hast du ein Epor?"

„Es war keine da, die mir eines hätte verleihen können",

gab ich knapp zurück. Ich dachte nicht gerne an den Andrakor, der mich im Zug überfallen und bedrängt hatte, und diese Begegnung mit dem Tode bezahlt hatte. „Spielt auch keine Rolle", log ich. „Ist nur ein Name."

„Namen sind wichtig!", versetzte Polly. „Atalante wird dir einen Beinamen verleihen, wenn wir zurückkehren."

Ich ersparte ihr die Information, dass ich nicht auf Dauer zurückkehren würde. Die Stunden in der kleinen Wildgrube in Kombination mit dem irren Hinterwäldler hatten mir deutlich vor Augen geführt, dass es utopisch war, Polly im Moloch Citey beschützen zu wollen. Ich würde, sofern wir die Situation hier überstehen würden, Polly sofort zur Paiti zurückbringen, und mich dann alleine nach Hause aufmachen, um Ell irgendwie anders zu helfen.

Und endlich tat sich etwas. Wir hörten Stimmen. Eine gehörte eindeutig dem Runzelgesicht mit dem verbeulten Hut, die andere Männerstimme, tief und kratzig, war uns unbekannt, aber es waren mehr als vier Füße, die durchs Unterholz stapften. Warme Strahlen von Fackellicht tanzten zwischen den Gitterstäben hindurch. Ich musste wissen, mit wem wir es zu tun hatten, also zog ich mich ein weiteres Mal hoch, um nach oben zu spähen.

Ein kurzer Blick genügte. Ich sog die Luft ein und ließ mich wieder in die Hocke fallen.

„Verdammt."

Das Schlangentattoo auf dem Oberkörper des grobschlächtigen Mannes, der neben Runzelgesicht an das Erdloch herantrat, war im Fackelschein deutlich zu erkennen gewesen. Während die üblichen Marodeure, die die Städte unsicher machten, ihre Bandenzugehörigkeit einfach mit gemeinsamen Tattoos an den Handgelenken oder Unterarmen markierten und diese auch stolz zur Schau stellten, blieb jene spezielle, gefürchtete Vatwaka-Art normalerweise lieber unter dem Radar. Dass der 'Shim seine Fellweste nicht vor der Brust verschlossen hatte, sondern seine Abzeichen offen trug, zeigte, wie sicher er sich fühlen musste.

Ich kniete mich vor Polly hin und hielt sie an den Schultern fest. „Hör zu, es tut mir leid. Ich hätte mich nie breitschlagen lassen dürfen, dich in die Sache hineinzuziehen."

Erst, als sie meinen Blick völlig unerschrocken erwiderte, wurde mir bewusst, dass sie von Anfang an nicht das Entsetzen hatte erstarren oder verstummen lassen. Sie war einfach vollkommen unbeeindruckt. Sie war hart. Sie war cool.

„Es ist gut, dass du es getan hast. Ich muss wissen, was mit Ell los ist. Und ich muss ihr helfen."

Auch wenn ich nicht wollte, dass sie doch noch hysterisch wurde, musste ich sie auf die missliche Lage hinweisen, die zwischen uns und einem Wiedersehen mit ihrer Schwester stand.

„Das da oben sind Menschenhändler", flüsterte ich eindringlich. „Profis. Keine Bauern, die wir einfach über den Haufen rennen können."

Polly zuckte mit den Schultern und erhob sich. „Und wenn schon. Das heißt, sie lassen uns immerhin am Leben."

Ich konnte nur den Kopf über ihre Unbekümmertheit schütteln. Atalante stand drohend vor meinem inneren Auge, und allein die Illusion ihrer Präsenz erfüllte mich mit solcher Furcht zu versagen, dass mir das Denken schwerfiel.

„Sag schon. Was hast du für mich, Geoffrey?", wollte der Grobschlächtige wissen.

„Was Feines. Was Kleines. Was Zartes", erklärte Runzelgesicht eifrig.

„Das hast du schon gesagt. Du weißt aber schon, dass ich kein Schlachter bin? Für ein Rehkitz marschiere ich nicht den ganzen Abend durch den Wald."

„Besser als ein Rehkitz, Razvan. Viel besser. Schau mal."

Das Gitter wurde weggewuchtet, nicht von dem alten 'Shim, sondern offenbar von den schwieligen Händen zweier Schergen des Menschenhändlers. Eine Fackel wurde so unvermittelt in die Grube geworfen, dass wir beiseitespringen mussten, mit einer weiteren Fackel leuchtete der grobschlächtige, vollbärtige Razvan von oben auf uns hinunter. Polly hob trotzig den Kopf. Ich stand einfach nur finster daneben, während meine Gedanken rasten, ohne an einem konkreten Plan haften zu bleiben.

Razvan pfiff anerkennend. „Nicht schlecht. Gehören sie zu den kleinen, wilden Stämmen, die aus dem Norden in die Wälder zurückkehren?"

Frechheit.

„Keine Ahnung. Aber den Flüchen nach, die die Lange ausgestoßen hat, sprechen sie unsere Sprache."

„Gut, das vereinfacht die Sache für uns. Ihnen wird es allerdings nicht viel bringen, wenn wir sie ins Ausland verschiffen."

„Also nimmst du sie?"

Der Menschenhändler rieb sich den Bart. „Ich muss sie mir im Licht noch genauer ansehen, aber ich kann dir sicherlich 30 bis 40 Gramm Gold für jede anbieten."

Geoffreys Grinsen reichte von einem Ohr zum anderen. „Abgemacht."

„Gut, ihr Süßen, dann knotet mal eure Waffen hier an das Seil." Auf einen Wink von Razvan hin ließ einer der Handlanger, ein magerer, blonder Typ mit Hakennase, einen dicken Strick hinunter.

„Wieso sollten wir?", fragte ich kaltschnäuziger, als ich mich fühlte.

Er zog einen altertümlich wirkenden Vorderlader aus der Innentasche seiner Weste, zielte auf Polly und spannte den Hahn. „Deswegen."

Die Diadoka zuckte nicht einmal. Ich stellte mich vor sie, spürte jedoch, wie sie sofort wieder an meiner Schulter vorbeilinste. Wenn das die einzige Schusswaffe war, die die Typen mit sich führten, hatten wir vielleicht eine Chance. Aber ohne unsere Schwerter wären wir aufgeschmissen …

„Mädchen, ich kann locker auf eine von euch verzichten. Dann verlange ich auf dem Hafenmarkt für die, die übrigbleibt, einfach das Doppelte. Muss ich wirklich erst die eine umnieten, bevor die andere pariert?"

„Nimm deinen Schwertgurt ab", bat ich Polly und tat es ihr gleich. Mit einem simplen Anbindeknoten hängte ich unsere Schwerter samt den ledernen Scheiden an das Seil und sah missmutig zu, wie sie nach oben gezogen unserer Reichweite entschwanden. Der zweite 'Shim, ein Andrakor mit dem Gesicht einer asymmetrischen Bulldogge, betrachtete sie nur kurz, bevor er sie achtlos beiseite warf.

Mistkerl.

Geoffrey hatte mittlerweile eine Strickleiter entrollt und

warf das untere Ende zwischen zwei Pfählen hinab in die Grube. „Rauf mit euch, ihr kleinen, wilden Mädchen."

Bastard.

Ich sah mich nach Polly um. Wir hatten keine Zeit, uns abzusprechen; alles, was uns blieb, war ein Blick. Ihrer war kühl, doch tief im Dunkel ihrer Augen sah ich es lodern. Sie war genauso sauer wie ich, auch wenn sie es nicht offen zeigte, und der entschlossene, erwachsene Zug um ihren Mund rief mir in Erinnerung, dass sie nicht mehr das Kind war, das ich bei meiner Verbannung in Themiskyra zurückgelassen hatte. Zumindest waren wir uns einig, dass wir unsere Haut so teuer wie möglich verkaufen würden. Dann nickte sie und ich machte mich auf den Aufstieg.

Sobald ich oben angekommen war, begann der Menschenhändler, mich zu begutachten. Er maß mich nur mit Goldgier und ohne persönliches Verlangen, doch schon sein Blick widerte mich an. Aus dem Augenwinkel erkannte ich, dass die Diadoka nun neben mir angekommen war. Razvan war von seinen beiden Schergen eingerahmt, Hakennase und Bulldogge, die sich als größer und massiver herausstellten, als sie von unten gewirkt hatten. Die Schwerter lagen zwei Meter entfernt dahinter. Geoffrey rieb sich voll Vorfreude auf seine Entlohnung die Hände, bevor er sich daran machte, seine Leiter zusammenzupacken.

Wir hatten kein Startsignal ausgemacht, aber das war auch gar nicht nötig. Sowie Razvan seine unbewaffnete Hand nach Polly ausstreckte, ging's los.

Blitzschnell ließ sie sich unter seinem Griff hinweg in eine einbeinige Hocke fallen, der ausgestreckte Fuß trat Geoffrey mit solcher Wucht in die Waden, dass er taumelte und mit einem überraschten Aufkrächzen ins Erdloch stürzte. Polly federte augenblicklich wieder hoch, nutzte Razvans Oberschenkel, Bauch, Brust, Gesicht als Sprungbrett, um über ihn hinwegzuschnellen und hinter ihm direkt bei den Schwertern aufzukommen. Sie hatte bemerkt, auf welche Weise ich sie ans Seil geknotet hatte, ein rascher Zug am losen Ende befreite die Schwerter spielend; sie riss ihres aus der Scheide und warf mir meines über die Köpfe der Vatwaka hinweg zu.

All das geschah in Sekundenbruchteilen. Jetzt, da meine

Waffe auf mich zusegelte, war es an der Zeit, in Gang zu kommen. Doch auch die Vatwaka, die genau wie ich Pollys Darbietung nur mit offenen Mündern beobachtet hatten, fassten sich wieder. Bulldogge riss zwei Säbel hervor, Hakennase sprang mit einem Dolch auf mich zu, während Razvan zu Polly herumfuhr und den Vorderlader hochriss. Ich fing mein Schwert aus der Luft, pfiff nach Chiimori, sprang vom Boden hoch und lehnte meinen Oberkörper dabei so weit zurück, dass mich der Dolchstoß verfehlte und ich Hakennase mit voller Kraft in die Brust treten konnte. Er geriet in die Schusslinie seines Bosses, der eben abdrückte. Mit einem ohrenbetäubenden Knall flammte ein Blitz aus dem Lauf und brannte sich mir in die Netzhaut. Er traf Hakennase an der Seite und schleuderte ihn auf die Stelle, an der Polly eben noch gewesen war. Diese stürmte nun jedoch mit gezücktem Schwert auf Bulldogge zu.

Mein Manöver hatte mich auf den Boden befördert; ich rollte mich herum, zerrte meinen Dolch aus dem Stiefel und war sofort wieder auf den Beinen, um mich Razvan zu widmen. Der schleuderte mir seine ohne Nachlademöglichkeit nutzlose Waffe entgegen. Ich duckte mich unter dem schweren Ding weg und verlor dabei etwas die Balance – und den Überblick, denn als ich wieder hochsah, riss der Menschenhändler gerade ein Wurfnetz vom Boden hoch und wirbelte es auf mich zu. So geschickt, wie er damit umging, war es offenbar Teil seiner Ausrüstung. Ich kannte die Art des Kampfes, war aber nicht darauf gefasst, vor allem nicht auf die feinen Drahtseile aus denen es geknüpft war und die schweren, mit Metallkugeln verstärkten Außenränder.

Ich geriet darunter, konnte es nicht sofort wieder abwerfen und auch mein Schwert nicht schwungvoll genug führen, um das Gewebe zu zerschneiden, doch als sich Razvan mir mit einem triumphalen Aufschrei näherte, stieß ich zumindest meinen Dolch zwischen den Maschen des Netzes hindurch und ihm durch seine brüchige Lederhose in den Oberschenkel. Jetzt brüllte er vor Schmerz, doch der schien ihm nur noch mehr Energie zu verleihen. Er wankte nicht, sondern verpasste mir einen Faustschlag ins Gesicht, dem ich des Netzes wegen nicht ausweichen konnte, und der buchstäblich

Sterne vor meinen Augen tanzen ließ.

Benommen und wie aus weiter Ferne sah ich hinter Razvan Polly mit Bulldogge kämpfen, sie war zu flink und geschickt für ihn, aber er war ausdauernd und zehnmal stärker als sie. Wenn sie das Blatt nicht rasch wenden konnte, würde ihr die Kraft ausgehen und dann würde es düster aussehen. Außerdem wurde ich der Tatsache gewahr, dass Hakennase sich noch rührte; der Schuss musste ihn nur gestreift haben, und wenn er sich noch einmal aufrappelte, konnte auch er für sie zur Gefahr werden, zumal ich selbst gerade mit einer drohenden Ohnmacht rang.

Der Menschenhändler beugte sich herab und hatte die Hand für einen weiteren Fausthieb erhoben, da ertönte plötzlich ein feuriges Wiehern, gefolgt von einem dumpfen Schlag – und Razvan klappte über mir zusammen. Schwer drückte mich sein massiver, lebloser Körper auf die Erde. Mit Mühe schob ich ihn samt Netz von mir herunter, sah auf und erblickte Chiimoris Hinterteil vor mir, der ausgeschlagen und den Andrakor mit beiden Hinterhufen am oberen Rücken und dem Kopf getroffen haben musste.

Mein Aspa neigte den Hals, um sich nach mir umzuschauen, und das auf eine so unschuldig-verschmitzte Art, dass beinahe ein Lachen in meinem Bauch hochgluckerte.

„Nicht übermütig werden", ermahnte ich mich selbst, hievte mich hoch und legte Chiimori nahe, den Menschenhändler bei Wiedererwachen in eine weitere Ohnmacht zu befördern. Selanna hielt sich noch versteckt, doch ich erkannte ihr glänzendes, rotbraunes Fell zwischen ein paar Birkenstämmen. Ich versetzte dem sich am Boden windenden Hakennase ein paar Tritte und rollte ihn dann zu Geoffrey in die Wildgrube hinunter, um dann Polly zu Hilfe zu eilen. Jetzt war es ganz einfach. Zu zweit hatten wir Bulldogge in kürzester Zeit einige tiefe Schnitte zugefügt und ihn so in die Enge getrieben, dass er fast von selbst in die Falle taumelte. Zuletzt wickelten wir Razvan fest in sein Netz und wälzten auch ihn ins Erdloch hinab. Er war immer noch bewusstlos; es konnte gut sein, dass er, ausgelöst durch Chiimoris Tritt, an inneren Blutungen verenden würde. Ich hatte kein Mitleid. Genauso wenig wie Polly, in deren Miene sich bestenfalls Verachtung abzeichnete, als wir das schwere Gitter wieder über die Grube klappten und auf unsere desolaten, klagenden Feinde hinunterblickten.

„Kleine, wilde Mädchen." Ich schnaubte. „Wir sollten diese elenden Vatwaka von ihrem erbärmlichen Dasein erlösen."

„Nicht der Mühe wert", erklärte Polly und wandte sich unbeeindruckt ab. „Ich muss mal."

Diesmal folgte ich ihr nicht.

Stattdessen umarmte ich Chiimori, legte meine Stirn an die seine und flüsterte: „Danke, tausendmal danke. Wenn du nicht gewesen wärst ..." Ich hatte kein Adrenalin mehr übrig, doch wenn ich an das Netz dachte, das mich so hilflos gemacht hatte, schauderte ich unweigerlich.

Während wir schweigend die Pferde sattelten und beluden, sah ich immer wieder zu meiner Reisegefährtin. Die frühere, muntere, aufmüpfige Polly war oft lästig gewesen, aber diese neue, kaltblütige Version war mir fast unheimlich.

„Du warst ... gut. Du wirst eine gute Paiti werden", bemerkte ich schließlich vorsichtig.

„Mag sein. Das liegt in weiter Ferne, ich denke nicht darüber nach. Lass uns nicht mehr über die Angelegenheit vorhin reden, ja? Die anderen würden sich nur unnötig sorgen." Sie nahm eine der Fackeln und saß auf. „Sollen wir?"

Auch ich wollte so schnell wie möglich Raum zwischen uns und die Menschenhändler bringen, doch ich musste Polly noch über meine Planänderung in Kenntnis setzen.

„Ich halte es für keine gute Idee mehr, dich nach Citey mitzunehmen."

„Wieso?", fragte Polly verständnislos. „Du hast es Louis versprochen. Und ich bin gut", wiederholte sie meine Worte. „Ich kann auf mich selbst aufpassen."

Dem konnte ich nach dem eben Erlebten zustimmen. „Dennoch obliegt deine Sicherheit meiner Verantwortung."

Sie blickte mich fest und mit erhobenem Kinn an. In diesem Moment erinnerte sie mich hundertprozentig an ihre Schwester, und ich wusste, sie bezog sich wieder auf die große Schlacht, als sie versetzte: „Ich werde in meinem Leben keinen weiteren Verlust akzeptieren. Nicht den von Ell, ihres Verstandes oder ihres Traums."

„Wen, verdammt, hast *du* verloren?", brach es aus mir hervor.

„Jemanden, ohne den *ich* nicht sein sollte. Jemanden, der für *mich* bestimmt war." Damit wendete sie Selanna und ritt den schmalen Pfad voran, der Richtung Süden den Fluss entlang führte.

Mit einem leisen Fluch auf den Lippen schwang ich mich auf Chiimoris Rücken. Was auch immer sie da orakelte – ich wusste, ich würde sie nicht zum Einlenken bewegen können. Ihr Sinn stand unverrückbar fest. Wahrscheinlich würde sie es nur auf eigene Faust versuchen, wenn ich einen Streit vom Zaun brach, und dabei umkommen, weil ich ihr nicht den Rücken freihielt.

„Bei Artemis, was für eine nervige, kleine Kröte."

Wir ritten viel und schliefen wenig, wurden vom Frühlingsregen durchnässt, von lauen Sonnenstrahlen getrocknet, vom Wind fast weggeblasen, vom Tau geweckt und vom Schlamm aufgehalten. Und nach weiteren drei Tagen ritten wir eines Vormittags in Citey ein.

Polly staunte. Über Goldvelt war sie praktisch nie hinausgekommen. Die Größe der Stadt, ihr maroder Zustand, die vielen zerlumpten Menschen auf den Straßen, die pöbelnden Vatwaka, die parfümierten Jahika, all das schien sie zuerst völlig zu überfordern.

Mir war es ja lange Zeit auch nicht anders gegangen. Mit Ekel und Faszination hatte ich gesehen, wie der Verfall aus der strahlenden Metropole einen verseuchten Moloch gemacht hatte, hatte Menschen verhungern, erfrieren, sich gegenseitig wegen eines Brotes erschlagen sehen. Armut, Elend und Hass waren allgegenwärtig. Doch ich hatte auch gespürt, dass sich in den letzten Monaten etwas verändert hatte, vielleicht nur das Bewusstsein der Bevölkerung, dass sie eine Chance hatten. Ihr, unser aller Leben war vollkommen umgekrempelt worden, aber sie hatten sich daran gewöhnt und gelernt, sich mit der neuen Weltunordnung zu arrangieren. Und langsam, langsam kehrten Lachen und Ausgelassenheit in die Stadt zurück, und Hoffnung.

Polly hielt Selanna dauernd an, sei es, um einen wetternden Wanderprediger auf seiner Obstkiste zu beobachten, den weithin riechbaren Fischmarkt an der Awin zu bestaunen, der unten auf der großen Sandbank stattfand, oder auch nur, um eine ärmliche, aber fröhliche Hochzeitsgesellschaft über die Straße zu lassen, die eben aus einer rußgeschwärzten Kirchenruine strömte. Fast bereute ich es, nicht einen großen Bogen um die Innenstadt gemacht zu haben, doch ich wollte keine Zeit mehr verlieren.

Endlich erreichten wir das südliche Industrieviertel und schließlich auch die Lagerhalle. Das Wetter war frühlingshaft schön und die Mannen waren sich nicht zu blöd gewesen, ihre alten, funktionsuntüchtigen Motorräder aus der verstaubten Garage zu schieben und im Sonnenlicht zu wienern. Jetzt sahen sie auf und begrüßten uns mit großer Freude und lautem Hallo.

Homer, mein bester Freund unter den Mannen, umarmte mich und Chiimori, der hingebungsvoll begann, mit sanften Lippen erst an seinen dunkel gelockten Haaren, und dann am Bügel seiner schwarz umrandeten Brille zu knabbern. Der 'Shim lachte, schob die Nase meines Pferdes beiseite, klopfte seinen Hals und kraulte ihn. Die beiden mochten sich, das freute mich, denn anfangs war Homer nicht so richtig begeistert gewesen, wenn er sich um mein Aspa kümmern sollte, weil ich Chiara auf der Spur war.

„Alles in Ordnung?", fragte er leise, der von meiner schwierigen Vergangenheit mit meiner Mutter wusste, und nahm mir die Zügel ab.

Ich zögerte, bevor ein kleines Lächeln über mein Gesicht glitt. „Ja", sagte ich dann, „es war gut, heimzukehren. Und jetzt ist es gut, wieder hier zu sein."

Louis kam aus dem Gebäude gelaufen, und über sein Gesicht flog ein Ausdruck grenzenloser Erleichterung, als er Polly neben mir sah. In diesem Moment reinen Optimismus sah er seinem Bruder wirklich ähnlich, auch wenn Louis einen Hauch kleiner und seine Iris viel dunkler als die von Cesares goldbraunen Augen war. Die Haare der Brüder hatten denselben tiefbraunen Ton und ihre athletischen Körper die gleiche entschlossene, aufrechte Haltung, wenn auch aus verschiedenen Gründen: Louis war so durchtrainiert, weil ihm das harte Leben in Themiskyras Arbeiterschaft und danach die entbehrungsreiche Zeit nach dem Verfall das abverlangt hatte, wohingegen Cesare so aussah, weil er Amazonen gefallen sollte. Und, bei Artemis, das gelang ihm, und zwar von Kopf bis Fuß.

Vom Wesen her jedoch waren die beiden ganz unterschiedlich. Louis schien immer von inneren Dämonen, von Wut und Unruhe getrieben zu sein, wirkte hitzig und unberechenbar, manchmal sogar arrogant auf Außenstehende. Ces hingegen war ruhig, entspannt, ausgleichend, ohne dabei jeweils langweilig zu sein, seine Leidenschaft im Gegensatz zu der seines Bruders positiv, kreativ, konstruktiv. Göttin, ich vermisste ihn. Unbewusst sah ich mich nach ihm um.

Louis ließ Polly keine Zeit, sich auszuruhen, sondern begann sofort eindringlich auf sie einzureden.

„Ist das Polly?", erkundigte sich Will, der in seiner üblichen Arbeitskleidung, Cargohose, Muskelshirt und der alten Fliegerjacke, an meiner Seite aufgetaucht war. Seine grauen, wachen Augen klebten förmlich an ihr, bis Louis sie mit sich in die Halle zog, zweifelsohne, um sie gleich zu Ell zu schicken.

„Das ist sie", nickte ich.

„Süß."

„Vergiss es." Atalante würde mir den Kopf abreißen und alles meiner angeblichen moralischen Verdorbenheit in die Schuhe schieben, wenn ihre neue Diadoka nun auch noch auf Abwegen wandelte.

Er grinste nur.

Ich rollte mit den Augen. „Wo sind die anderen?"

„Munin, Verne und Cesare sind in der Residenz, ich werde ihnen demnächst mit Chiara und einer Wagenladung Kerzen, Leder und Gemüse folgen."

„Wie geht's Ell?"

Er fuhr sich frustriert mit beiden Händen durch die kurzen hellblonden Haare. „Unverändert."

„Polly wird es hinkriegen", versicherte ich und steuerte auf die Halle zu. „Ich brauche jetzt erst einmal eine Dusche und ein paar Tage Schlaf."

Ich war davon überzeugt gewesen, dass Ell ihre Schwester anhören würde, doch dass Polly sie so schnell davon würde überzeugen können, auch mit Louis zu sprechen, überraschte selbst mich. Als ich gegen Abend erwachte, hatte sich schon unter den Arkadiern und den Mannen herumgesprochen, dass Ell Louis in ihr Zimmer gelassen habe.

Yeah, dachte ich, und *juhu*, und einen Augenblick lang fragte ich mich wirklich, warum ich keine wirkliche Freude empfinden konnte. Es war schön, für das Glück anderer zu sorgen, aber es ließ einen schalen Nachgeschmack zurück, wenn das eigene Herz einsam war. Und mit jeder Minute, die verstrich, wurde mir klarer, dass es für mich, für *uns* keine Hoffnung gab.

Ces würde mit Ell, Polly und seinem Bruder die Stadt verlassen. Und ich Idiotin war mehr oder weniger Schuld daran, denn ich hatte ja wesentlich dazu beigetragen, dass die beiden sich wiedergefunden hatten. Bloß – was hätte ich für eine Wahl gehabt? Andernfalls wäre Louis wahnsinnig geworden, und Ces hätte ihn früher oder später auch mit nach Riparbaro genommen, während Ell von Atalante nach Themiskyra verfrachtet worden wäre. Für mich hätte das alles nichts geändert. Ich würde so oder so hier zurückbleiben. Allein der Gedanke deprimierte mich zutiefst. Und so dauerte es eine ganze Weile, bis ich mich aufraffen konnte, mein Bett zu verlassen. Chiara hatte voller Optimismus aufgekocht, als sie von den guten Neuigkeiten gehört hatte, und ich tauchte gerade zur rechten Zeit am inneren Feuer auf, als ihr legendärer Kartoffel-Auflauf in großen Steingutformen herumgereicht wurde.

„Du hast mit Ell gesprochen?", erkundigte ich mich bei Polly, während wir unsere Teller beluden.

„Ja."

„Und?"

„Ich glaube, sie hatte da unten ziemlich schlimme Halluzinationen. Anscheinend sind wir, Atalante und auch Louis ihr erschienen und haben irgendeinen Unsinn erzählt. Es fällt ihr offenbar noch manchmal schwer, zwischen diesen Phantasien und der Wirklichkeit zu unterscheiden. Deshalb war sie wohl auch der Meinung, dass Louis sie aufgegeben habe. Ich denke, er konnte sie inzwischen überzeugen, dass dem nicht so ist. Zumindest schreien sie sich jetzt schon seit einigen Stunden nicht mehr an." Sie lächelte spitzbübisch.

„Yeah", sagte ich. Und: „Juhu." Aber mein Herz tat weh. Ich ließ meinen Blick über die Köpfe der Anwesenden wandern, bis ich, schräg gegenüber, Ces entdeckte. Er starrte mich an. Nickte mir knapp zu. Wandte sich wieder Munin zu, der sich seine blau getönte Brille in die langen, grau melierten Haare geschoben hatte, um an seinem fadenscheinigen Hawaiihemd einen Knopf anzunähen, ohne es dabei auszuziehen. Sehr interessant konnte sein Dozieren über die Verhaltensökologie der Weißbrustigel nicht sein, denn Cesare sah gleich wieder zu mir. Auch ich konnte nicht wegschauen, und obwohl es mich mit jeder Faser zu ihm hinzog, stemmte ich meine Stiefelabsätze in den Betonboden. Einer weiteren Zurückweisung würde ich mich nicht stellen.

Irgendwann tauchte Ell mit Louis an ihrer Seite auf.

Sie wirkte verlegen, richtete aber dennoch das Wort an uns. „Ich war in letzter Zeit ziemlich neben der Spur, deswegen kommt das wahrscheinlich jetzt ein bisschen spät, aber ... vielen Dank. Euch allen. Ich habe gehört, was ihr alle auf euch genommen und riskiert habt, um mich da rauszuholen. Wenn ihr nicht gewesen wärt, wäre ich jetzt ...", sie zog eine Grimasse, „na ja, ziemlich platt. Danke."

Alle brachen in erleichterten Jubel aus. Ich auch. Natürlich. Ich war ja auch froh. Denn ich hatte ja das Richtige gemacht. *Juhu.*

Ces lächelte und im Gegensatz zu mir leuchteten seine Augen voll echter Freude. Sie kehrten sofort zu mir zurück, sobald er meinen Blick spürte. Ich wollte hinübergehen. Ihn einfach küssen. Ich wollte auch Glück und Jubel und mich stundenlang mit ihm einsperren. Aber es war genauso, wie ich schon vor ein paar Wochen gesagt hatte:

Ich bekam nun mal nie, was ich wollte.

Padminis Worte hatten mich zum Nachdenken gebracht, aber im Grunde brachte alles Grübeln nichts. Ich wollte nicht teilen und Cesare nicht auf seine Aufgabe im Clan verzichten. Damit war alles gesagt und getan.

Doch ich litt die gesamte folgende Woche. Cesare war die

meiste Zeit unterwegs, abgesehen von seinen Aufgaben und Touren für Verne trieb er sich dauernd irgendwo in der Stadt herum. Am letzten Abend, bevor die vier gen Heimat aufbrechen würden, wollten sie in der *Büchse der Pandora* Abschied feiern. Zuvor war die Stimmung ausgelassen, und ich denke, jeder war so mit sich selbst beschäftigt, dass meine nur mit Mühe zur Schau getragene Fröhlichkeit keinem auffiel. Lediglich Chiaras Misstrauen hatte ich geweckt, als ich nur lustlos aus meiner kurzen Schlafanzughose in meine Lederhose stieg. Am liebsten wäre ich überhaupt zu Hause geblieben, aber das hätte zu viele Fragen aufgeworfen, denen ich mich ganz und gar nicht gewachsen fühlte.

Chiara baute sich vor mir zu voller Größe auf, was nicht besonders viel war. Doch obwohl sie in ihrem übergroßen, hellblauen Kapuzenpulli zierlich wirkte, hatte sie gerade in den letzten Monaten wirklich an innerer Stärke zugelegt. Sicher, sie hatte immer noch irgendwie einen an der Waffel, tickte aus, wenn jemand mit staubigen Stiefeln durch die Küche stapfte oder die Saugnapfzahnbürsten im Bad in der falschen Reihenfolge anordnete. Aber die Wohngemeinschaft mit den Mannen oder die Ereignisse rund um Ells Verschwinden hatten sie wohl zwangsläufig abgehärtet.

„Was ist los?"

„Nichts."

„Gelogen."

„Bin schlapp. Habe mich noch nicht von der Reise erholt."

Sie musterte mich skeptisch. „Du hast den ganzen Tag im Bett verbracht."

„Eben", sagte ich und schlüpfte in meine Stiefel. „Eben. Eben."

„Du willst nicht, dass sie uns verlassen."

„Nein", räumte ich ein.

„Dann reite mit ihnen."

Ich lächelte müde und meiner Meinung nach recht tapfer. „Das kann ich nicht. Ich … passe nicht in deren Leben. Nicht kompatibel."

„Quatsch."

Ich sah auf. Chiara hatte begonnen, ihre kurzen schwarzen Haare mit einem präapokalyptischen, violetten Kamm zu bearbeiten. Dem Blick nach, den sie mir über den kleinen Spiegel zuwarf, wusste sie genau, was los war, deswegen verzichtete ich darauf, um den heißen Brei herumzureden.

„Er will mich nicht haben. Er fühlt sich seiner Familie verpflichtet. Soll ich mich …", ich rollte mit den Augen, „… ihm an den Hals werfen, nur um zurückgestoßen zu werden? Nein. Sicher nicht. Es liegt, wie immer, nicht in meiner Hand." Voll trauriger Entschlossenheit schlüpfte ich in meine Jacke und stapfte nach draußen.

„Nicht in ihrer Hand", hörte ich Chiara in leisem Singsang wiederholen, „nicht in ihrer Hand", während sie zweifelsohne hastig die Kleidungsstücke zusammenlegte, die ich in meiner hilflosen Niedergeschlagenheit von mir geschleudert und auf dem Boden liegengelassen hatte. „Nicht in ihrer Hand."

Mein Weg führte mich zu Polly. Seit unserem Abenteuer in der Wildgrube fühlte ich mich ihr verbunden; ich verabschiedete mich mit einer Umarmung von ihr und gab ihr noch den Goldtaler, den mir Atalante überlassen hatte. „Er war für einen Kurier gedacht, den wir jedoch nicht gebraucht haben. Gib ihn deiner Mutter zurück." Es wäre verlockend gewesen, das Gold zu behalten, aber ich schätze, ich wollte Atalante beweisen, dass ich es nicht nötig hatte.

„Mache ich", nickte sie. „Pass auf dich auf, ja?"

„Du auch. Du erst recht."

Als Nächstes suchte ich Ell auf. Wir hatten kaum Gelegenheit zum Reden gehabt, seit sie wieder sowohl physisch, als auch psychisch zurück war, und ich hatte die Angelegenheit auch vor mir hergeschoben. Wenn ich sie noch klären wollte, ging mir allerdings langsam die Zeit aus, also marschierte ich nun ins Zwischenstockwerk hinauf und klopfte an die Tür zu Lancelots Gemächern.

„Ja?", ertönte Ells fröhliche Stimme und: „Komm rein!", sobald ich mich zu erkennen gegeben hatte.

„Ich wollte dir noch etwas geben, bevor du abreist", erklärte ich und zog die kleine Metallschachtel aus der Innentasche meiner Jacke.

Zuerst war Ell verwirrt und dann, als sie das Ding wiedererkannte, noch viel verwirrter. Mit zitternden Händen öffnete sie es, wühlte darin herum und schloss es wieder, ohne mir den Inhalt zu zeigen.

„Woher hast du das?"

„Ich habe mir von Ces den Weg zu deinem alten Zuhause zeigen lassen. Er hat sich erst geweigert, aber ich … keine Ahnung. Es war so eine fixe Idee von mir. War auf jeden Fall nicht böse gemeint."

Sie lächelte schräg. „Nur misstrauisch?"

„Ja. Vielleicht."

Ich denke, dass sie mir die Sache übler genommen hätte, bevor ich Mitglied des Sondereinsatzkommandos wurde, dem sie ihr Leben zu verdanken hatte. Außerdem verschwieg ich das Detail, dass ich die ganze Zeit über gewusst hatte, wo Louis sich befunden hatte, und dass ich ihren Vater vor seinem Tod kennengelernt hatte – Geständnisse, die keiner von uns gutgetan hätten.

„Es lag im Garten."

„Hast du noch mehr gefunden?"

„Nichts Brauchbares." Den Anblick des vergammelten Pinguins wollte ich ihr um jeden Preis ersparen.

„Hast du in die Dose hineingesehen?"

Ich nickte. Ein bisschen Kleingeld war darin gewesen, ein bisschen Kleinkram, ein paar Zettel. Und ein Foto von der kleinen Ell und ihrem Vater, der definitiv kein Clanmann war. Brisanter Stoff.

„Und?" Halb besorgt, halb gespannt blickte sie mich an.

„Du hast deinen Gutschein bei Sweenie's verfallen lassen."

„Stimmt. Schande." Ell räusperte sich, und ich wusste, dass sie wusste, dass ich von ihrer wahren Herkunft wusste.

„Hör mal, ich muss dir das wahrscheinlich nicht extra sagen, aber es war nicht leicht, deine Mutter davon zu überzeugen, Polly mit mir gehen zu lassen. Wenn deiner Schwester irgendetwas zustoßen sollte, wird Atalante mir den Kopf abreißen, also sieh zu, dass du gut auf sie aufpasst", schärfte ich ihr ein.

„Natürlich."

Damit war eigentlich alles gesagt, doch bevor ich mich verkrümeln konnte, hielt Ell mich rasch am Arm fest.

„Sehen wir uns wieder?"

„Ich wüsste nicht, wo." Und wann. Und wieso.

„Halte Kontakt zu Verne, in Ordnung? Damit ich dich erreichen kann."

„Mache ich."

„Und da ist noch etwas. Ich habe eine Bekannte, Halina, die im Färberviertel zusammen mit ihrem Mann Per direkt an der Awin eine Art Waisenhaus für Straßenkinder aufgezogen hat. Falls sie Hilfe braucht, wird sie hierherkommen und nach mir fragen. Ist unwahrscheinlich, weil sie sich seit jeher alleine durchgekämpft haben, aber falls sie doch irgendwann auftauchen sollte: Hilf ihr. Bitte."

„Kinder?" *Super. Ich hasse Kinder.* Meine Stimmung sank noch tiefer, falls das überhaupt möglich war.

„Sie ist eine von uns", erklärte Ell. „Sie kommt aus Themiskyra und ist vor vielen Jahren mit ihrem Clanmann durchgebrannt."

„Kommt in den besten Familien vor." Für abtrünnige Amazonen hatte ich eine Schwäche. Auch, wenn sie Kinder im Schlepptau hatten.

„Also? Wirst du ihr helfen?"

Ich schnaubte. „Na, meinetwegen."

„Tausend Dank." Sie umarmte mich fest. „Pass gut auf dich auf."

Ich zuckte gleichgültig mit den Schultern. „Ich bin eine Amazone."

„Trotzdem. Sieh dich vor." Sie grinste. „Mir wäre es auch fast an den Kragen gegangen. Und ich bin auch eine Amazone."

Diesmal hatte keine von uns ihre Stimme gesenkt. Ich schätze, es war uns inzwischen wirklich egal, was die anderen von uns dachten.

In Pandoras Bar steppte wie immer der Bär zu den Klängen einer stromlosen, aber mitreißenden Gitarren-Klavier-Schlagzeug-Combo. Ich holte mir fünf Pandora-Taler, denn mir war von Anfang an klar, dass ich den Abend ohne Met nicht überstehen würde, doch schon nach dem ersten Schluck merkte ich, dass mir das Zeug heute nicht schmeckte. Und die ganze Zeit über hatte ich Cesares brennende Blicke im

Rücken. Ich konnte nicht mehr hinschauen.

„Was ist los?", fragte Pandora, die den Tresen vor mir polierte. Sie trug ein fadenscheiniges Holzfällerhemd in Beerentönen und die schulterlangen, honigblonden Haare zu einem Pferdeschwanz gebunden. Abwechselnd bedachte sie mich und das abgenutzte Holz des Schanktisches zwischen uns mit skeptischem Blick.

„Nichts."

„Gelogen."

„Und wenn schon."

„Ich meine ja nur, weil dieser ausnehmend hübsche junge Mann dort hinten aussieht, als würde er dich am liebsten mit Haut und Haaren verschlingen. Im positivsten Sinne."

„Ces?"

„Genau der." Ihre Stimme klang rauchig und amüsiert.

Meine hingegen hörte sich komisch an und ich hatte Angst, dass ich sie nicht mehr unter Kontrolle haben würde, wenn ich mich noch weiter mit der Barbesitzerin über mein hoffnungsloses Gefühlsleben unterhielt.

„Der reist morgen ab." Ich nickte ihr entschuldigend zu und verzog mich mit meinem Krug nach draußen.

Die Luft war lau und roch nach Awin und frischer Blüte; ich lehnte mich etwas abseits der überfüllten Stehtische an die verwitterte Hauswand und betrachtete die unzähligen Feuerstellen am Flussufer. Auch in den Bergen hatte inzwischen der Schnee zu schmelzen begonnen; der Strom brachte das Schmelzwasser in die Stadt mit und rauschte nur so an mir vorbei. Ich sah ein Floß und ein kleines Frachtschiff die Awin entlangschippern und dachte mir: *Eigentlich wäre es jetzt an der Zeit. Eigentlich müsste ich jetzt gehen.* So wie ich aus Urba und von Shirokkos Leuten weggegangen war. Die Zeit war vorbei. *Ich sollte auf irgendeinem Seelenverkäufer anheuern und … ja, was? Deck schrubben? Kartoffeln schälen?* Nein, das war nicht das meine. *Lieber ein Schiff entern und auf Schatzsuche gehen. Ich werde Shirokkos Mannen zur Meuterei aufrufen und als Crew für meine Sache gewinnen …*

Meine Gedanken waren so unsinnig, dass sich nicht einmal Pan die Mühe machte, sich auf meine Schulter zu setzen, obwohl es in meiner Vorstellung immerhin um eine ganz immense Holztruhe voller Gold und Edelsteine ging. Und auch mich konnte die Überlegung nicht aus meiner trüben Stimmung reißen.

„Was ist los?", erklang eine Männerstimme an meiner Seite.

Ich sah nicht einmal hin. „Nichts."

„Gelogen."

Gelangweilt drehte ich den Kopf, um den unbekannten 'Shim zusammenzustauchen, der es wagte, mich in meiner miesen Stimmung auch noch anzureden, und fand einen Typen vor, einen Bodybuilder mit einem Froschgesicht in einem für die Jahreszeit unpassenden, ärmellosen Shirt und langen, grünen Schlabberhosen. Er schien von einem der Stehtische zu kommen; seine Freunde dort machten gespannte Mienen und lange Hälse, um das Geschehen beobachten zu können.

„Ich habe an sich nichts gegen Lurche, aber bitte, schieb ab, ich habe gerade keine Lust auf Gesellschaft."

Er war sich seiner Ähnlichkeit mit der beliebten Amphibie offenbar nicht bewusst und kam auch meiner Bitte nicht nach, sondern strahlte mich mit breitem Mund an. „Aber vielleicht hast du Lust auf –"

Weiter kam er nicht, dann machte seine Nase recht harsche Bekanntschaft mit meiner Faust. Artemis, das tat weh. Normalerweise halte ich mich an Tianyus Regeln des feinen Kampfes, aber gerade war mir einfach nach Draufhauen gewesen, zumal Muskelfroschs Hand dabei war, sich an meiner Brust zu vergreifen. Jetzt kippte er mit einem Schrei nach hinten weg und ich hielt meine schmerzende Rechte fest. Was für ein Dreckstag. Nicht mal alleine deprimiert konnte ich sein. Muskelfrosch war nicht k.o. gegangen und hatte offenbar auch noch nicht genug. Fluchend und drohend rappelte er sich auf, streckte die Arme nach mir aus.

Ich spielte mit dem Gedanken, unter ihnen wegzutauchen, den wütenden 'Shim einfach seinem Ingrimm zu überlassen und nach Hause zu gehen, da wurde der inzwischen mehr rote als grüne Muskelfrosch aus der Luft gepflückt und ein paar Meter weiter jenseits der halbhohen Mauer unsanft abgesetzt, die das Kneipenareal umgrenzte. Danach wandte sich Ces zu mir um, denn kein anderer war es natürlich mal wieder gewesen, der clankonform der Amazone in Nöten zu Hilfe eilte.

„Alles okay?", erkundigte er sich. Meine Miene sprach wohl Bände. „Was ist los?!"

„Fängst du auch noch an!", blaffte ich.

„Ich wollte dir nur helfen."

„Komplett unnötig. Ich hatte alles im Griff."

„Nia, ich muss mit dir sprechen."

Ich sah ihn mir zum ersten Mal an diesem Abend richtig an, zuvor war ich nur damit beschäftigt gewesen, ihn eben *nicht* anzusehen. Ich fragte mich schon, woher er die neuen Klamotten hatte. Während mein ganzer Kram beim Brand in der Arcadia Kaufwelt in Rauch aufgegangen war, hatte Cesare sich irgendwie wieder eine schicke Garderobe zusammengestellt, mit Hemd, einem gut sitzenden Wollmantel, flickenfreien Jeans und sauberen Schuhen.

Ich musste mit Verne echt ein ernstes Wörtchen reden. Wahrscheinlich zahlte er den anderen etwas, nur mich hielt er immer mit Kost, Logis und der Hoffnung auf medizinische Versorgung klein, beziehungsweise billig.

„Kein Interesse."

„Es ist aber wichtig. Ich –"

„Ich will nicht sprechen", erwiderte ich finster und stapfte davon. „Warum checkt das denn keiner?! Ich will einfach –" – *meine Ruhe*, hatte ich sagen wollen, doch Cesare packte mich an der Hand und riss mich zurück. Seine Lippen drückten sich fest und hungrig auf meine, während er mich eng an sich zog.

Ich dachte, es wäre ein Abschiedskuss. Was, trotz allem, okay gewesen wäre. Wenn auch nutzlos. Folgenlos. Zukunftslos. Dennoch gab ich seinem Drängen nach und erwiderte seinen Kuss. Ich konnte ihn nicht genießen. Mein Gehirn gab stakkatoartig *Der Letzte! Der Letzte!* von sich, und ich wartete nur bangend darauf, dass Ces sich jeden Moment von mir löste.

Das Gegenteil schien jedoch der Fall zu sein: Seine Lippen wurden fordernder, seine Hände, die zuvor mein Gesicht umfasst hatten, strichen über das bisschen Haut, das freilag, suchten mehr und hinterließen eine elektrisierte Spur an meinem Ohr, meinem Hals, meinem Schlüsselbein. Lust explodierte in meinem Bauch, jagte Feuer durch meine Nervenbahnen. Für ein paar Sekunden wurde mein Körper unter seiner Berührung weich, fast flüssig und heiß wie Lava ... bis ich begriff. Und schlagartig kühlte alles in mir ab. Mit einiger Anstrengung schob ich ihn weg von mir.

„Soll das jetzt der besondere Moment, der besondere Ort sein? Nur, weil du morgen abhaust? Ich verzichte!", schleuderte ich ihm entgegen und rannte weg.

„Nia! Warte!", rief er und lief mir hinterher, aber ich war schneller. Ich trug nämlich keine frisch geputzten Budapester, sondern sprintete mit meinen Arbeitsstiefeln ohne Rücksicht auf Verluste über Mauer und Kies und Steinplatten.

Jetzt, warum jetzt, warum erst jetzt, rasten meine Gedanken voller Wut, *jetzt, wo es keine Bedeutung hat, kein Risiko für ihn birgt, was für eine bodenlose Frechheit, jetzt, keine zwölf Stunden vor seinem Aufbruch kommt er an, für wie verzweifelt hält er mich eigentlich, für wie armselig.*

Ich sprang auf die Brüstung, die die Insel an dieser Stelle vom Fluss trennte – und hüpfte hinunter. Nur, um das klarzustellen – wenn ich mir nicht zuvor die Gedankenspiele über eine Zukunft zu Wasser erlaubt hätte, wäre mir nie auch nur die Idee gekommen, diesen Fluchtweg zu wählen. So jedoch setzte ich konsequent in die Realität um, was ich vorhin als verzweifelten Unsinn zusammengesponnen hatte. Und da der Zufall es wollte, dass direkt unter mir eine Art Floß auf den schäumenden Wellen vorübergetragen wurde, fackelte ich nicht lang, sondern sprang darauf und stieß mich von der Mauer ab.

„He!", brüllte der Kapitän im gelben Ölzeug mit Südwester.

Er stellte offenbar die gesamte Besatzung dar. Im Licht einer kleinen Laterne, die auf einem Stecken befestigt war, erkannte ich, dass es sich weniger um ein Floß, als vielmehr um einen aufblasbaren Katamaran handelte, den der bärtige 'Shim mithilfe eines langen Paddels durch die Awin steuerte. Eine wackelige Angelegenheit; ich setzte mich lieber auf eine der beiden festgeschnallten Alukisten, während wir uns von der Insel entfernten, hinter deren Mauer ich einen winkenden, rufenden Cesare sah. Brüsk drehte ich mich weg und starrte in die Strömung. Ich war maßlos enttäuscht von Ces. Seinen dämlichen Kodex konnte er sich wirklich in die Haare schmieren. Immer auf Ehre und Ehrfurcht machen, aber dann kurz vor knapp noch die arglose Kanya entjungfern wollen, nur um anschließend schnell Leine zu ziehen? Nicht mit mir.

„Ich wollte gerade anlegen und in der Bar dort was trinken gehen!", beklagte sich der Kapitän nach einer Weile hinter mir.

Ich war immer noch außer mir, aber die spritzende Gischt hatte mich immerhin soweit abgekühlt, dass ich den Krug hob, den ich nach wie vor in der Linken hielt, und dem Mann halbwegs gefasst entgegnete:

„Ich könnte dir Met anbieten." Ich linste in den Humpen. „Na ja. Was davon übrig ist."

Der Typ starrte mich an.

„War ein Witz", erklärte ich mit einem Augenrollen. „Das Zeug hat jetzt einen Faustkampf, heftiges Geknutsche und eine wilde Flucht hinter sich – wie viel Met soll da schon im Krug geblieben sein?" Überraschend viel. Ich nahm einen Schluck. Plötzlich schmeckte das Zeug, vertrieb die Bitterkeit von meinen Lippen. Und noch einen Schluck. Und noch einen großen ...

„Ainia?!", fragte der 'Shim und zog seinen Hut vom Kopf.

Ich blickte in ein markantes, braun gebranntes Gesicht mit dunkelblauen Augen und wilden, sonnengebleichten Locken – okay, der Bart veränderte sein Gesicht stark, aber den Rest hätte ich nie vergessen können. Vor Schreck rann mir der letzte Schluck Met in den falschen Hals. Ich verschluckte mich, hustete, prustete, sprang auf, warf den Humpen in die Awin und fing mich gerade so halbwegs, bevor der Typ anfangen konnte, lebensrettende Sofortmaßnahmen einzuleiten.

„Kassian", stellte ich fest, sobald ich wieder Luft bekam.

Kapitel 4

Das Boot schaukelte schwungvoll über Stromschnellen, und Kassian eilte wieder ans Ruder, um uns in sanftere Gewässer zu bewegen. Die Laterne pendelte heftig hin und her.

„Was machst du hier?", fragte ich fassungslos und setzte mich sicherheitshalber wieder.

Er strahlte mich an, sodass seine ebenmäßigen Zähne aufblitzten. „Ich bin zurück!"

„Das … sehe ich. Woher?"

„Von überallher! Eure Tickets damals waren ein Geschenk des Himmels – ich hatte überhaupt keine Kohle mehr, aber dank eurer Flugscheine nach San Calides konnte ich weitermachen."

„Womit?"

„Mit meinem Projekt. Ainia, ich war überall. Eins führte zum anderen. Ich habe Berge bezwungen und mit Naturvölkern gefeiert, mich durch den Dschungel geschwungen und Meere durchschwommen, auf dem Vulkan getanzt und alle Sterne gezählt." Er lachte auf.

Ich kleidete meinen Neid über seine Begeisterung in Spott. „Du hast aber schon gemerkt, dass die Zivilisation derweil ziemlich den Bach runtergegangen ist?"

„Selbstverständlich. Aber je weiter du dich von der modernen Welt entfernst, desto weniger spürst du die Auswirkungen des Verfalls. Die Lösung liegt genau darin."

Einen Moment lang dachte ich, er sei irre geworden, aber dann merkte ich, dass er einfach glücklich war. Sein Glück … nun, es steckte mich nicht wirklich an, aber es nahm mir ein paar Steine vom Herzen, sodass ich zumindest wieder durchatmen konnte.

„Was macht Duke? Habt ihr noch Kontakt? Hat er dich damals gefunden?", erkundigte er sich.

„Ja, wir haben uns kürzlich wiedergesehen. Er ist der Chef der hiesigen Sicherheitstruppe und versucht, das Schlimmste zu verhindern."

„Und sonst? Ich bin erst seit ein paar Tagen wieder auf dem Kontinent, hatte noch keine Gelegenheit, meine Leute wieder anzufunken."

„Nun ja." Ich zögerte. Ich hasste es, die Überbringerin schlechter Nachrichten zu sein. „Chiara arbeitet bei ein paar Neristas hier in der Stadt. Es geht ihr gut. Ihr Nervenkostüm ist dünn, aber halbwegs stabil. Und Melissa …" Ich stieß die Luft aus. „Es ist schon eine Weile her. Sie hat nach dir gesucht."

„Ja?" Er wirkte nicht sonderlich interessiert, konzentrierte sich ganz darauf, das Boot nahe am Ufer entlangzusteuern, ohne an einer Sandbank auf Grund zu laufen. Also stieß ich es einfach aus:

„Kassian, ich muss dir etwas Schlimmes sagen. Sie wurde Opfer einer Explosion bei einem Überfall marodierender Banden auf das Southgate Einkaufszentrum in Urba."

Er sah ungläubig auf. „Sie ist tot?"

„Es tut mir leid. Ja. Ich war bei ihr, aber ich konnte sie nicht retten. Ihr letzter Wunsch war, dass ich Chiara für sie finden sollte, und das habe ich auch getan."

Jetzt legte er kurzerhand bei einer Sandbank an und das Paddel beiseite. „Ich dachte … sie sei eine von denen, die … immer durchkommen. Und mehr als das. Die immer auf die Füße fallen, egal, wie das Leben ihnen mitspielt. Ich kann nicht glauben, dass …" Erschüttert setzte er sich neben mich auf die Alukiste und verstummte.

Es tat mir leid, *er* tat mir leid, aber *meine* Trauer über Melissas Ableben war … verbraucht. Absorbiert durch Warmits Tod. Durch Ells Entführung. Durch die Enttäuschung über Cesare.

Nein, ich würde nicht mehr über diesen 'Shim nachdenken. In ein paar Stunden würde er die Stadt verlassen und wir uns nie wiedersehen. Gut so.

Kassian brauchte eine Weile, was verständlich war, er hatte Melissa immerhin ein Leben lang gekannt. Er starrte in die Ferne, in den Himmel, ins schäumende Nass; ich saß still dabei. Irgendwann jedoch stand er schwungvoll auf, schnappte sich die Laterne und sprang ans Ufer. Konzentriert konsultierte er eine Karte, stopfte diese dann zurück in seine Jackentasche und blickte mich lächelnd an.

„Kommst du mit?"

Ich folgte ihm aufs Kiesbett hinab. „Wohin?"

Mit ein paar kundigen Handgriffen zog Kassian das Boot an Land, hob die beiden Boxen herunter und ließ die Luft aus dem Katamaran, bevor er ihn zusammenknüllte, mit dem Paddel fixierte und sich wie einen Rucksack an zwei Riemen auf den Rücken schnallte. „Würdest du mir einen Gefallen tun und eine der Kisten mitnehmen?"

„Was? Warum? Und wohin?"

„Wir besuchen einen Freund." Er machte die Lampe an einer der Aluboxen fest und ging in ihrem schwankenden Licht voran durchs Dickicht des Ufers. „Er wohnt in Port Devine. Kommst du?"

Kopfschüttelnd ergriff ich die beiden Henkel der anderen Kiste, machte mich schon auf schweres Gewicht gefasst und stellte zu meiner Überraschung fest, dass das Ding kaum fünf Kilogramm wog.

„Was ist da drin?", wollte ich von Kassian wissen, sowie ich ihn eingeholt hatte.

Er grinste über seine Schulter hinweg. „Ein kleines Wunder."

Langsam wurde es mir zu blöd. Ich stellte meine Fracht ab und ließ die Verschlüsse aufschnappen. Kassian war mit seiner Lampe schon weitergezogen, doch das spielte keine Rolle, denn als ich den Deckel der Box hob, strömte mir sanfte Helligkeit entgegen, tauchte das finstere Gebüsch rundum in überirdisches Licht. Ich riss die Augen auf und musste doch nur blinzeln. Schließlich erkannte ich die Lichtquelle: In drei sorgsam mit Seidenpapier gepolsterten Blumentöpfen ruhten Grünpflanzen, deren Stängel und große Blätter ... nun ja, leuchteten. Ein Wunder, in der Tat, ein wunderschönes Wunder.

„Beeil dich, Ainia", erklang Kassians Stimme gedämpft durchs Buschwerk, also schloss ich die Kiste wieder und sah zu, dass ich hinterherkam.

„Beeindruckt?"

„Ja", hauchte ich. „Wie geht das?"

„Ein Substrat in der Erde. Um genau zu sein, die Ausscheidungen einer bestimmten, genmanipulierten Bakterienart, die durch die Wurzeln aufgenommen werden und sich in den grünen Pflanzenbestandteilen sammeln."

„Das heißt ... du könntest auch andere Pflanzen zum Leuchten bringen?"

„Süße, ich kann ganze *Alleen* zum Leuchten bringen."

Ein kleines Lächeln glitt über mein Gesicht. Der Gedanke war zu wundervoll. Die Welt war so dunkel geworden; kaum vorstellbar, was ein bisschen Licht mit den Menschen, ihrer Hoffnung, ihrem Leben anstellen würde ...

Nebel zog auf und brachte Kälte mit sich, die mir aber nicht zusetzte, da wir flott bergan stiegen, bis wir eine überwucherte Straße erreichten, der wir weiterhin aufwärts folgten. Niemand war unterwegs, nur einmal kam uns eine uniformierte, berittene Einheit entgegen, die jedoch nicht zu Charondas' Erben gehörte und uns streng musterte.

„Ich schätze, wir sind auf dem richtigen Weg", stellte Kassian belustigt fest.

„Oh", machte ich und begriff reichlich spät. „Du meinst die *Enklave* Port Devine?"

„Klar. Ich brauche einen Goldgeber, um weitermachen zu können, und ein alter Freund meines Vaters lebt dort. Ich hoffe, er hat was für mich übrig. Und für mein Projekt. Wusstest du, dass mir meine Bankkonten komplett leergeräumt wurden, inklusive meines Schließfachs?"

Ich war froh, dass ich hinter ihm ging, so konnte er nicht sehen, wie rot ich aus Scham geworden war. „Melissa erwähnte so etwas", brachte ich hervor. „Aber ich dachte, es ging dabei nur um dein Privatvermögen?"

„Das ist wahr, aber die Geldbestände meiner Firma waren nicht angelegt, damit wir bei Bedarf schnell darauf zugreifen konnten. Sie haben die Inflation nicht überstanden", erklärte er heiter. Typisch Kassian. Geld bedeutete ihm nichts, solange er nur seine Projekte realisieren konnte.

Die Straße endete an einem von Flutlichtern in gleißende Helligkeit getauchten Tor in einer riesigen Stahlwand. Davor waren vier schwer bewaffnete 'Shimet mit grimmigen Gesichtern in Kampfmontur postiert. Wir befanden uns offenbar außerhalb der Stadtgrenzen. Kassian blieb unbeeindruckt. Er spazierte einfach auf einen der Typen zu und zeigte ihm seinen Pass.

„Kassian Devinter mit Begleitung. Wir möchten zu Professor Makary Nowakowski."

Der Wachmann musterte uns, das unförmige Boot, die Kisten, die Laterne, deren Leuchten, wie mir jetzt klar wurde, ebenfalls von einer Pflanze herrühren musste, und griff dann langsam zu seinem Funkgerät. Er brabbelte Codes und Unverständliches, gab uns dann aber mit einem knappen Nicken die Erlaubnis, die Enklave zu betreten.

Für mich war es eine Premiere. Neristas kamen nie in den Genuss, die edlen Forts der Superreichen zu betreten. Das Tor schnappte mit einem hochwertigen Klicken hinter uns zu, und wir fanden uns in einem kleinen Paradies voller sauber gestutzter Pflanzen, unkrautfreier Wege und gepflegter Villen wieder. Ein Wachmann führte uns zu einem der Anwesen und übergab uns, als die Tür sich öffnete, der Obhut eines weißhaarigen Butlers.

Der erkannte Kassian trotz seines Bartes augenblicklich, und schon ging das ganze „Herr Devinter hier"- und „Herr Devinter da"-Getue los, das ich bereits vor Jahren belächelt hatte. Ich schwamm einfach in seinem Schatten mit durchs Haus. So etwas mache ich nicht gerne, lieber bin ich es, die die Schatten wirft, im Augenblick jedoch war ich zu nichts anderem fähig. Meine Fingerknöchel schmerzten, mein Herz schmerzte, und in meinem Kopf drehten sich tausend Informationen und Ideen.

Wir wurden in einen edel ausgestatteten Raum ans Kaminfeuer gesetzt und mit heißem Tee sowie winzigen belegten Brötchen ausgestattet, während der Butler sich aufmachte, unsere Ankunft dem Professor zu vermelden.

„Und du?", fragte Kassian und betrachtete mich mit schief gelegtem Kopf. „Wie geht es dir? Und was hast du in den letzten Jahren gemacht?"

„Mir geht es gut", antwortete ich automatisch. „Ich arbeite mit Chiara zusammen bei den Arkadiern."

„Als Nerista?" Er lachte. „Ich hätte nicht gedacht, dass es dir liegen würde, dem einfachen Mann von der Straße

Schnürsenkel und Gemüse zu verkaufen."

Ich zog ein Gesicht. „Ich auch nicht."

„Sorry. Sollte nicht überheblich klingen. Aber in meinen Augen warst du immer für etwas … Größeres geboren."

In meinen auch, dachte ich. „Normalerweise habe ich mit dem einfachen Mann ohnehin nicht viel zu tun. Ich bin eher beim Transport dabei, passe auf, dass die Ware sicher an ihrem Ziel ankommt. Und wenn mir mein Leben dann und wann zu unheroisch wird, rette ich Freundinnen, springe dem Tod von der Schippe oder breche Herzen." Das war flapsig gemeint. Ich wollte thematisch weg von Schicksal und Fügung, von meinem traurigen, scheinbar eintönigen Leben. Doch Kassian sabotierte meinen Versuch, indem er mich ernst fragte:

„Wie meins, damals?" Im Licht der Flammen und im Kontrast zu seiner wettergegerbten Haut wirkten seine Augen viel heller als früher.

„Kassian, damals ist einfach alles schiefgelaufen", sprudelte es aus mir heraus. „Ich –"

In diesem Moment ging die Tür auf und ich verstummte. Der Butler hielt sie einem älteren Herrn im silbergrauen Anzug auf, der, seinen ausladenden, schnellen Schritten nach zu urteilen, noch sehr rüstig war, und mit seiner grauhaarigen Mähne – passend zu meiner wirren Seefahrervision von vorhin – selbst fast wie ein Freibeuter aussah.

„Kassian!", rief er. „Wo warst du all die Jahre? Wie geht es deinem Vater? Und wer ist deine hinreißende Begleitung?"

Hinreißend, dass ich nicht lache. Ich war verschwitzt und schlammig und roch nach Fluss. Dennoch wusste ich sein bemühtes Kompliment zu schätzen und zauberte ein Lächeln auf mein Gesicht.

„Makary, das ist Ainia von The–"

„Melidá", unterbrach ich ihn. „Einfach nur Ainia Melidá."

Kassian fuhr ein bisschen verwirrt fort, denn ihn hatte ich damals im Glauben gelassen, ich hieße mit Nachnamen *von Themiskyra.* „Ainia, das ist Professor Makary Nowakowski, ein alter Freund der Familie Devinter. Ainia ist eine Freundin von früher, die ich zufällig unterwegs getroffen habe. Ich hoffe, es ist in Ordnung, dass ich sie mit in die Enklave gebracht habe."

„Natürlich, alles andere wäre unverzeihlich gewesen. Sie steht dir sehr gut", scherzte der Professor.

Mein Lächeln wankte, und sogar der weltgewandte, weitgereiste Kassian blickte mich verlegen an.

Nowakowski scherte das nicht. Er klatschte in die Hände und wies dann auf unsere Sessel. „Setzt euch wieder, setzt euch, nahe ans Feuer. Möchtet ihr noch etwas zu essen? Zu trinken? Was hast du in den Kisten?"

„Oh, in der einen sind meine Ausrüstung und die Klamotten. Aber in dieser hier, Makary, liegt die Zukunft!", prophezeite Kassian voll Stolz.

In der folgenden Stunde referierte er über seine Idee, zeigte dem staunenden Professor seine leuchtenden Prototypen, erklärte im Detail ihre Funktionsweise und die Möglichkeiten, die sie für die Menschen mit sich brachten … „… wenn ich nur eine Anschubfinanzierung zusammenbekomme", schloss er. Das Feuer war inzwischen heruntergebrannt, doch wir konnten uns und die Umgebung im Licht der Pflanzen problemlos sehen.

„Das ist absolut erstaunlich", fand der Professor. „Können die auch verschiedene Farben machen? Was ist mit Pflanzen, die weniger Chlorophyll besitzen – leuchten diese dann entsprechend weniger? Könnten wir auch Obst zum Leuchten bringen? Birnen? Glüh-Birnen?" Diese und weitere Fragen prasselten auf uns ein, und Kassian beantwortete jede voller Geduld, während mir langsam, aber sicher die Augen zufielen.

„Kassian, deine Freundin ist müde", bemerkte Nowakowski irgendwann, als ich beim Aufschrecken die restlichen beiden Anstandsbrötchen fast vom Beistelltisch auf den Perserteppich gekegelt hätte. „Macht mir die Freude und seid heute Nacht meine Gäste. Wir reden morgen weiter."

„Mit Vergnügen", erwiderte Kassian, bevor er mich ansah. „Es sei denn, du hast andere Verpflichtungen? Dann bringe ich dich selbstverständlich nach Hause."

Ich winkte ab. Früh aufstehen. Ces verabschieden. Leere Fässer nach Eichenfall bringen. Nichts, worauf ich auch nur die geringste Lust hatte. Und Homer würde sich um Chiimori kümmern, sobald er meine Abwesenheit bemerkte, dessen war ich mir sicher.

Der Professor betätigte einen Summer und der Butler erschien prompt auf der Bildfläche. „Herr Tanaka wird euch nach oben begleiten und euch alles zeigen. Ich wünsche euch eine gute Nacht."

Mit jedem Schritt, der meine Füße über den weichen Teppich die Freitreppe hinauftrug, hob sich auch meine Stimmung ein bisschen. Gold und Marmor, Schnitzereien und Intarsien, Kristall und Stuck – Artemis, ich war zu Hause! Schon Themiskyra war mir im Vergleich zum Leben in Shirokkos Halle oder auch dem Kaufhaus luxuriös vorgekommen, aber das hier … toppte einfach alles. Die Pracht vor meinen Augen überzog mich mit einer wohlig warmen Decke aus Sorglosigkeit.

„Bitteschön, die Herrschaften." Der Butler öffnete zwei weiße Flügeltüren in einen erlesen möblierten Raum. „Das Badezimmer befindet sich direkt nebenan. Wenn Sie noch etwas wünschen, lassen Sie es mich bitte jederzeit wissen."

„Ähm, ich wüsste da schon was", meldete ich und wies auf die einzelne, wenn auch breite Matratze. „Ich würde mir ein zweites Bett wünschen."

„Oh. Entschuldigen Sie bitte, der Professor gab mir entsprechende Anweisung. Die anderen Zimmer sind nicht vorbereitet, ich kann aber sofort veranlassen, sie –"

„Ist schon okay", schaltete sich Kassian ein. „Ich nehme die Couch. Ist ohnehin komfortabler als alles andere, worauf ich in den letzten Wochen geschlafen habe." Damit schob er Herrn Tanaka mit einem Dank nach draußen.

„Nimm es dem Professor nicht übel", bat er mich entschuldigend, nachdem er die Türen geschlossen hatte. „Er ist gewohnt zu bekommen, was er will, und wenn er der Meinung ist, du stündest mir gut, dann arrangiert er das Drumherum auch so, wie es ihm passt. Und da ich auf sein Wohlwollen hoffe, was mein Projekt betrifft, möchte ich es mir nicht mit ihm verscherzen."

Es ist mir völlig egal, was der Professor will, wollte ich eigentlich schimpfen, aber ich ließ es. Es war nicht so, dass ich ein Problem damit hatte, mein Zimmer mit Kassian zu teilen – immerhin hatte ich schon viel weniger Platz mit viel mehr Menschen geteilt. Mich störte nur, dass so über meinen Kopf entschieden wurde. Und dass ich in eine Situation hineinmanövriert worden war, die mir in meiner momentanen emotionalen Verfassung schwerfiel zu meistern.

Dennoch – im Augenblick war es sicherlich besser für mich, nicht alleine zu sein. Und ich musste dringend mit Kassian reden. Wieso also nicht jetzt.

Vorher aber duschte ich, oh, Artemis, wie ich duschte, mit heißem Wasser, welch Genuss nach diesem endlosen Winter, ich schrubbte mich mit duftender Seife ab, schlüpfte in den bereitliegenden, weichen Pyjama und hüpfte dann albern, fast fröhlich zurück ins Zimmer. Cesare konnte mir gestohlen bleiben mit seinem modrigen Kuhkaff im Sumpf. Während Kassian duschte, ließ ich mich rücklings auf die federnde Matratze fallen, besah mir die Kristalllüster, die schweren Vorhänge und die holzvertäfelten Wände – und versuchte einfach an nichts zu denken, was mit dem Desaster vor der *Büchse der Pandora* zu tun hatte.

Erfolglos. Sobald Kassian wieder ins Zimmer trat, mit Schlafanzughose und Wassertröpfchen auf dem tiefgebräunten, muskulösen Oberkörper, flitzten meine Gedanken instinktiv zu Ces zurück, zu der demütigenden Szene vor einigen Wochen im Waschraum von Shirokkos Halle. Dieses eine Mal, als er sich nicht hatte beherrschen können und mehr oder weniger über mich hergefallen war – bis ihm klar wurde, dass er damit seinen dämlichen Clan-Kodex verletzte und mich nach meinem Ultimatum – Clan oder Ich! – im Bad sitzen ließ. Schon damals hätte ich definitiv das Weite suchen sollen.

„Was ist los?", fragte Kassian.

„Nichts."

„Gelogen."

„Stimmt." Ich setzte mich im Schneidersitz auf die Matratze und nickte in Richtung des freien Platzes zu meiner linken. Kassian fackelte nicht lange und ließ sich neben mich fallen. „Nichts ist in Ordnung. Und zwar seit ich dich weggeschickt habe."

„Du meinst … als du mir vor dem alten Heizkraftwerk befohlen hast, abzuhauen und dich zu vergessen?"

„Ja." Ich musste schlucken. „Das war ein Fehler, aber als ich das begriff, war es zu spät. Also schickte ich dir eine Freundin mit einer Botschaft nach. Sie entschied jedoch eigenmächtig, sie dir nicht auszurichten, ließ mich aber im Glauben, du wüsstest Bescheid. Ich wurde verbannt. Machte mich auf die Suche nach dir und fand dich irgendwann mit Melissa." Ich zerknüllte die Decke und suchte nach Worten. Kassian setzte sich mit gerunzelter Stirn auf. „Deswegen habe ich so … heftig reagiert. Für mich sah das alles wie ein Treuebruch aus. Tut mir wirklich leid, dass ich so ausgerastet bin. Ich habe erst viel, viel später erfahren, dass du gar nicht wusstest …" Ich verstummte und zuckte mit den Schultern.

„Was?" Er verschränkte seine Hand mit meiner, versuchte meinen Blick einzufangen, der sich beharrlich an den weißen Damastfalten festklammerte. „Was wusste ich nicht? Wie lautete die Nachricht, die mir deine Freundin nie mitgeteilt hat?"

„Es ist lange her und spielt keine Rolle mehr."

Seine freie Hand griff an mein Kinn und hob es an, bis ich ihm in die tiefblauen, drängenden Augen sehen musste.

Es ist lange her und spielt keine Rolle mehr, dachte ich und stieß in einem Atemzug aus: „Dassduaufmichwartensollstunddassichdichliebe."

Wenn ich eine romantische Erwiderung erwartet hatte, wurde ich eines Besseren belehrt. Kassian sprang auf.

„Verdammt!" Er fluchte, kickte einen antiken Holzstuhl beiseite und schlug mit der Faust auf den Kaminsims ein, trommelte auf dem Schreibtisch herum und benahm sich generell recht … ungewöhnlich.

„Warum?", wandte er sich schließlich abgekämpft an mich. „Warum, zur Hölle?"

Hilflos gab ich zurück: „Ich will sie nicht verteidigen, aber sie hat es nur gut gemeint. Ich war noch viel enttäuschter als du und habe mich erst kürzlich nach einigen Jahren Groll mit ihr versöhnt."

„Ich werde ihr nie verzeihen."

„Du wirst ihr nie begegnen."

„Besser für sie."

Wohl kaum, dachte ich, hielt jedoch den Mund.

„Das war keine Übertreibung vorhin. Du hast mir das Herz gebrochen."

„Du wirktest nicht so."

„Du hast mich beobachtet?"

„Ja. Mit Melissa. Und im *Pearl*."

„Und, hast du mich auch beobachtet, als ich die Koffer packte, bevor ich Goldvelt verließ? Auf dem Weg nach Urba? Und was ich tat, als ich Melissas Anruf annahm, nachdem ich etwa 100 zuvor ignoriert hatte? Nein, Ainia, du hast keine Ahnung."

„Nia", korrigierte ich und verwirrte ihn damit. „Nein, ich hatte keine Ahnung. Es ist eben dumm gelaufen." Meine Worte sollten patzig klingen, doch meine Stimme war zu brüchig, um zu überzeugen.

Mit hängenden Schultern setzte er sich wieder neben mich. „Ich war am Boden zerstört. Ich war der festen Überzeugung, dass … du die Richtige sein würdest. Mit der ich alt und glücklich werden würde. Und dann dieses Blutbad auf dem Feld vor dem Kraftwerk, das Chaos, diese Menschen überall mit ihren Maschinengewehren, die Armee aus Frauen, alles war so seltsam, so bizarr, so unwirklich. Im ersten Moment dachte ich, ihr dreht einen Film oder so etwas." Er lachte humorlos auf. „Aber was mir den Rest gab, war deine Zurückweisung."

„Es war nicht leicht für mich. Ich wollte dich schützen, deswegen schickte ich dich weg", erklärte ich schlicht und ließ mich wieder rückwärts auf die Matratze fallen. Kassian landete ein paar stumme Sekunden später neben mir.

„Was für ein Mist."

„Dreck."

„Kacke."

Wir versuchten eine Weile mit wachsendem Enthusiasmus, uns mit Schimpfwörtern zu übertrumpfen, dann wandte sich Kassian mir zu und stützte sich auf dem Ellenbogen auf. Er betrachtete mich und ich betrachtete die Decke.

„Aber jetzt sind wir hier." Sein Zeigefinger wanderte über meine Stirn, meinen Wangenknochen, mein Kinn.

Ich ignorierte das Flattern in meinem Bauch. „Es ist zu spät."

„Du liebst einen anderen?"

„Ja", sagte ich, ohne nachzudenken.

„Den Typen, vor dem du auf der Insel geflohen bist? Klingt vielversprechend. Und interessant. Ist das so ein Spiel von euch?"

„Nein, es ist …" – ich wollte auf das unvermeidliche *kompliziert* hinaus, sagte dann jedoch: „… vorbei."

Ces packte sicherlich gerade seine Koffer, wenn er nicht noch in der *Büchse* feierte. Ob er an mich denken würde, auf dem Weg nach Riparbaro? Oder wenn er, zu den Sommerhäusern geschickt, auf die nächste Amazone treffen würde?

Kassians Hand war noch da; sie fing eine überflüssige Träne auf und drehte mein Gesicht sanft zu sich.

„Bist du einsam?"

„Ja." Armselig. Und dann machte ich mich noch armseliger, indem ich hinzusetzte: „Aber ich bin es gewohnt."

„Ich war unendlich einsam, egal, wie viele Menschen sich in den letzten Jahren um mich scharten. Am wenigsten einsam war ich fast, wenn ich alleine in der Natur unterwegs war, so paradox das klingen mag. Aber jetzt, in diesem Augenblick, auch wenn alles zu spät und vorbei ist, fühle ich mich komplett. Und alles ist gut, fast so gut wie früher." Er senkte seinen Kopf und gab mir einen Kuss, weiche Lippen, kratziger Bart. Vielleicht ein wenig ungelenker, ein bisschen weniger geschmeidig als Cesare, aber Kassian hatte ja auch im Vorfeld keine entsprechende Ausbildung erhalten, wie eine Amazone geküsst sein wolle. Göttin, ich wollte nicht vergleichen. Nur, da ich noch nie zuvor in so kurzem Abstand so verschiedene Küsse bekommen hatte, lag es wohl nahe. Kassians Küsse waren liebenswerte Küsse. Keine, die mich bedrohten. Ich nahm sie an, erwiderte sie zögernd, benommen, getröstet, bis mich tiefe Müdigkeit überkam und der Schlaf mich davonspülte.

Ich erwachte früh und gefühlsverwirrt, ließ Kassian schlafen und zog mich an. Eigentlich sollte ich jede Sekunde in diesem Palast auskosten, aber meine Verpflichtungen riefen mich, Chiimori und mein Job. Und keinesfalls wollte ich, dass Verne sich Sorgen machen musste, ob ihm schon wieder eine Mitarbeiterin gekidnappt worden war. Trotz des Nebels konnte ich bei einem raschen Blick aus dem Fenster erkennen, dass uns ein strahlend schöner Frühlingstag bevorstand, ich würde also auch zu Fuß halbwegs schnell vorankommen.

„Wohin?" Eine tiefe Stimme ließ mich in der Bewegung gefrieren, als ich gerade die Klinke der Eingangstür herunterdrücken wollte.

Ich fuhr, fast schuldbewusst, herum und sah den Professor korrekt gekleidet auf einem Ohrensessel in einer Ecke der Halle sitzen, einen Stockdegen quer über die wippenden Beine gelegt. Einen Moment lang dachte ich, er wolle mich zum Kampf herausfordern, und mir wurde bewusst, dass sich meine gestrige Bewaffnung noch in der Garderobe der *Büchse der Pandora* befand – dann schüttelte ich den absurden Gedanken beiseite. Nowakowski mochte vielleicht die seltsame Angewohnheit haben, seinen Gästen aufzulauern, aber ich erkannte ein freundliches, wenn auch spöttisches Glitzern in seinen alten Augen.

„Nach Hause", erwiderte ich schlicht. „Zur Arbeit."

„Ohne Frühstück? Ohne Lebewohl?" Er erhob sich kopfschüttelnd. „Wie unhöflich. Weiß Kassian denn wenigstens, wo er Sie finden kann, oder wollen Sie ihm das Herz erneut brechen?"

„Was wissen *Sie* davon?" Jetzt war ich doch ein wenig ungehalten.

„Jeder weiß davon, der in den Monaten vor dem Verfall beim Friseur war."

„Jeder weiß von mir?"

„Nein, nur von einer schönen Unbekannten, die den legendären Kassian Devinter in tiefe Depression gestürzt hat."

Das war mir alles zu viel. „Ich habe keine Lust auf Schuldgefühle mehr", brach es aus mir heraus, „auf kompliziertes Taktieren und Kodizes, auf Hoffen und Enttäuschungen. Danke für die Unterkunft, aber ich will jetzt einfach nach Hause und fertig."

„Sie wollen Frühstück. Frisch gebackenes Brot. Südfrüchte. Omelette. Frischgepressten Saft. Marmeladen aus aller

Welt. Milchkaffee." Er hakte mich unbeeindruckt unter und führte mich einen Raum weiter. Ich wollte mich widersetzen, aber meine drohenden Mangelerscheinungen hatten die Regie in meinem Gehirn an sich gerissen. Ohne Widerrede ließ ich mich also an eine weiß gedeckte Tafel mit Blumenschmuck und den zuvor genannten Köstlichkeiten setzen und mir von Herrn Tanaka Kaffee einschenken.

Ich spachtelte immer noch, als Kassian am Frühstückstisch erschien.

„Sie wollte weg!", berichtete der Professor vorwurfsvoll. „Hast du dich daneben benommen?"

„Ich glaube nicht?!" Kassian warf mir einen erleichterten und zugleich fragenden Blick zu.

Ich blieb ihnen einen Kommentar schuldig, beschäftigte mich stattdessen eingehend mit meinem Mangogelee-Croissant. Wenn ich mir noch eine große Schale Müsli reinfuhr und eine zweite Portion Rührei, würde ich wahrscheinlich bis morgen Abend satt bleiben. Traumhaft …

„Ich mochte immer, wie gern du isst", teilte mir Kassian mit und stocherte in seinem Obstsalat herum.

„Jeder normale Mensch isst gern. Ich fand nur diese winzigen Häppchen albern, die du mir bei Serge hast servieren lassen. Gerade so wenig, um nie wirklich satt zu werden."

„Nach zehn Gängen schon."

„Die sich keiner leisten kann", gab ich zurück.

„Stimmt", lachte er und überlegte: „Hätten wir damals einfach alles verfressen, hätte mir die Diebesbande nicht meine Konten leerräumen können."

Soviel zu *Keine Schuldgefühle mehr*. Konzentriert sammelte ich Blätterteigstückchen mit dem angefeuchteten Zeigefinger auf.

„Im Endeffekt kommt es jedoch aufs Gleiche heraus: Meine alten Freunde müsste ich trotzdem anpumpen", fuhr er mit einem Seitenblick auf Nowakowski fort.

„Was das betrifft", schaltete sich dieser ein und tupfte sich mit seiner Stoffserviette den Mund ab, „wollte ich eigentlich nach dem Frühstück mit dir reden, aber da gerade die Sprache darauf kommt, sehe ich keinen Sinn darin, das Gespräch künstlich hinauszuzögern." Kassian horchte auf. „Ich habe den Großteil des gestrigen Abends noch damit zugebracht, deine Unterlagen durchzusehen und mich am Licht deiner Pflanzen zu erfreuen. Das Projekt ist faszinierend, spannend und vielversprechend. Ein kleines Wunder, in der Tat. Aber, ganz ehrlich, ich sehe nicht, was es mir bringen würde, zu investieren."

„Aber du sagst doch, du hast meine Abhandlung gelesen. Wir könnten ganze Straßen beleuchten und zur Sicherheit beitragen, wir könnten …"

„Und was dann? Zölle verlangen, die keiner bezahlen kann? Wenn ich behaupten würde, dass mir meine Mitmenschen egal sind, wäre das grausam – und gelogen. Aber ich bin auch kein anonymer Wohltäter, der sich freut, weil seine Mitbürger jetzt nicht mehr über jede aufgeworfene Asphaltfalte stolpern. Mich interessiert, was mir ganz persönlich deine Erfindung bringen soll."

Kassian schwieg. Eine steile Stirnfalte hatte sich zwischen seinen Augenbrauen gebildet.

„Ich weiß, du denkst an deine Schwester. Und vielleicht hätte Pflanzenlicht sie gerettet, vielleicht auch ein langlebigerer Fon-Akku, wie du ihn vor ein paar Jahren erfunden hast. Du hast die Energie, um dieses Projekt zum Erfolg zu führen. Mach weiter. Frag mich in einem Jahr wieder. Zeig mir, was du bis dahin hast, dein Konzept, deine Allee, was auch immer. Im Augenblick aber ist mir die Sache noch zu … vage."

„Soll mich das motivieren?", erkundigte sich Kassian halb verbittert, halb lachend. „Funktioniert nämlich nicht. Wie soll ich weitermachen ohne Finanzierung?"

„Du wirst schon einen Weg finden. Wie bisher auch. Wenn du möchtest, kannst du bei mir wohnen und auch die Räume im Westflügel für deine Forschung nutzen."

„Danke, das ist sehr großzügig." Er meinte es ehrlich, aber ich sah ihm an, dass er enttäuscht war.

Eine plötzliche Eingebung löste meine Zunge, ehe ich ihr Einhalt gebieten konnte. „Vielleicht kann ich dir helfen."

„Siehst du", meinte der Professor zufrieden, „läuft."

„Allerdings muss ich wirklich erst nach Hause. Ich fürchte, dass meine Leute sich Sorgen machen."

„Kein Problem. Wir schicken einen Kurier."

Also verfasste ich eine kurze Nachricht an Verne und steckte sie in einen dicken, gefütterten Umschlag, von dem ich wusste, dass er die Arkadier im ersten Moment wirklich das Schlimmste würde befürchten lassen, da sonst nur der Orden über eine solch feudale Papeterie verfügte. Der Butler transportierte ihn auf einem silbernen Tablett aus dem Raum und kurz danach verabschiedete sich auch unser Gastgeber.

„Du kannst mir helfen?", fragte Kassian, sobald Nowakowski den Raum verlassen hatte. „Wie willst du das anstellen?"

„Kinderspiel", behauptete ich, Müsli löffelnd. „Ich habe nicht von ungefähr mit einer Horde von Glücksrittern und Söldnern, Schatzsuchern und Schürzenjägern zusammengelebt. Wir zwei heben einfach einen Schatz."

Das sagte ich locker dahin. Aber mir war klar, dass ich früher oder später mit der Sprache würde herausrücken müssen, und beim Gedanken daran wurde mir mulmig zumute. Und andererseits brannte ich darauf, endlich mein schlechtes Gewissen loszuwerden, das mich nun schon so lange plagte. Ich merkte Kassian an, dass er nicht wusste, was er von der Sache halten und ob er sich nun über eine Geldquelle freuen sollte oder nicht.

„Wir brauchen Spaten. Eine Hacke. Ein Schwert oder, falls das in der Beschaffung zu problematisch ist, meinetwegen auch ein paar Messer. Und Pferde", erklärte ich.

„Ernsthaft?"

„Kannst du etwa immer noch nicht reiten?"

Er ignorierte meine spöttische Frage. „Makary soll uns seine Kutsche leihen."

Und so wurden wir beide von einer schicken, königsblauen Droschke mit Samtpolster etliche Kilometer an der Awin entlang und am Speichersee mit seinem riesigen Staudamm vorbei bis zu einem Waldstück südlich der Stadt gefahren. Von dort aus schlugen wir uns zu Fuß weiter durchs Gehölz, bis wir eine kleine Lichtung erreichten.

„Hier sind Wildschweine unterwegs, also sei ein bisschen wachsam", schärfte ich Kassian ein. „Und jetzt von der Lärche dort drüben aus sieben Schritte nach Westen und 13 nach

Süden."

„Weißt du das auswendig? Müsstest du nicht … keine Ahnung, auf einem alten Stück Pergament nachsehen?"

„Nicht labern." Ich warf ihm einen der Spaten zu. „Graben."

Zwei Stunden später hatten wir einen hübschen Haufen Erde und ein nicht minder hübsches Loch in der Erde geschaffen. Mehr nicht. Kassians Blicke wurden mit jeder Minute zweifelnder und ich überlegte schon, ob es doch 13 nach Westen und sieben nach Süden gewesen waren, da erklang unter Kassians Spaten ein blechernes Geräusch.

„Da ist es!", rief ich erleichtert.

Den Rest der kalten Erde schob ich mit den Händen beiseite und barg ein kleines Metallkästchen, das ich vor vielen, vielen Monden an der Stelle vergraben hatte, an der eine unglückliche Wildsau nach Würmern gewühlt hatte, bevor ich sie erlegt hatte … *An einem Ort, der in ein paar Jahren, wenn nicht Jahrzehnten noch existierte. Ein unauffälliger Ort. Ein Ort, an dem ein zufälliger Besucher nicht gleich sah, dass gegraben worden war. Optimalerweise ein Ort, an dem gar kein Besucher vorbeikam. Aber auch nicht zu weit weg …*

„Wow", sagte Kassian, als ich es ihm lächelnd überreichte. „Ist das für mich?"

„Es ist deins."

Er sah nur mich an, nicht die kleine Schatztruhe. „Danke", flüsterte er und strich mir mit einer erdigen, schwieligen Hand über die Wange.

Ich merkte ihm an, dass er mich küssen wollte, aber ich nahm seine Hand und löste sie behutsam von meiner Haut. Bloß keine Vorschusslorbeeren. Gleich würde seine hohe Meinung über meine Großzügigkeit einen erheblichen Dämpfer erfahren.

„Es ist deins", wiederholte ich. Bereits jetzt konnte ich seinem verständnislosen und doch zunehmend ahnenden Blick nicht mehr standhalten und sah auf meine wunden Fingerknöchel hinab. „Ich war es, die deine Konten leer geräumt hat. Ich war so wütend und traurig und verlassen und … ich glaube, ich konnte nicht anders. Dein Vermögen ist nicht mehr komplett. Einen Teil habe ich in ein Hotelzimmer gesteckt, in Chiimori, mein Pferd, in Luxusgüter, die verbrannt sind, und Bewaffnung, die mir mehr als einmal die Haut gerettet hat. Der Rest ist im Großen und Ganzen hier drin." Ich tippte mit dem Finger auf den Deckel der Box. „In Form von Goldtafeln." Vorsichtig riskierte ich einen Blick aufwärts. Seine Augenbrauen waren zusammengezogen, sein Mund ganz klein, sein Kiefer arbeitete, vermutlich im Takt zu seinen grauen Zellen. Dann landete das Schatzkästchen im Gras und die erdigen Hände waren zurück, zogen mich in eine Umarmung, die mir zusammen mit einem leidenschaftlichen Kuss schier den Atem raubte.

„Du bist genial", bemerkte Kassian mit rauer Stimme.

„Schön, dass es endlich jemand merkt", gab ich kühl zurück, mein Herz jedoch trommelte vor Erleichterung. „Es tut mir so leid, Kassian."

„Muss es nicht", erwiderte er und küsste und küsste und küsste mich. „Ohne dich wäre alles weg."

„Meinetwegen *war* alles weg."

„Nein, denn du hattest genug Verstand, alles rechtzeitig in Gold zu tauschen. Du hast mich gerettet. Mein Projekt. Meine Leuchtpflanzen."

Schließlich setzten wir uns ins mittlerweile sonnentrockene Gras und Kassian klappte den Deckel der kleinen Kiste auf. Er lächelte. Hob Goldtafel um Goldtafel aus dem Inneren.

„Und du brauchst es sicher nicht?", wollte er wissen.

Ich schnaubte. „Es ist seit Jahren vergraben, ich komme schon lange ohne das Gold zurecht."

Dankenswerterweise wies er mich nicht auf meine inzwischen dünnen Stiefel, meine spröde Lederhose und mein fadenscheiniges Shirt hin, sondern wandte sich wieder dem Inhalt der Box zu. Mit einem unlesbaren Gesichtsausdruck nahm er langsam ein blaues Samtkästchen heraus.

Oh Göttin, das hatte ich vergessen, dachte ich erschrocken.

„Das hatte ich vergessen", sagte er düster. Er schwieg eine Weile, dann warf er es mir zu und ich fing es perplex auf. „Willst du mich heiraten?"

Kapitel 5

Ich musste mich verhört haben. „Du bist verrückt."

„So geht das nicht. Die erlaubten Antworten lauten: *Ja, Auf jeden Fall, Natürlich, Selbstverständlich* oder *Ich brauche Zeit.*"

„Nein", antwortete ich wie aus der Pistole geschossen.

„Warum?"

„Wir sind uns gestern völlig zufällig über den Weg … geschippert. Da kannst du mir doch nicht ein paar Stunden später schon einen Heiratsantrag machen."

„Ainia, wir kennen uns schon ewig."

„Du weißt noch nicht einmal, dass ich jetzt *Nia* heiße."

„Nia, wir kennen uns schon ewig. Der Ring war von Anfang an für dich gedacht. Lass uns nicht noch mehr Zeit verschwenden."

„Ich. Ähm. Nein. Kassian, ich habe dir deinen Geldbeutel geklaut. Mich verkleidet und als deine Vermögensberaterin ausgegeben. Ich habe gelogen und betrogen und dir mehrere Millionen Taler weggenommen. Sei nicht so verdammt edelmütig!"

Unbeeindruckt von meiner Tirade nahm er mir das Samtkästchen aus der Hand und öffnete es direkt vor meinen Augen. In hellblauer Seide steckte ein goldener Ring mit einem immensen blauen Saphir, der im Sonnenlicht funkelte. Pans Umrisse zeichneten sich auf meiner Schulter ab, aber ich schnippte ihn mit einem energischen Gedanken weg, bevor er sich manifestieren konnte.

Ich war der festen Überzeugung, dass du die Richtige sein würdest. Mit der ich alt und glücklich werden würde, sagte Kassian in meinen Gedanken.

„Ich … brauche Zeit", brachte ich hervor.

„Seit wann bist du so kompliziert?", fragte Kassian mit gespieltem Tadel in der Stimme. „Früher –"

„Früher ist lange her", erwiderte ich barscher als beabsichtigt und stand auf. „Lass uns gehen, bevor uns die Wildschweine über den Haufen rennen."

Nach den Grabungsarbeiten war der Rückweg mühsam. Mein Rücken, meine Arme, meine Hände schmerzten von der ungewohnten Art der Arbeit, und je näher wir danach der Enklave mit all ihren Annehmlichkeiten kamen, desto deutlicher zeichnete sich vor meinem geistigen Auge ab, was ich haben könnte. Im Vergleich dazu, was ich derzeit hatte, ein ziemlich drastischer Unterschied. Ich schielte zu Kassian hinüber.

„Wolltest du mir damals wirklich einen Heiratsantrag machen? Ich war siebzehn."

„Egal. Ich wollte. Um jeden Preis."

„Du hättest die Erlaubnis meiner Mutter gebraucht."

„Kein Problem. Mütter mögen mich."

Ich musste lachen. *Sicher. Kein Problem. Das wäre ein Spaß gewesen.*

„Wieso hast du dich umbenannt?", erkundigte er sich.

„Weil du mir das Herz gebrochen hast. Danach … war ich nicht mehr dieselbe."

„Dann kannst du dich ja jetzt wieder *Ainia* nennen. Das Missverständnis ist geklärt. Dein Herz wächst wieder zusammen. Alles wird gut."

Und da ließ ich zum ersten Mal die Möglichkeit gedanklich zu, dass er vielleicht recht hatte. Konnte nach all der Zeit, dem Leid, der Verbitterung wirklich wieder alles *zusammenwachsen*, wie er es nannte? Ich tastete nach seiner Hand und drückte sie, ohne den Blick von der vorbeiholpernden Landschaft im Fenster zu wenden. Er drückte zurück.

„Ich brauche Zeit", flüsterte ich. „Ich brauche Zeit."

Den Rest des Tages verbrachte Kassian im Westflügel und baute sein Übergangslabor auf, während ich mich durch den Pool im geheizten Wintergarten treiben ließ und gelegentlich an meinem frisch gepressten Südfruchtsaft nippte, bevor ich mich in die finnische Sauna zurückzog.

Ich hatte ein schlechtes Gewissen, dass ich Verne im Stich ließ, zumal er außerdem auf die Arbeitskraft von Ell und

Cesare verzichten musste, an die er sich gewöhnt hatte. Andererseits hatte ich seit Jahren keinen wirklich freien Tag mehr gehabt und genoss den Luxus nun jede einzelne Sekunde.

Abends speisten wir mit Nowakowski. Bei einem reichhaltigen vier-Gänge-Menü erfuhr ich, dass er als Professor für Ethnomusikologie an der Universität in Citey gearbeitet hatte. Sein Vermögen hatte er anscheinend aber schon zuvor gemacht oder geerbt. Und Kassian erzählte von seinen Plänen, was den Aufbau seiner Leuchtpflanzen-Biotech-Firma anging.

„Ich muss ein paar Leute einstellen – keine Angst, Makary, die werden dir nicht durch den Vorgarten trampeln. Nein, ich werde mein Labor etwas außerhalb der Enklave aufbauen, sobald ich alles beisammen habe. Aber ich brauche einige kundige Biochemiker und Biologen und Landschaftsgärtner, natürlich. Und richtig große, aber verdunkelbare Gewächshäuser. Dazu müssen wir natürlich erst einmal roden. Oder wir roden nicht und versetzen testweise die Erde um das neue Labor mit der Spezialerde. Und …“

„Du hast also einen Goldgeber gefunden?“, stoppte Nowakowski irgendwann seinen Redestrom.

„Quasi. Ich hatte vergessen, dass ich selbst noch genug hatte. Dank Ai … Nia ist es mir wieder eingefallen.“

„Sehen Sie, wie gut Sie ihm tun?“, wandte sich der Professor an mich.

Ich zog nur zweifelnd eine Augenbraue hoch. *Wenn du wüsstest.*

„Erzählen Sie! Sie sind ja bisher kaum zu Wort gekommen. Ich weiß nichts über Sie. Woher kommen Sie? Seit wann sind Sie in der Stadt? Was genau arbeiten Sie?“

„Ich fürchte, ich muss Ihnen die Antworten schuldig bleiben“, erwiderte ich und legte die Serviette neben meinen Teller. „Ich muss jetzt wirklich nach Hause. Morgen wartet jede Menge Arbeit auf mich.“

„Genau. Morgen. Kehren Sie doch einfach erst morgen zurück.“

„Wissen Sie, wann ich dann aufstehen muss? Zu Fuß brauche ich gut und gerne vier Stunden für den Rückweg.“ Ich erhob mich.

„Nehmen Sie die Kutsche."

Ich zögerte.

„Bitte bleiben Sie", bat mich Nowakowski.

„Bitte bleib", bat mich Kassian, und etwas in seinem Blick ließ mein Herz schneller schlagen.

Was verpasste ich schon zu Hause? Eine Nacht auf der kalten Matratze in der Fabrikhalle und einen Haufen bei lauter Musik feiernder Chaoten.

Langsam ließ ich mich wieder auf meinen Stuhl zurücksinken. Kassian strahlte.

„Also. Was war das letzte große Abenteuer, das Sie bestritten haben?", wollte der Professor wissen und staunte nicht schlecht, als ich in einer Kurzfassung von Ells Entführung und ihrer Rettung berichtete. „Und wie sieht ein typischer Tag in Ihrem Leben aus, wenn Sie nicht gerade Menschenleben retten?"

„Unspektakulär. Ich stehe auf. Versorge mein Pferd." *Wenn Ces das liebenswürdigerweise noch nicht für mich erledigt hat.* „Füttere die anderen Tiere. Wasche mich." *Hoffe, im Bad nicht wieder auf Ces zu treffen. Oder hoffe genau darauf.* „Trinke Kaffee. Bespreche mit meinen Kollegen die tägliche Aufgabenverteilung." *Bete zu Artemis, in einem Team mit Cesare zu landen.* „Arbeite, das heißt, ich helfe beim Transport und bewache die Ware; manchmal unterstütze ich auch die anderen auf den Märkten. Anschließend wird die Ware im Lager gesichtet und sortiert. Abends gibt's Essen und Musik, wir spielen Karten, schmieden Pläne und so etwas, oder ich unterhalte mich einfach mit den anderen." *Meide Cesares Blick. Lächle, wenn ich ihn doch erhasche. Explodiere vor Freude, wenn er mein Lächeln erwidert.* „Dann ab ins Bett und am nächsten Morgen dasselbe von vorn", schloss ich mit einem gezwungenen Lächeln. Mein Herz tat weh. „Ich … ich bin wirklich müde. Bitte entschuldigen Sie mich. Danke für das vorzügliche Essen." Wieder stand ich auf und diesmal sprangen auch die beiden 'Shimet auf.

„Eins noch, Ainia", hielt mich der Professor auf, „falls wir uns morgen früh nicht mehr begegnen: Ich gebe morgen gegen 19 Uhr eine kleine Soiree. Es wäre mir eine Freude, wenn ich Sie zu meinen Gästen zählen dürfte."

Ich nickte nur. Morgen würde ich mir eine glaubwürdige Ausrede einfallen lassen, warum ich nicht würde teilnehmen können. Die Tatsache, dass ich nichts, aber auch gar nichts Passendes anzuziehen hätte, würde ich meinem Gastgeber nicht auf die Nase binden.

„Ich komme dann gleich hoch." Kassian wirkte hilflos wegen meines offensichtlichen Gefühlsumschwungs. Ich merkte ihm an, dass er mir am liebsten gleich folgen, aber nicht unhöflich sein wollte.

Mein Abgang kam eher einer Flucht gleich. Eilig stürmte ich die Treppen in unser Zimmer hinauf, riss die Balkontüren auf und trat hinaus in die Kühle des Frühlingsabends. Vor mir erstreckte sich der Garten und hinter dem hohen, weißen Zaun der Rest der Enklave. Rasensprenger verteilten stakkatoartig Wasser auf der benachbarten Wiese. Sanfter Wind trug Klaviermusik an mein Ohr. Irgendwo lachte ein Kind.

Ich atmete in meine Hände. Ich würde nicht weinen.

Artemis, ich vermisste meinen Clanmann. Ich war im Paradies und vermisste ihn dennoch so sehr. Cesare war ein Idiot und hätte sich zum Abschied wirklich anders aufführen sollen, aber ich liebte ihn nun mal.

Ein Arm legte sich um meine Schulter. Kassian. Seine Nähe war schön und doch hätte ich ihn am liebsten abgeschüttelt. Einfach, weil er nicht Ces war.

„Möchtest du jetzt gleich die Kutsche nehmen? Ich kann Makary sicherlich überreden –"

„Nein. Es ist zu spät."

„Wenn ich dich mit dem Ring heute überfahren habe, tut es mir leid. Es war nicht geplant."

„Nein, der Ring ist wunderschön, und ich danke dir für dein Angebot."

„Angebot?! Nia, wir sind hier nicht auf dem Markt. Ich liebe dich!"

„Wirklich? Immer noch? Oder erinnerst du dich nur, dass du mich mal geliebt hast?"

„Wirklich. Immer noch." Er legte die Hand auf sein Herz und grinste. „Nach dem Schreckmoment auf dem Boot war alles sofort wieder da."

Ich konnte nicht anders, ich musste zurücklächeln. „Ich bin einfach immer noch traurig", versuchte ich, meine Stimmung zu erklären. „Nicht deinetwegen. Seinetwegen. Ich habe ihn erst gestern verloren."

„Und ... wieso? Wenn ich fragen darf?"

„Weil er nach Hause musste."

„Warum bist du nicht mitgegangen?"

„Weil ich dort nicht dazu passe."

„Also hierher passt du ziemlich gut."

Ich schnaubte. „Kassian, ich habe nicht einmal für eine windige Soiree etwas anzuziehen."

Er nahm mich in den Arm. „Du bist auch so schön genug."

Ein banales Kompliment. Aber ich hatte echt lange keines mehr bekommen, deswegen glitt ein weiteres Lächeln über meine Lippen. „Wie ist das hier in der Enklave? Können wir bleiben, solange uns der Professor auf der Gästeliste stehen hat?"

„Ja, er bürgt für uns. Ob du selbst aufgenommen wirst oder nicht, hängt von einem Gremium ab und davon, wie viel Geld du mitbringst. Außerdem ist es eine Frage des Platzes. Aber, ganz ehrlich – ich würde lieber meine eigene Enklave irgendwo bauen. Zumindest dann, wenn ich mit dem Pflanzenprojekt durch bin. Die Welt ist so wunderschön. Trotz des Verfalls. Oder gerade deswegen. Ich wüsste auf Anhieb mindestens dreißig Orte, an denen ich mein Leben gerne verbringen würde. Wenn ..."

„Wenn?", hakte ich nach, als er verstummte.

„Wenn ich nicht alleine wäre."

Das klang wunderbar. Es *war* wunderbar. Wieso konnte ich nicht einfach *Ja* sagen und zufrieden sein? Vorsichtig testete ich es an, dieses Zufriedensein, von dem alle immer so begeistert berichteten. Ich stellte mir vor, wie es wäre, mit Kassian zusammen zu sein, und zwang mich, Cesare und den Schmerz über seinen Verlust auszublenden. Ich hatte ohnehin tausend Bilder von früheren Träumereien gespeichert, aber die Welt hatte sich verändert, ich musste Anpassungen vornehmen, die mir jedoch leicht fielen. Ich brauchte das *Pearl* nicht mehr, auch kein Märchenschloss, weitläufige

Stallungen oder ein immenses Ankleidezimmer. Auf irgendeiner tropischen Insel mit Süßwasserquelle zu sitzen, wäre auch völlig okay, wenn ich jemanden wie Kassian an meiner Seite hätte. Wachsender Optimismus erfüllte mich. Wenn ich jetzt wieder zurücksteckte, nur weil Cesare mich verlassen hatte, wäre ich schön dumm, begriff ich.

Wenig später kuschelte ich mich in mein Bett. Während Kassian mir einfach nur immer wieder sanft über die Haare strich, legte ich den Kopf auf seine Brust, betrachtete den Luxus um mich herum und ließ vor meinem inneren Auge tausend Möglichkeiten vorbeiflackern, die langsam in behagliche Träume übergingen.

Es war abstrus, früh am nächsten Morgen in der königsblauen Kutsche vor der heruntergekommenen Fabrikhalle vorzufahren. Homer, der Gute, der sich Chiimoris angenommen hatte und ihn gerade zum Grasen hinausließ, machte große Augen, als ich der Droschke entstieg und mich beim Kutscher sowie den beiden enklaveneigenen Sicherheitsmännern bedankte, die – meiner Meinung nach überflüssigerweise – mitgekommen waren. Er wartete gnädigerweise, bis diese außer Hörweite waren, bevor er mich mit Fragen bestürmte.

„Was war *das* denn?! War das das Wappen von Port Devine auf der Kutsche? Weißt du, dass Verne ganz außer sich war, bevor dein Brief kam?! Ich habe übrigens deine Waffen aus der Garderobe der *Büchse* mitgebracht, nachdem du verschwunden warst …"

Unkonzentriert nickte und schüttelte ich den Kopf, wollte eigentlich einfach nur mit der Arbeit anfangen, weil mich mein schlechtes Gewissen zur Eile antrieb. Ich kam nicht weit. Kurz bevor ich das Tor erreichte, trat mir jemand aus dem Halleninneren in den Weg. Zuerst dachte ich, mich habe wieder irgendeine Seuche erwischt, die Halluzinationen hervorrief, oder die plötzliche Frühlingswärme erzeuge eine Art Fata Morgana. Seltsamerweise eine sprechende.

„Wo. Zur Hölle. Warst du?", fragte Cesare. Nicht vorwurfsvoll, sondern einfach nur vollkommen erschöpft. Und so sah er auch aus. Während ich zwei sorglose Nächte unter den bequemsten Federbetten der Stadt verbracht hatte, schien er kein Auge zugetan zu haben.

Ich war stocksteif stehengeblieben. „Wieso bist du noch da?"

„Weil ich dich liebe."

Er bleibt? Er liebt mich tatsächlich so sehr, dass er bleibt?

„Du Idiot!", rief ich aus vollem Herzen. „Warum hast du nicht gesagt, dass du in Citey bleiben wirst?!"

„Weil ich mich erst in der *Büchse der Pandora* dazu entschlossen habe. Ich wollte es dir gleich sagen, aber du hast dich fürchterlich aufgeregt, dass alle mit dir reden wollten. Dann habe ich es auf die nonverbale Art und Weise versucht. Kein Erfolg."

Mein Gehirn war am Durchdrehen; demnächst würde es zu qualmen beginnen, soviel war sicher. Es hatte sich gerade mit dem Gedanken angefreundet, dass ich vielleicht mit Kassian doch noch mein märchenhaftes Happy End bekommen würde, und jetzt so etwas.

Was für ein verdammter Mist!

Was für ein unendliches Glück!

Ces zog mich behutsam vom Wellblech weg, gegen das ich nun schon geraume Zeit meine Stirn schlug, und blickte mir tief in die Augen.

„Was ist passiert?"

Einen Moment lang rang ich nach Worten, aber ich war nicht fähig, ihre potenzielle Wirkung abzuschätzen, also sagte ich es einfach, wie es war: „Ich habe einen alten Freund wiedergefunden."

Cesares Augen verschmälerten sich leicht. „Wen?"

„Kassian. Ich habe dir, glaube ich, mal von ihm erzählt."

„High-Society-Kassian? Der dich seinerzeit betrogen hat? Phantastisch."

„Er hat mich damals nicht wirklich betrogen. Er dachte, ich hätte Schluss gemacht."

Ces hob die Augenbrauen. „Und diese Details habt ihr jetzt alle geklärt? Zwei Nächte lang?"

„Sei nicht so bissig. Es ist nichts passiert. Soweit." Abgesehen von Küssen und Heiratsanträgen.

„Soweit. Na danke." Wütend marschierte er davon, und ich

fühlte mich mal wieder miserabel, ohne, dass ich an irgendetwas Schuld hatte.

Während ich den Planwagen belud, wurde mir das auch klar. Und mit jeder Holzkiste, mit jeder Steige Gemüse und jedem Stoffballen wurde ich zorniger. Ich war es satt, Spielball irgendwelcher missgelaunter Götter zu sein. Ich machte nicht mehr mit. Ich tat ab jetzt, was *ich* wollte.

Entschlossen stapfte ich in die Halle, zog den völlig überraschten Cesare auf die Füße, der bis eben noch an der inneren Feuerstelle missmutig seinen Kaffee getrunken hatte, und küsste ihn. Und zwar so, dass ihm Hören und Sehen verging und ihm fast die Tasse aus der Hand glitt. Die anwesenden Mannen saßen mit offenen Mündern da.

Anschließend ließ ich Ces kommentarlos zurück und begann, unser Mädelszimmer nach Kleidung zu durchsuchen, die vielleicht, vielleicht für eine postapokalyptische Abendveranstaltung okay waren, solange ich mich nur im Schatten aufhielt. Ich hatte Glück. Ell hatte ein Shirt vergessen, das noch in der Wäsche gewesen war; Chiara hatte es nach ihrer täglichen Waschroutine ordentlich gefaltet auf Ells ehemaliges Bett gelegt. Es war nicht fein, aber es war sauber und nicht verschlissen. Zusammen mit meiner Lederhose und einem ungewöhnlichen Accessoire konnte ich vielleicht als unkonventionelle Künstlerin oder so etwas durchgehen. Ich ging Chiaras Regal und ihre dort aufgebahrten Heiligtümer durch. Steine. Alte Bücher, nach Größe und Farbe geordnet. Der Pokal, den sie Arich Llandre über den Kopf gezogen hatte. Eine Metallscheibe mit verschiedenen Löchern und Einkerbungen, vermutlich Kunst, genau wie die Holzfiguren daneben.

Chiaras inneres Radar hatte wohl angeschlagen; sie tauchte hinter mir auf. „Was machst du da?"

„Ich muss auf eine Soiree", erklärte ich. „Aber ich bin armselig und gammlig und brauche etwas, das davon ablenkt."

Sie lächelte und nahm eine runde Blechdose vom Regal. „Federn", sagte sie und öffnete sie mit verheißungsvoller Geste. „Perlhuhn. Pfau. Adler. Fasan. Ente. Wo warst du überhaupt? Verne war ganz außer sich, bevor dein Brief kam!"

Während ich Chiara auf den neuesten Stand brachte, fassten wir die Federn an den Kielen mit einem Faden zusammen
und ich befestigte sie mit einem dunklen Stoffbändchen am
Ausschnitt des Shirts. Zufrieden betrachteten wir unser
Werk, dann eilte ich zu Verne, um mich zu entschuldigen,
und Chiara zurück an die pedalbetriebene Waschmaschine.

Ich brachte die Arbeit rasch und unkonzentriert hinter
mich. Verne hatte mir verziehen, weil er einfach nur unglaublich dankbar war, dass ich mich nicht wie Ell hatte
verschleppen lassen. Und ich war ehrlich reumütig.

Als ich am Nachmittag zurückkam, fand ich eine große,
weiße Pappschachtel auf meinem Bett vor. Mein erster Impuls war, auf dem Karton herumzuhüpfen und ihn dann so
schnell wie möglich ins Feuer zu werfen, weil mir Ells
Ginkgoblatt und der Zettel mit der Botschaft in den Sinn
kam, die der Schattenorden als Drohung auf ihrem Bett im
Kaufhaus hinterlassen hatte. Die Kapuzentypen hatten wohl
in all unseren Köpfen ihre Spuren hinterlassen. Artemis sei
Dank siegte meine Neugier. Ich öffnete die Box ... und
staunte.

Auch diese Sendung war mit einer Nachricht versehen. *Die
Droschke holt dich um halb sieben ab. Ich freue mich auf
dich, Kassian.*

Darunter lag, in weißes Seidenpapier eingeschlagen, ein
sturmhimmelblaues Kleid, bodenlang und schlicht, doch an
der Schulterpartie raffiniert asymmetrisch geschnitten.

Sprachlos hielt ich es mir vor den Körper, konnte kaum
glauben, dass es in dieser rauen Welt noch solch zauberhaft
fließendes Material gab. Am Boden der Schachtel fand ich
neben einem feinen Mantel aus dunkelblauem Stoff noch
passende Pumps mit dankenswerterweise halbwegs flachen
Absätzen. Ich war nie gut im Stöckeln gewesen und inzwischen fehlte mir jegliche Übung.

Ich wusch mich, natürlich kalt, schrubbte mir Arbeits-
schweiß und Stallgeruch vom Leib, dann schlüpfte ich in
meine neue Garderobe. Das Federbündel brachte ich in den
hochgesteckten Haaren an; die bläulich changierenden Federn nahmen perfekt die Farben meines Outfits auf. Als ich

danach in die Haupthalle trat, hoben alle Mannen gespannt die Köpfe. Auch Cesare sah auf, runzelte die Stirn und konzentrierte sich dann wieder auf seinen Teller. Auf dem Weg zum Tor bemühte ich mich, einen kühlen Kopf zu bewahren und nicht zu stolpern.

Ich stand vielleicht eine halbe Minute vor dem Gebäude, da kam Ces angejoggt und baute sich vor mir auf.

„Du siehst gut aus."

Ich lächelte. „Danke. Du auch. Immer."

„Wohin willst du?"

„Auf eine Soiree in Port Devine."

„Mit *ihm*."

Ich nickte.

„Pass bloß auf dich auf", knurrte er.

„Keine Sorge. Ich werde von einer Kutsche mit Sicherheitsmannschaft abgeholt und bin außerdem bewaffnet."

„Wo?"

„Beinholster." Ich wies auf meinen Oberschenkel, dann auf meine Tasche. „Wurfmesser. Dolch."

„Gut." Er wandte sich ab, betrachtete voller Unruhe den Horizont. Atmete tief ein. Marschierte ins Haus, kam nach einer Weile wieder heraus, korrigierte seine Aussage. „Nein. Nicht gut. Bleib hier. Bleib bei mir. Bitte." Sein intensiver Blick bohrte sich mir ins Herz. Fast wurde ich schwach. Fast.

In diesem Moment ertönte Hufschlag, und die Droschke rumpelte über den Zufahrtsweg. Der Kutscher stieg ab und öffnete mir mit einer höflichen Verbeugung den Schlag.

„Ich bin froh, dass du es vorgezogen hast, in Citey zu bleiben. Aber du wirst nicht für immer hierbleiben, habe ich recht? Irgendwann gehst du zurück zu deinem Clan."

„Du weißt, dass du dort von Herzen willkommen bist."

„Und du weißt, dass ich nicht gewillt bin, dich zu teilen."

„Aber *ich* muss dich teilen?", fragte er wütend und ungläubig.

„Nein", erwiderte ich mit einem Lächeln, das ich nicht empfand, und stieg in die Kutsche. „Musst du nicht."

Mein Abgang war cool gewesen, aber ich fühlte mich elend, als ich davonholperte. Fast hätte ich dem Fahrer geklopft und ihn gebeten, auf der Stelle kehrt zu machen. Aber der Teil meines Amazonenstolzes, den mir die Liebe noch nicht genommen hatte, verbot mir dergleichen. Ich krallte mich am Sitz fest und blickte nicht zurück.

Als ich in Port Devine ankam, waren die anderen Teilnehmer der Abendgesellschaft schon zugegen. Herr Tanaka nahm mir den Mantel ab, und Professor Nowakowski empfing mich im Salon, wo sich die sechsköpfige Gästerunde in angemessen gedämpftem Tonfall unterhielt. Von Kassian war keine Spur zu sehen.

„Hat die Zeit vergessen beim Bakterienklonen, schätze ich", raunte mir unser Gastgeber zu. Mit lauterer Stimme stellte er mich dann einer matronenhaften Dame in Anthrazit vor, die mich neugierig von Kopf bis Fuß musterte: „Liebe Frau Baronin, darf ich Sie mit einer guten Freundin von Kassian bekannt machen, Nia Melidá. Und das, liebe Nia, ist Raquildis Valencia von Velázquez de Galbassi, geschätzte Vorsitzende unseres Gremiums hier in Port Devine."

Ich zementierte ein Lächeln in mein Gesicht, das mich in den kommenden zehn Minuten begleitete, während mir auch die anderen reihum vorgestellt wurden. Alle waren hocherfreut, wandten sich aber rasch ihren vorherigen Gesprächen zu. Ich hingegen ließ mir einen alkoholfreien Aperitif einschenken und blieb, wie schon zuvor geplant, im Schatten. Das heißt, ich machte es mir auf einem kurzbeinigen Sofa am Rand bequem und vertrieb mir die Zeit damit, *nicht* an Ces zu denken, bis sich eine dürre, runzlige Dame neben mir niederließ, die eine gewagte Hochsteckfrisur und einen zitronengelben Seidenoverall trug. Lady Malou Nilsson, wenn ich mich recht entsann.

„Sie sind also mit dem sagenumwobenen Kassian Devinter liiert", begann sie.

Ich wackelte vage mit dem Kopf, doch sie wartete meine Antwort gar nicht ab.

„Das war ein Spektakel, damals, nicht, mit Zarina O'Lexx und dem weißen Kleid. Oder was davon übrig war." Sie kicherte. „Erinnern Sie sich noch? Unter uns gesagt – *ich* mochte Zarina nie. Sie war albern und unmoralisch. Und diese Filme, die sie gedreht hat, sinnlose Gewalt, sinnlose

Nacktszenen, sinnloser Slapstick. Viel lieber mochte ich …"

Offenbar ging der guten Frau wirklich die präapokalyptische Regenbogenpresse ab, sie hörte gar nicht mehr auf, über lang vergangene Skandale zu monologisieren. Ich konnte nicht mitreden, denn während der kurzen Zeit, in der ich an Klatschblätter rangekommen war, hatten mich nur die Bilder von Kassian und mir interessiert. Irgendwann bemerkte auch die Lady, dass ich arg einsilbig war.

„Aber, ach, das ist ja alles schon eine Eeeewigkeit her. Aus welcher Enklave stammen Sie, wenn ich fragen darf?"

„Ähm." Ich wollte nicht gleich unangenehm auffallen. „Themiskyra", sagte ich daher.

„Oh. Ah! Hm", machte die Lady. „Kenne ich gar nicht."

„Ist eine kleinere Siedlung im Norden. Wir leben sehr … zurückgezogen dort."

„Großartig", strahlte sie und tätschelte meinen Arm. „Wie in einem Kloster, nicht? Groß. Ar. Tig. Und Ihr Kopfputz."

„Ja?" Ich fasste mir an die Federn, fragte mich, ob noch alles dran war, oder ob ich wie ein schlecht gerupftes Huhn aussah.

„Großartig", versicherte mir jedoch die Lady. „Ex. Qui. Sit. Verraten Sie mir, von welchem Modisten Sie sich ausstatten lassen?"

„Ludmilla Vanborne heißt sie", erklärte ich nach kurzem Zögern und nannte damit Chiaras Decknamen, den sie einst angenommen hatte, um mit dem Tsoozu-Kult in Kontakt zu treten. „Aber sie hat viel zu tun, erledigt nur für einen sehr kleinen Kundenkreis spezielle Auftragsarbeiten und ist auf Monate hinaus ausgebucht."

„Die Gute hat wirklich ein Auge fürs Detail."

„Absolut."

„Themiskyra?", fragte der Professor erstaunt und gesellte sich zu uns. Offenbar war er Zeuge unseres Gesprächs gewesen. „Wirklich? Das hatten Sie gar nicht erzählt."

„Wollte nicht protzen?" Ich zuckte unsicher mit den Schultern, da ich nicht aus der Rolle fallen wollte.

„Habe lang nichts mehr davon gehört."

Dass er überhaupt davon gehört hatte, gab mir zu denken.

Da er meinen verwunderten Gesichtsausdruck bemerkte,

setzte er erklärend hinzu: „Mein Bruder war dort vor einem halben Leben tätig."

„Tätig?", fragte ich. Noch ein Clanmann?

„Es ist kompliziert", war alles, was er mir dazu sagen wollte.

Von Kassian war immer noch nichts zu sehen, wieder und wieder sah ich auf die Standuhr und zur Tür, erhob mich schließlich und entschuldigte mich bei Lady Nilsson. Ich kehrte in die Eingangshalle zurück und lief von dort einen Gang entlang, in dem zur Rechten Fenster an Fenster, zur Linken Ahnenbild an Ahnenbild gereiht war.

Wie vom Professor prognostiziert, fand ich am Ende dieses Flurs Kassian in seinem verdunkelten Labor, das früher ein Gästezimmer gewesen sein musste, und nun von einigen Grünpflanzen in verschiedenen Helligkeitsstufen beleuchtet wurde.

„Nia!", strahlte er und riss sich die Schutzbrille vom Kopf. „Du siehst toll aus."

Ich sah an mir herab. „Danke für das Kleid. Ich habe wirklich schon seit Jahren nichts mehr annähernd so Schönes getragen."

„Es steht dir sehr gut."

„Ich würde dir gerne versichern, dass ich dir das Gold dafür irgendwann wiedergeben werde, aber leider habe ich meine letzten Reserven an einen gut aussehenden Fremden verschenkt."

Er hielt mich sanft an den Oberarmen fest. „Du weißt, dass ich dafür nichts will. Ich wollte dich auch nicht beschämen. Du warst nur so unglücklich über deine Garderobe, und ich hatte Angst, dass du für heute absagen würdest, nur weil du deiner Meinung nach nicht passend gekleidet wärst." Er grinste spitzbübisch. „Wenn du willst, sieh es doch einfach als Verlobungsgeschenk an."

Mein Lächeln verschwand; ich löste mich von ihm, bevor er mich küssen konnte. Mir war nicht danach, und da ich nur noch tat, worauf ich Lust hatte, um den fiesen Göttern eins auszuwischen, wollte ich dafür auch keinerlei Gewissensbisse verspüren.

„Stimmt was nicht?"

Ich fuhr mit dem Zeigefinger die Kontur eines der Leucht-
blättchen nach, bevor ich mich zu einer Antwort durchringen
konnte. „Cesare ist zurück. Genau genommen war er nie
fort."

„Und was bedeutet das … für uns?"

„Keine Ahnung", antwortete ich wahrheitsgemäß.

Kassians Mund wurde schmal. Für einen Moment schloss
er die Augen, dann wandte er den Blick ab und begann unkonzentriert auf seinem Schreibtisch Stifte, Papier, Reagenz-
gläser und Objektträger hin- und herzuräumen.

„Ich wollte eigentlich nur nach dir sehen und fragen, wann
du dich zu uns gesellst", sagte ich.

Er blickte verwundert, hoffnungsvoll auf. „Du bleibst?"

„Natürlich." Ich stemmte die Hände in die Taille. „Soll ich
dieses traumhafte Kleid etwa für meine Ziegel-Tour morgen
anziehen? Sicher nicht."

Ich hatte ihn verunsichert. Das gefiel mir. Kassian Devinter war nicht so leicht aus dem Konzept zu bringen, aber jetzt
wusste er genauso wenig, woran er war, wie ich schon sooft
zuvor in meinem Leben. „Ich warte auf dich im Salon. Beeil
dich, okay? Die Leute sind … gewöhnungsbedürftig."

Untertreibung des Jahrhunderts. Die gedämpften Gespräche hatten sich inzwischen zu einer politischen Diskussion
ausgeweitet. Der Professor hatte den Raum verlassen, vermutlich, um dem Personal Anweisungen für das Abendessen
zu geben. Ich verharrte unbehaglich an der Tür, schlich mich
dann aber doch an meinen vorherigen Platz in den Schatten,
heimlich und leise, damit Lady Nilsson mich nicht wieder in
Beschlag nehmen konnte. Ich sinnierte vor mich hin, dachte
mit einem unvermeidlichen Hauch von schlechtem Gewissen
an Kassians Enttäuschung und Cesares Eifersucht. Gedanklich stieg ich erst in das Gespräch der Gremiumsmitglieder
ein, als der Meinungsaustausch hitziger wurde und die Baronin verlauten ließ:

„Die Lage ist beängstigend. Sie haben es vom Lord of
Ghanem Shareef Amjad gehört: In letzter Zeit haben auch in
den anderen Enklaven immer wieder versuchte Übergriffe
stattgefunden."

„Immer mehr Banden rotten sich zusammen." Admiral

Dragomir Horvat rückte entrüstet seinen Dreispitz zurecht.

„Auf keinen Fall können wir hinnehmen, dass es so weitergeht. Der Bandenkriminalität muss Einhalt geboten werden. Um. Je. Den. Preis", skandierte Lady Nilsson.

„Sehe ich auch so. Wir haben unseren Mitbewohnern gegenüber einen Eid geleistet: Die Sicherheit der Enklave muss an erster Stelle stehen. Wir müssen endlich handeln", rief Dr. rer. nat. Wilson van der Weijden in Erinnerung, ein etwas älterer Herr im melonengrünen Zweireiher.

„Und wie?", wollte die Baronin wissen.

„Die Schichten verdoppeln. Die Bewaffnung verschärfen. Mehr Personal einstellen."

„Noch mehr? Das Sicherheitspersonal treibt die Preise ohnehin schon auf unverschämte Art und Weise in die Höhe."

„Weil sie es *können*. Wir brauchen sie, um nicht von den Banden überrannt zu werden. Und das wissen sie", wetterte der Admiral.

„Das mag sein, aber ich persönlich bin nicht mehr gewillt, diese immensen Summen zu zahlen. Erst hat uns der Schattenorden ausgesaugt und jetzt diese legitimierten Schläger in Uniform." Van der Weijden lief erzürnt auf und ab.

Beim Wort *Schattenorden* horchte ich auf.

Die Baronin lachte. „Er hat uns doch nicht ausgesaugt. Er hat das Stadtvolk in Schach gehalten und dafür haben wir uns erkenntlich gezeigt. Ich räume ein, dass uns die Finanzierung einiges an Gold gekostet hat, doch es braucht nun mal Organisationen oder Maßnahmen, die den Mob niederhalten und beschäftigen."

„Und genau so etwas benötigen wir jetzt wieder. In großem Stil. Und in einer Art und Weise, die durchschlagend genug ist, dass wir danach bestenfalls nur noch einen Bruchteil der Wachleute benötigen."

„Wovon sprechen Sie konkret?", fragte der Lord of Ghanem.

Stille breitete sich aus. Sie hatten nicht bemerkt, dass ich wieder da war, jede Wette.

„Brot und Spiele?" Das kam von Van der Weijden.

„Sie wollen gefangengenommene Marodeure zur Belustigung der Bevölkerung in die Arena schicken?"

„Archaisch."

„Barbarisch."

„Abgelehnt."

„Hat jedoch schon einmal funktioniert. Wirkt vielleicht abschreckend."

„Ich dachte ehrlich gesagt eher an eine etwas nachhaltigere Methode."

Um was, bei Artemis, geht es hier?

Sie steckten mit dem Schattenorden unter der Decke? Jetzt erst brachte ich die königsblaue Kutsche, die wir vor der Ordensvilla beobachtet hatten, mit der der Enklave in Verbindung.

Wenn Port Devine den Orden finanziert hat – wo ist dann die Kohle hin?, fragte ich mich. Wir hatten ja auf der Suche nach Ell jeden Winkel der diversen Stützpunkte durchstöbert. Wir hatten Tauschware gefunden, Naturalien, Dinge des täglichen Bedarfs in rauen Mengen, aber kein Gold. Und auch Verne hatte mir erklärt, dass die Ordensleute nicht auf Gold aus waren, sondern auf Ware, mit der sie ihre Leute versorgen und ihre Organisation bequem am Laufen halten konnten. Auch, was das aktuelle Brainstorming anbelangte, war ich etwas ratlos. War das alles ernst gemeint? Ein paar reiche, alte Typen versuchten, Citey aufzuräumen? Daran waren schon andere gescheitert …

Ich räusperte mich. Die Gäste wandten sich mir zu und ihre bestürzten Mienen zeigten mir, dass ich recht gehabt haben musste: Sie hatten sich in Rage geredet und nicht gemerkt, dass sie einen Zaungast hatten. „Was ist mit Charondas' Erben? Unterstützen Sie doch die und lassen Sie sie für Ruhe sorgen."

Zweifelndes Lächeln und verächtliches Schnauben allenthalben.

Die Baronin erhob die Stimme: „Liebe Frau Melidá von Themiskyra, die Erben sind ein nettes Trüppchen, aber zu erwarten, dass sie gegen Tausende von Marodeuren ankommen, ist utopisch."

Vielleicht wäre es weniger utopisch, wenn sie durch eine finanzielle Förderung vonseiten der Enklaven mehr Mitarbeiter rekrutieren könnten, dachte ich. Doch ich wollte die

oberen Sechs des hiesigen Gremiums nicht gegen mich auf-
bringen. Im Gegenteil, ich wollte mehr wissen. Und dazu
mussten sie mir zumindest so sehr gewogen sein, dass sie es
nicht für notwendig hielten, ihre Zungen zu hüten.

„Setzen wir ein Kopfgeld aus", schlug Van der Weijden
vor.

„Auf Tausende von Leuten, von denen wir nicht einmal
genau wissen, wie sie aussehen oder wie sie heißen? Da
werden die beflissenen Bürger reihenweise ihre Nachbarn
abschlachten und die Hand aufhalten."

„Nicht zielführend."

„Zu teuer."

„Abgelehnt."

Die Vorschläge wurden immer krasser. Mich interessierte,
wie weit sie gehen würden, beobachtete die Unterhaltung
aber immer noch mit einer Distanz, als sähe ich mir ein ab-
surdes Theaterstück an.

„Versetzen Sie das Trinkwasser mit einem Hormon, das
die Reproduktion der Marodeure verhindert", schlug ich,
meiner Meinung nach scherzhaft, vor. „Irgendwann sterben
sie aus."

„Brillant."

„Genial."

„Ein junges Gehirn birgt solches Potenzial."

„Aber alle, die das Wasser trinken würden, würden das
Hormon aufnehmen", gab ich, ungläubig über die positive
Resonanz, zu bedenken. „Die gesamte Stadtbevölkerung
würde unfruchtbar."

„Nun."

Schulterzucken.

Mühsam gespielte betroffene Mienen.

„Wäre Ihnen das egal? Sie brauchen doch die Stadt, oder
nicht? Sie brauchen Essen, Kleidung, Handwerker und so
weiter."

„Die Sache ist die: Wir brauchen sie eigentlich nicht. Wir
haben unsere Leute und unsere Quellen."

„Meiner Meinung nach ist die ganze Stadt ein Pulverfass",
grummelte Van der Weijden. „Sie fliegt uns irgendwann um
die Ohren und zieht uns mit ins Verderben."

„Also wollen Sie … nicht nur die Banden wegputzen, sondern gleich die ganze Bevölkerung?"

Das Schweigen, das den Raum füllte, sagte mehr als tausend Worte.

„Na ja, die Idee mit den Hormonen ist sehr schön, aber vermutlich nicht zeitnah durchzuführen", kam die Baronin zum Thema zurück. „Wir können außerdem nicht sichergehen, dass das Wasser nur innerhalb der Stadtgrenzen konsumiert wird, und schneiden uns womöglich ins eigene Fleisch. Daher würde ich diesen Vorschlag zu Protokoll nehmen, ihn jedoch momentan nicht weiterverfolgen."

„Zünden Sie die Stadt an", schlug ich munter vor. „Oder lassen Sie einen Killervirus entwickeln, der alle Menschen ausradiert, während Sie in einem sicheren Bunker ausharren. Sie könnten sich auch solange einfrieren lassen. Oder Sie lassen sich zuvor einen Impfstoff spritzen."

Sie wirkten etwas irritiert über meine Begeisterung, aber nicht komplett ablehnend. Das genügte mir. Die waren hier größenwahnsinnig und meinten das alles ernst. Ich war kurz davor, diese abartigen Menschen sich selbst zu überlassen und – schönstes Kleid der Welt hin oder her – nur eiligst das Weite zu suchen. Da erhob Fleur Solaine Pelland die Stimme, eine zerbrechlich wirkende Dame mit ausladendem, fliederfarbenem Hut. „Das mit dem Wasser. Das hat mir gefallen."

„Das Thema ist durch", sagte der Admiral überlaut. Offenbar hörte Madame Pelland nicht mehr so richtig. „Wir suchen nach einer anderen Lösung."

„Ich weiß. Ich spreche jetzt jedoch vom Wasser generell. Von der Awin. Vom Regen. Von der Schneeschmelze", erklärte sie verträumt. „Wasser ist wunderbar. Ein Lebensspender. Ein Segen. Ein durchsichtiges Wunder in sonderbarsten Aggregatzuständen. Aber auch –"

Die anderen wurden ungeduldig.

„Abgelehnt", fiel ihr die Baronin ins Wort. „Zu … poetisch."

„Zu allgemein", verbesserte der Lord of Ghanem, und lächelte die alte Dame höflich an. „Aber es war viel Schönes dabei."

Plötzlich tauchte der Professor in der Tür auf. „Trinken Sie aus, liebe Freunde, oder nehmen Sie Ihr Glas mit zu Tisch – es ist angerichtet."

Ich suchte seinen Blickkontakt und gestikulierte wie eine Verrückte. Ich bemühte mich, ihm klarzumachen, mit wem er hier speisen wollte, und weil ich ihn zugleich fragen wollte, ob er davon wusste, wie irre seine Enklavenkollegen waren. Er nickte mir nur gemessen zu. „Zu Tisch, zu Tisch."

Diese Soiree zählte bei Weitem zu den seltsamsten Veranstaltungen, die ich je besucht hatte. Eingerahmt vom Lord of Ghanem und Van der Weijden, die sich gegenseitig zu übertreffen versuchten, mich zu unterhalten, und gegenüber dem wortkargen Kassian, der mich mit halb finsteren, halb sich verzehrenden Blicken anstarrte, saß ich da und aß Forellencarpaccio, mit Spargel gefüllte Nudelmuscheln, Käsetürmchen an Brezenschaum auf Feigentraubenspiegel und dergleichen mehr zu Harfenklängen mit vokalreichem, aber unverständlichem Gesang, vorgetragen von einem in Alufolie verpackten Eunuchen. Die Portionen waren nicht ganz so dekadent winzig wie bei Serge, aber es dauerte doch einige Gänge, bis sich ein Sättigungsgefühl einstellte. Die Massenvernichtungspläne des Gremiums wurden nicht mehr angesprochen, aber ich konnte nicht umhin, sie dem Professor gegenüber zu erwähnen, als er mich später am Abend mit Kassian zur Tür begleitete.

„Wissen Sie, dass Ihre Kolleginnen und Kollegen einen an der Klatsche haben?", erkundigte ich mich, nachdem mir Nowakowski in den Mantel geholfen hatte.

Er lächelte. „Ja."

„Wissen Sie, dass sie die ganze Stadt auslöschen wollen?"

Sein Gesicht wurde schlagartig ernst. „Ja."

„Was wollen Sie dagegen tun?"

„Ich? Ich bin über 80. Ich werde überhaupt nichts mehr tun, außer auf meinen Cholesterinspiegel zu achten, und darauf, dass Kassian es sich nicht mit Ihnen verscherzt. Und, zugegeben, darauf, dass die genannten Informationen in den richtigen Händen womöglich sinnvoll verwertet werden. Deswegen habe ich Sie ja überhaupt heute eingeladen. Sie kennen die richtigen Leute, scheint mir, und können entsprechende Hebel in Bewegung setzen", erklärte er leise und nachdrücklich. „Ich kann über derlei nicht mit Personen sprechen, die nicht dem Gremium angehören, denn das würde bei Bekanntwerden zu einer standrechtlichen Erschießung meinerseits führen. Wenn Sie jedoch lauschen", er zuckte mit den Schultern, „waren meine Mitstreiter einfach ein bisschen unvorsichtig."

Kassian sah mit großen Augen zwischen uns hin und her.

„Sie haben mich eingeladen, damit ich von der Sache Wind bekomme und ... ja was? Sie *verhindere*?", fragte ich ungläubig.

„Ich weiß überhaupt nicht, wovon Sie sprechen."

„Die sind irre", rief ich aufgeregt, dämpfte aber auf Nowakowskis Wink hin rasch die Stimme. „Die phantasieren über die absonderlichsten Ideen. Da gibt es nichts zu verhindern – die müssen einfach eingewiesen werden ... Wussten Sie, dass sie den Schattenorden finanziert haben?"

„Natürlich. Jeden Monat 5 Unzen Gold. Und das allein von unserer Enklave. Die anderen haben auch tüchtig eingezahlt, Shatland, Sommerfelden, Brachtal, alle."

Ich setzte zu einer erneuten, hitzigen Entgegnung an, aber der Professor schnitt mir das Wort ab. „Mir sind die Hände gebunden, außerdem muss ich zurück zu meinen Gästen, damit ich kein Aufsehen errege. Machen Sie mit den Informationen, was Sie für sinnvoll erachten. Und kommen Sie doch baldmöglichst wieder zu Besuch", setzte er unpassend heiter und mit einem Seitenblick auf Kassian hinzu, bevor er sich ins Speisezimmer zurückbegab. Kassian führte mich am Arm hinaus und zog sicherheitshalber die Haustür zu.

„Ist das wahr?", zischte er.

Ich nickte.

„Was haben die vor?"

„Ich denke, sie haben viel vor, aber sind nicht in der Lage irgendetwas umzusetzen. Das sind Luftschlösser. Sie haben Gold und können bestehende ... Projekte wie den Schattenorden finanziell unterstützen und damit für ihre Zwecke nutzen, sind aber nicht fähig, so etwas Großes selbst aufzuziehen."

Kassian war nicht überzeugt.

„Die sind voll auf meine Idee abgefahren, das Trinkwasser mit Hormonen zu versetzen, um damit Marodeure unfruchtbar zu machen", erzählte ich mit vielsagender Miene. „Die sind nicht einmal darauf gekommen, dass Marodeure nicht zwangsläufig Marodeure zeugen, sondern immer neue rekrutieren. Mach dir keine Sorgen."

„Doch. Um dich. Du lebst dort in der Stadt. Vielleicht solltest du herziehen, nur zur Sicherheit."

„Netter Versuch." Ich grinste.

Er grinste zurück. „Brillant, ich weiß. Nia, ernsthaft. Wir müssen mit jemandem reden, der das Ganze überprüfen kann."

Sein Blick war so eindringlich, dass ich schließlich seufzend nachgab. „Meinetwegen. Okay. Ich kümmere mich darum." Damit wollte ich in die Kutsche steigen, die schon bereitstand, doch Kassian hielt mich an der Hand fest.

„Wann sehen wir uns wieder?"

„Ich habe keine Ahnung." Diese Antwort befriedigte ihn kaum, also setzte ich hinzu: „Der Kutscher weiß, wo ich wohne. Komm uns doch besuchen."

„Uns?", echote er nicht gerade begeistert. „Euch? Cesare und dich?"

„Und Will. Munin. Verne." Ich zählte ihm auch noch alle Mannen auf, um ihn ein bisschen zu verunsichern, endete aber mit: „Und natürlich Chiara", und sein Gesicht hellte sich auf.

„Gerne. Morgen Abend?"

„Jederzeit. Aber mach dich auf einen Kulturschock gefasst!", warnte ich ihn.

Ich konnte inzwischen gar nicht mehr glauben, dass es mal eine Zeit gegeben hatte, in der ich nicht gewagt hatte, mich ihm als Amazone zu offenbaren, aus Angst ihn zu verschrecken. Morgen würde ich ihn in eine heruntergekommene Fabrikhalle voller wilder Chaoten, lauter Musik und richtig großen Essensportionen einladen. Kulturschock. Definitiv.

Kapitel 6

Tags darauf suchte ich jedoch zuerst Charondas' Erben auf. Höflicherweise machte ich einen Umweg über Louis' frühere Kollegin Celeste, die sich über meinen Besuch freute, und Agost, der mir unfairerweise Louis' unprofessionelles Vorgehen im Fall *Schattenorden* immer noch zur Last legte, also eilte ich weiter zu Duke. Der hatte sein Büro in der obersten Etage des Krankenhauses, die früher einmal die Hausmeisterwohnung und Technikräume beherbergt hatte. Es war im Gegensatz zu den anderen Büros großzügig geschnitten, was aber nichts brachte, da es so gut wie leer war. Ein Schreibtisch vor einem Schrank aus Walnussholz, ein schmales Regal ohne Bücher, ein Sideboard ohne Aktenordner, dafür zwei Panoramafenster, die bis zum Boden reichten.

Duke selbst lag mehr auf seinem Stuhl, als dass er saß, die sauber polierten Stiefel auf dem Tisch abgelegt, die scharf geschnittenen Gesichtszüge gelangweilt. Er trug die übliche Uniform von Charondas' Erben, einen dunklen Gehrock über schwarzen Hosen. Bei unserer ersten Begegnung vor vielen Jahren hatte er rätselhaft und bedrohlich gewirkt, jetzt sah ich vor allem Lethargie in seinen dunklen Mandelaugen.

Nun, falls Langeweile der Grund dafür war, konnte ich das womöglich ändern.

„Kassian ist wieder da."

„Schön." Duke war unbeeindruckt.

„Er lebt in einer der Enklaven, Port Devine."

„Mhm."

„Das Gremium dort hat irgendetwas vor. Ich denke, es sind Spinnereien, aber ich wollte dich in Kenntnis setzen, dass sie Pläne zur Entvölkerung Citeys schmieden."

Jetzt setzte er sich ruckartig auf. „Entvölkerung?"

„Sie möchten das Problem mit den Marodeuren und der Gefahr eines Überfalls lösen, um Geld zu sparen. Simpel ausgedrückt. Aber wenn dabei der Rest der Stadtbevölkerung draufginge, hätten sie auch keine Gewissensbisse."

„Nia, das ist alles wahnsinnig vage. Hast du irgendetwas Konkretes vorzu–"

„Nein. Ich kann dir nur ein paar Namen nennen. Vielleicht kannst du sie überprüfen oder ..."

„Überprüfen?" Er raufte seine langen schwarzen Haare, in die der aufreibende Job als Begründer von Charondas' Erben – oder auch nur das Leben an sich – ein paar weiße Strähnen gewoben hatte. „Was stellst du dir vor? Die Enklave ist außerhalb der Stadtgrenze. Ich habe überhaupt keine Handhabe dort einzugreifen."

„Du hattest früher auch keine Handhabe innerhalb der Stadtgrenzen."

„Ja, aber diese Institution hier aufzubauen war auch eine langwierige Angelegenheit. Und die Enklaven sind keine angenehmen Verhandlungspartner. Die machen ihr eigenes Ding und pochen auf ihre Selbstständigkeit. Glaub mir, die möchtest du nicht zum Feind haben. Acht Enklaven alleine rund um Citey, alter Adel, Verfallsgewinnler, Industrielle und mächtige Ex-Lobbyisten – mit denen lege ich mich nur an, wenn ich sicher etwas in der Hand habe."

„Dann ... undercover. Oder auch nicht." Die Sache nervte mich. Das war alles überhaupt nicht mein Bier. Kassian war überbesorgt und Duke hatte keinen Bock. Warum sollte das alles mein Problem sein? Ich rollte mit den Augen und ging zum Fenster.

Früher, im energiegeladenen, präapokalyptischen Citey musste die Aussicht spektakulär gewesen sein, aber auch jetzt war sie beeindruckend – die Innenstadt mit ihren düsteren, verfallenen Hochhäusern und den im weichen Sonnenlicht tanzenden Rauchsäulen, die von den Herdfeuern aufstiegen, die sanften Hügel, die die Stadt umgaben, die Awin, die sich glitzernd hindurchschlängelte und diese Senke einst geschaffen hatte. Es mochte an Dukes Anwesenheit liegen, dass ich in diesem Moment daran denken musste, wie oft ich in seinem Penthouse aus dem riesigen Fenster auf Urba hinabgeblickt hatte. Nur in seiner Nähe hatte ich mich sicher gefühlt und die Wohnung erst dann wieder verlassen, als er angeschossen wurde und ich ihm Medikamente besorgen musste. Ich hatte ihn gerettet. Er hatte mich gerettet.

Als würde er meine Gedanken spüren, trat er neben mich ans Fenster. Ich fühlte mehr als ich sah, dass er die Hand hob, wie um meine Schulter zu berühren, sie dann jedoch wieder sinken ließ.

„Bist du glücklich?", wollte er wissen.

„Ich? Niemals. Du kennst mich." Das kam bitterer heraus, als mir zumute war.

„Bei uns zu Hause, in Urba. Da warst du glücklich."

Ein unfreiwilliges, sanftes Lächeln breitete sich in meinem Gesicht aus. „Ja", gab ich mit einem entschuldigenden Schulterzucken zu. „Aber dort war ich nicht *ich*."

„Das stimmt wohl." Seine Stimme klang zu meiner Überraschung leicht belustigt, und als ich mich ihm zuwandte, bemerkte ich, dass die gleichgültige Miene aus seinem Gesicht verschwunden war. Seine Augen hatten den geheimnisvoll-intensiven Ausdruck angenommen, den ich von früher kannte.

Also fasste ich mir erneut ein Herz. „Hör mal, ich glaube sowieso, dass da nichts dran ist. Ich dachte nur, du wärst vielleicht der Richtige, das Schlimmste zu verhindern, falls doch."

Er trommelte mit den Fingern auf der Fensterscheibe herum und überlegte eine Weile, dann ging er zum Schrank und händigte mir ein Handfunkgerät aus. „Ich sehe, was ich tun kann. Wir bleiben in Kontakt. Lade es jede Nacht, verstanden?"

„Jep." Ich wandte mich schon zum Gehen, da fiel mir noch etwas ein. „Wusstest du, dass der Schattenorden von den Enklaven finanziell unterstützt wurde?"

„Nein." Er schien ehrlich überrascht zu sein. „Liegt denn die Enklave auf dem Grund und Boden des Schattenordens?"

„Nein. Das Gremium hat das nur getan, um die Städter niederzuhalten, wenn ich das richtig verstanden habe."

„Als wären wir nicht schon nieder genug", erwiderte Duke grimmig.

„Bei den Razzien wurde kein Gold in großem Stil gefunden, habe ich recht?"

„Soweit ich weiß, nicht. Lass dir von Celeste die Liste der

beschlagnahmten Güter geben."

„Okay. Danke."

„Nia. Was hast du vor?"

„Hm", sagte ich, weil sich ein nebulöser Gedanke gerade erst zu einer greifbaren Idee in meinem Kopf formte. „Hm. Kann ich auch die Akten zum Fall haben?"

„Schon wieder? Von mir aus." Er schrieb eine kurze Notiz, die er mir anschließend gab und dem Archivar im Keller erlauben würde, mir die Mappe auszuhändigen. „Versuch, irgendwie am Leben zu bleiben, okay?"

Das hatte er schon einmal gesagt. Nach dem Tanz auf Melissas Party, um mich vor den Häschern seines Vaters zu warnen, zu denen er, wie ich später erfuhr, auch mehr oder weniger zählte.

Ich lächelte. „Natürlich. Wie immer."

Auf dem Heimweg nahm mein Plan weiter Form an. Er bestand mal wieder darin, die Umstände zu ändern. Ich hatte gelernt, dass sich Menschen, Vorurteile und göttliche Pläne nur sehr schwer umformen ließen, deshalb hatte ich beschlossen, die Rahmenbedingungen abzuwandeln, die äußeren Umstände, soweit ich nur irgend Einfluss auf sie nehmen konnte. In diesem Fall den Umstand meiner Armut, die mir nach all der Pracht der letzten Tage umso bitterer vor Augen geführt worden war. Und, machen wir uns nichts vor – Besserung war nicht in Aussicht. Kassian verpulverte seinen frisch erlangten Reichtum gerade für Riesengewächshäuser mit Rollo, und Ces war ohnehin ein armer Schlucker, wenn er auch offenbar von Verne nicht ganz so mies entlohnt wurde wie ich. Wenn ich also nicht auf den Vorschlag des Lord of Ghanem eingehen wollte, seine dritte Nebenfrau zu werden, sah es relativ finster aus, was meine finanzielle Situation anbelangte. Und da ich bekanntermaßen nicht gewillt war zu teilen, schlug ich dessen Angebot natürlich aus.

Sobald ich zu Hause war, ließ ich mir von Carlos die Karten des unterirdischen Gangsystems geben, die sich Ell hatte ausdrucken lassen, und vertiefte mich auf dem Bett liegend in die Akte *Schattenorden*. Ich unterbrach die Lektüre nur, als Chiara zum Essen rief, und war fast überrascht, Kassian bei ihr in der Küche stehen zu sehen.

Es war nicht so, dass ich vergessen hatte, ihn eingeladen zu haben.

Es war nur so … dass ich es vergessen hatte.

Ich schämte mich. Aber es schien ihm nichts auszumachen, dass ich jetzt erst zu ihnen stieß, er war damit beschäftigt, sich mit Chiara lebhaft über alte Zeiten auszutauschen und Ces dann und wann abschätzend zu mustern, wenn er sich unbeobachtet fühlte. Nicht, dass dieser sich anders verhalten hätte. Vom Feuer aus warf er Kassian immer wieder skeptische Blicke zu und auch, wenn er versuchte, cool zu bleiben, sah ich, dass er unruhig mit den Füßen zappelte. Ich versuchte zwanghaft, mich nicht komisch zu fühlen, während ich zwischen den beiden saß und meinen Flammkuchen verzehrte. Es gelang mir nur dann, wenn ich meine Gedanken zurück zu meinem neuesten Projekt lenkte. Der Drang, die Akte weiter zu durchforsten, brannte mir unter den Fingernägeln, und ich war, fürchte ich, nicht besonders gesellig. Glücklicherweise waren die Mannen und Arkadier gesellig genug, allen voran Will, der Kassian ja noch von früher kannte.

Als Kassian später nach draußen ging, um auf die Ankunft der Kutsche zu warten, begleitete ich ihn nach draußen. Es regnete, deswegen stellten wir uns nahe an die Wand unter den kleinen Vorsprung, den das Hallendach bot.

„Der prognostizierte Kulturschock ist wohl ausgeblieben", stellte ich mit Kennermiene fest.

Er sah mich vielsagend an. „Nia, ich habe Berge bezwungen und –"

„Jaja, ich weiß, Vulkane durchschwommen und dich von Stern zu Stern geschwungen", spottete ich.

„Jedenfalls habe ich weitaus Seltsameres gesehen oder gehört. Es war wirklich ein schöner Abend, danke."

„Ich bin eine Amazone", platzte ich heraus, weil mich seine Großspurigkeit reizte, ihn zu provozieren.

„Oh! Wirklich? Wusstest du, dass es in Brasilien noch einige matriarchal geführte Stämme gibt?"

„Ja. *Amazonen*", betonte ich. „Und es sind keine *Stämme*, du Barbar. Es sind *Gemeinschaften*." Ich spielte die Beleidigte, aber im Grunde meines Herzens war ich endlos froh, endlich mit der Sprache herausgerückt zu sein, auch wenn es nun keine Rolle mehr spielte.

Ein Lächeln breitete sich langsam auf seinem Gesicht aus, als er begriff. „Das alte Kraftwerk? Das Blutbad? Das hatte gar nichts mit dir zu tun, sondern war eine … Fehde? Zwischen den Amazonen und männerdominierten Banden, die euch angegriffen hatten?"

Ich zog ein Gesicht und nickte und schüttelte den Kopf. „Nein. Das war meine Schuld."

Er war zu beschäftigt, das Vergangene mit dem neuen Wissen zu kombinieren, um meine Antwort wirklich zu registrieren. „Deswegen warst du so beleidigt, als wir auf dem PlayMaster *Amazonen vs. Aliens* gespielt haben. Deswegen durfte ich dich nicht nach Hause begleiten. Deswegen das Pferd. Kein Fon. Keine Zeitschriften. Und deshalb hast du die Ninjas so einfach plattgemacht, die uns nach dem Kino aufgelauert hatten."

„Das … hast du mitbekommen?"

„Mehr oder weniger. Aber ich dachte, ich träume. Immerhin hatte ich eine Gehirnerschütterung."

„Ja", sagte ich. „Deswegen. All das und noch viel mehr: deswegen."

Als die Droschke vorfuhr, setzte Kassian immer noch in seinem Kopf Puzzleteile zusammen, das konnte ich deutlich sehen.

Cesare erwartete mich hinter dem Hallentor. „Du hast es ihm gesagt?"

„Ja. Hast du gelauscht?"

„Nein. War nicht nötig. Ich kenne dich."

Ich murmelte etwas Unverständliches, weil ich ihm eigentlich widersprechen wollte, jedoch wusste, dass er recht hatte.

„Und dann ist er Hals über Kopf geflohen?", erkundigte sich Ces spöttisch und blickte in die Richtung, in die die Kutsche im Dunkel verschwunden war.

„Natürlich nicht." *Noch nicht.* Keine Ahnung, zu welchem Schluss er kommen würde, wenn er seine Erinnerungen neu kalibriert hatte.

„Er scheint nett zu sein." Dieser Satz kostete Ces Mühe,

aber ich wusste sie zu schätzen.

„Ja. Nett und großzügig und spontan und amüsant und –"

„Aber du hast ihn nicht zum Abschied geküsst", unterbrach er meine hingerissene Aufzählung.

„Nein", erwiderte ich hocherhobenen Hauptes. „Ich küsse, wann und wen ich möchte. Und weder du, noch Kassian, noch die Moiren, die blinde Tyche oder Artemis persönlich haben darüber zu urteilen." Damit marschierte ich davon, geradewegs in mein Zimmer und widmete mich wieder meinen Nachforschungen.

Sie ergaben nichts. In keinem der Stützpunkte war mehr als ein paar Unzen Gold gefunden worden. Hatte Llandre alles gleich wieder veräußert? Nur, wofür? Durch sein mafiöses Geschäftsgebaren hatte der Orden ohnehin alles gehabt, was er gewollt, und weit mehr, als er zum Überleben benötigt hatte.

Mich interessierte, ob in den Reihen des Schattenordens allgemein bekannt gewesen war, dass die Enklaven ihn unterstützt hatten. Oder ob, was ich für wahrscheinlicher hielt, Llandre in die eigene Tasche gewirtschaftet hatte. Doch ihn selbst konnte ich nicht mehr fragen, und seine Mitglieder ... ich blätterte erneut durch die Akte ... waren, wie vermutet, alle bereits vor mehr als einer Woche abtransportiert worden. Sollte ich nun allen Ernstes die Kupferminen aufsuchen, um den Todgeweihten noch ein paar Informationen zu entlocken?

Halt. Da war etwas.

Die Protokolle basierten auf einem bestimmten Formular und waren alle gleich aufgebaut, daher hatte mein Auge im Vorbeiblättern eine Unregelmäßigkeit entdeckt. Alle anderen Papiere waren durch einen blutroten Stempelabdruck mit dem Verweis *Deportation* gekennzeichnet, dieses jedoch nicht.

Merald Patony, 21 Jahre alt, wohnhaft in 253 CDC. Ich kannte den 'Shim. Auf dem Formular war kein Foto abgedruckt, doch ein Zeichner von Charondas' Erben hatte ein naturgetreues Bild des Mannes in ein vorgegebenes Feld skizziert. Es war der Typ mit den dunklen Locken und den graugrünen Augen, den ich so lange und intesiv angestarrt hatte, bis er uns Ells Standort verriet. Offenbar hatte ihn seine Kooperation vor der Mine bewahrt und er konnte mir nun womöglich helfen, meinen Schatz zu finden.

Diese Gedanken gingen mir immer noch im Kopf herum, als ich tags darauf von der Arbeit gekommen war. Genau genommen war ich von dem irren Pärchen zurückgekehrt, das in großem Stil wild gemusterte Stoffe herstellte, die ich nun, zu dicken Ballen aufgewickelt, im Lager unterbrachte. Ich befreite sie vom Wachstuch, in das sie des unablässigen Regens wegen gewickelt waren, und schlug sie dann erneut in einen groben Baumwollstoff ein, bevor ich sie aufs Regalbrett wuchtete.

Carlos hatte mir in den Archiven gezeigt, was *253 CDC* bedeutete, eine Ortsangabe, die ich auf keiner Karte gefunden hatte. Ich brannte darauf, gleich wieder aufzubrechen. Dennoch nahm ich mir die Zeit, Chiimori mit Wasser und mich mit einer etwas schrumpeligen Rübe zu versorgen, auf der ich herumkaute, während ich ins triste Nass hinausblickte. Obwohl meine Spur mehr als vage war, kribbelte Aufregung in meinem Bauch, ein Gefühl, das nicht abflaute, als sich mir Ces vor die Linse schob, der zusammen mit Munin von der Residenz zurückgekehrt war. Regen hatte die langen, dunklen Wimpern um seine forschenden Augen gebündelt, Selbstvertrauen war in seinen Blick zurückgekehrt, als sei es nie von Kassians Gegenwart angeknackst worden.

„Du heckst etwas aus", stellte er fest.

„Hm", erwiderte ich und stieß mich vom Regal ab, um mein Aspa für den Ausritt vorzubereiten.

„Willst du schon wieder weg?"

„Jap."

„Wohin?"

„CDC", antwortete ich geheimnisvoll, aber Cesare war das anscheinend im Gegensatz zu mir ein Begriff. Vermutlich, weil er mit Ell die komplette Stadt nach seinem Bruder abgegrast hatte.

„Warum?"

„Recherche."

„Lass mich mitkommen."

Ich öffnete den Mund, um seine Bitte abzuschmettern. Dann erst überlegte ich, warum ich überhaupt etwas dagegen hatte, ihn mitzunehmen. Es war gar nicht mal die Furcht, dass er mir die Idee, den Plan, den Schatz womöglich stehlen würde, stellte ich fest. Es war noch ein alter Impuls, nicht amazonenalt, aber immerhin aus der Zeit, als ich ihn und mich vor ein bis zwei gebrochenen Herzen bewahren wollte, weil wir keine Zukunft hatten. Aber jetzt, wo ich keine Marionette der Moiren mehr war und nur noch tat, was ich wollte, konnte ich die Gesellschaft des gut aussehenden, wenn auch tropfnassen 'Shims ebenso genießen.

„Meinetwegen. Aber lass mich reden."

„Natürlich. Immerhin habe ich nicht die geringste Ahnung, worum es bei deinen Recherchen geht."

„Der Schattenorden hat Gold von der Enklave Port Devine erhalten. Ich frage mich, wo es geblieben ist. Und ich werde den einzigen Kuttenträger fragen, der noch nicht in der Mine steckt."

Es war bereits später Nachmittag, als wir das Container-Depot Citey im Osten der Stadt erreichten, und das trübe Wetter ließ alles noch dunkler erscheinen. Vor uns erstreckte sich ein großes Areal, auf dem sich Hunderte, nein Tausende von Containern aneinanderreihten und aufeinanderstapelten, riesige, quaderförmige Behälter, die vor dem Verfall auf Schiffe oder Lkw geladen zum Transport genutzt worden waren. Wie eine Enklave war das Gelände mit einem hohen Gitter eingezäunt und von einigen finster aussehenden Gestalten bewacht – damit endete jedoch schon die ganze Ähnlichkeit. Armut und Elend schlugen uns aus jedem Winkel entgegen, sobald wir die Pferde am Zügel durch das Tor führten. Der aufgeweichte Boden glich einer Suhle oder eher einem immensen Komposthaufen, dem jeder Bewohner beizusteuern schien, was er gerade loswerden wollte. Dazwischen Hunde, eine Ziege, ein paar Hühner, Ratten, Gestank. Dreckige Stoffbahnen als halbherziger Schutz vor Sonne und Regen waren zwischen den Containern aufgespannt worden, die von Rost und Moos überzogen waren. Die wenigen Gesichter, die uns aus dem düsteren Inneren anstarrten, wirkten hoffnungslos und argwöhnisch, und verschwanden, sobald wir ihre Blicke erwiderten.

„Wohin", bellte uns einer der Wachleute entgegen, ein älterer 'Shim in zusammengewürfelter Kleidung und einem Namensschild auf der Brusttasche seines Parkas, das ihn als *Gano Mathieu* auswies.

„253", gab ich nur zurück. Unfreundlich konnte ich auch. Sogar ziemlich gut.

„Wer seid ihr?!"

„Geht Sie nichts an."

„Was wollt ihr bei Nummer 253?"

„Das möchte ich mit Merald Patony selbst besprechen."

Dass ich seinen Namen wusste, schien das Misstrauen des Mannes offenbar etwas zu dämpfen; er winkte uns grimmig, ihm zu folgen. Wir liefen durch eine Art Hauptstraße, deren hohe Containeraufbauten zu beiden Seiten die Siedlung tatsächlich wie eine kleine Stadt wirken ließen.

„Da lang", knurrte Gano Mathieu schließlich und zeigte in eine Seitenstraße. „Nummer steht außen dran."

Damit stapfte er zurück zu seinem Posten und wir durch unsäglichen Morast, bis wir vor einem Metallbehälter von etwa zwölf mal zweieinhalb Metern zum Stehen kamen, in dessen abblätternde orange Farbe die Zahlen *253* eingekratzt waren. Nachdem wir die Pferde an einem Pfosten festgemacht hatten, hob ich die Hand, um an die Tür zu klopfen, da bemerkte ich, wie Ces mit einer Kopfbewegung nach links wies.

„Schau mal", raunte er.

Um die Ecke des Containers lugte ein kleines, schmutziges Gesicht, das nur aus Augen zu bestehen schien, riesige dunkle Augen, die zu uns hochstarrten. Sie gehörten zu einem vielleicht dreijährigen, ziemlich verdreckten Jungen, den seine viel zu große, grüne Plastikjacke fast zu verschlucken schien.

Die Stadt war voll von Kindern, die sich elternlos irgendwie durchschlugen, doch meist hatten sie sich in Banden organisiert, um ihr Überleben zu meistern. Alleine waren sie selten unterwegs, und schon gar nicht ein so kleines Exemplar. Die Sache roch also förmlich nach Falle. Einer tat niedlich, die anderen raubten einen solange aus. Aber nicht mit mir. Ich war nämlich selber arm. Noch.

Entschieden wandte ich mich ab und pumperte mit der Faust an die Tür. Der Knirps war mir egal, ich mochte keine Kinder und hatte gerade andere Sorgen als so ein hageres Lebewesen, das bei anhaltender Witterung der nächste Frühlingsschnupfen sowieso dahinraffen würde.

Es öffnete eine Frau um die vierzig, die irgendwann mal hübsch gewesen sein musste, jetzt jedoch nur noch grau und verhärmt wirkte. Sie hatte die Haare zu einem strengen, fettigen Knoten gebunden und trug einen rostfarbenen Strickmantel über fadenscheiniger, dunkler Kleidung.

„Was."

Also wirklich. Die Bewohner dieser Siedlung überboten sich ja vor Lebensfreude und Freundlichkeit.

„Ich möchte zu Merald Patony", gab ich deshalb grußlos zurück.

Sie öffnete die quietschende Tür ohne weiteren Kommentar und ließ uns eintreten. Der enge, fensterlose Raum war funktional mit zwei Stockbetten, einer Anrichte, einem Tisch und ein paar Stühlen eingerichtet, und halbwegs sauber, soweit ich das im Licht des einzelnen Kerzenstumpens beurteilen konnte. Eine fadenscheinige Tischdecke und ein gewelltes Poster versuchten erfolglos dem Raum ein bisschen Persönlichkeit einzuhauchen. Vor einem schiefen Plastikregal saß ein junger Mann auf dem Boden. Er sah auf und erbleichte, sowie er uns erkannte.

„Hallo Merald", sagte ich und nahm ungefragt auf einem wackeligen Korbstuhl neben ihm Platz. Ccs schwieg wie vereinbart, lehnte sich nur abwartend an die schmucklose Wand. „Ist alles okay? Hast du die Befragungen gut überstanden?"

Merald zuckte mit den Schultern.

„Wer ist das?", wollte die verhärmte Frau wissen und stemmte die Hände in die schmalen Hüften. Die beiden sahen sich ähnlich. Für Geschwister war der Altersunterschied zu groß, ich vermutete, dass es sich um seine Mutter oder eine Tante handelte.

„Sie ist von Charondas' Erben."

Die Frau wirkte überrascht. „Sie hat … ihn umgebracht?"

„Ihre Leute."

„Ich bin nicht von Charondas' Erben", stellte ich richtig. „Ich habe lediglich nach einer Freundin gefahndet, die der Schattenorden entführt hatte. Dank Merald konnten wir sie aber rechtzeitig finden und das Schlimmste verhindern." Ich versuchte, die Stimmung etwas zu heben, doch die Miene, mit der mich die vermutliche Frau Patony musterte, war unlesbar. „Ich möchte euch nicht lange aufhalten. Ich habe nur ein paar Fragen. Wusstest du davon, dass der Schattenorden von den Enklaven unterstützt wurde?"

Wieder zuckte er mit den Schultern.

„Ich rede nicht von ein paar Säcken Mehl. Ich rede von Gold", konkretisierte ich. „In großem Stil."

Jetzt flackerte etwas in seinen Augen auf. Überraschung, aber auch Begreifen. Und das bewies mir, dass ich hier richtig war. Er wusste irgendetwas. „Interessant. Llandre wollte nicht teilen, nehme ich an."

Meralds Mitbewohnerin hatte begonnen, mit Geschirr auf der Anrichte herumzuklappern; ich war mir nicht sicher, ob sie versuchte, nicht zu lauschen, oder ob sie uns das nur glauben machen wollte. Meralds Mund war ein schmaler Strich geworden. Er wirkte nicht mitteilungsbedürftig. Das musste ich ändern. Ich betrachtete ihn eine Weile und suchte seinen Blick und so, wie ich es schon einmal gemacht hatte, ließ ich ihn auch diesmal nicht mehr los. Dann wiederholte ich:

„Ich komme nicht von den Erben. Ich bin nur … neugierig. Und falls ich etwas von Wert finde, können wir gerne halbe-halbe machen. Wenn du mir hilfst." Das ließ ich sacken, bevor ich weiterredete. „Ich weiß, dass in den Räumen der diversen Stützpunkte nichts gefunden wurde, und die Erben haben auf der Suche nach Ell wirklich gut gesucht. Aber ich weiß auch, dass Llandre eine Vorliebe für … spezielle Verstecke hatte. Vielleicht hast du ja mal irgendetwas beobachtet?"

Er hob trotzig den Kopf. „Wieso sollte ich dir helfen? Wieso sollte ich das Gold teilen wollen, wenn ich es auch komplett haben kann?"

„Weil du nicht alleine rankommst." Oder er hatte wirklich nichts davon gewusst und ich hatte ihm jetzt den entscheidenden Tipp gegeben. Ich beschloss, ihn zu beobachten, falls er mir seine Kooperation versagen würde.

Doch das war nicht nötig. Offenbar hatte ich einen Nerv getroffen: Mit plötzlichem Elan erhob er sich, zog eine Pappschachtel unter dem Bett hervor und holte ein dickes, handgeschöpftes Papier heraus, das verdächtig nach Schattenorden aussah.

„Ich war auch neugierig", gab er zu. „Nach den Razzien bin ich noch einmal zurückgekehrt und habe mich in Arichs Räumen umgesehen."

Das hatten die Erben auch getan, das unspektakuläre Papier jedoch anscheinend als wertlos erachtet.

„Hm", machte ich.

Kein Text war zu sehen und kein Bild, nur Linien, lange und kurze, gerade und gebogene. Und ein Kreuz. Definitiv eine Schatzkarte. Aber ich hatte keine Ahnung, was sie zeigte.

Merald grinste schräg. „Ja. Etwas in der Art habe ich mir auch gedacht, als ich sie fand. Mir war klar, dass die Striche irgendetwas bedeuten, deswegen nahm ich das Dokument mit. Aber ich bin bis jetzt nicht dahintergekommen, was sie mir sagen sollen. Immerhin weiß ich jetzt, was mir winkt, wenn ich sie entschlüssele. Uns", verbesserte er sich.

Ich betrachtete die Linien ein weiteres Mal eingehend und verständnislos, dann wandte ich mich fragend an Ces, doch der zuckte nur ratlos mit den Schultern.

Plötzlich schlug mein Herz schneller. Ich hatte doch eine Ahnung. Nicht mehr, aber auch nicht weniger.

„Darf ich das Blatt mitnehmen?", erkundigte ich mich.

„Nein." Merald schüttelte vehement den Kopf.

War klar. „Ich muss etwas überprüfen. Ich verspreche dir vor Zeugen, dass ich dir das Papier zurückbringe. Oder im besten Fall deinen Anteil des Goldes."

„Warum sollte mir dein Versprechen etwas bedeuten? Wieso sollte ich dir vertrauen?"

„Weil …" Ja, warum? „Weil du keine Wahl hast. Ohne mich wirst du der Sache nie auf die Spur kommen."

„Lass uns der Sache *gemeinsam* auf die Spur kommen", schlug er vor. „Nimm mich mit."

„Kommt nicht infrage. Ich arbeite immer alleine", widersprach ich.

„Was ist mit ihm?", fragte Merald mit einem Seitenblick auf Ces.

„Er ist ..."

„Stumm?"

„... mein ..." *Clanmann. Kollege. Geliebter.* „... Bodyguard."

Cesare rollte mit den Augen und verschränkte kopfschüttelnd die Arme – eine Geste, die meine Lüge mehr bestätigte als widerlegte.

„Ich bringe dir die Karte morgen wieder. Versprochen. Überlass sie mir nur für diese Nacht", beschwor ich Merald. „Wir leben im Industrieviertel in der Südstadt, in einer alten Fabrikhalle, einem ehemaligen Club, dem *Slash*. Dort würdest du mich finden, falls ich nicht auftauchen sollte. Oder falls dir noch etwas einfällt."

„Die Adresse kann genauso gelogen sein wie deine Versprechen", erwiderte Merald spöttisch. „Aber aus irgendeinem Grund glaube ich dir. Bring sie mir morgen Abend wieder. Oder meinen Anteil des Goldes."

Die vermutliche Frau Patony schnaubte nur und klapperte weiter mit dem Geschirr.

„Danke", sagte ich erleichtert und steckte das zusammengefaltete Papier in die Innentasche meiner Jacke.

Merald öffnete uns die Tür hinaus in den Regen. „Dann bis morgen Abend."

„Bis morgen Abend." Die Tür schlug zu.

„Das war einfach", sagte Ces und zeitgleich schimpfte die Frau im Containerinneren los: „Du bist ein Narr, Merald!"

„Einfach?", echote ich beleidigt, während ich Chiimoris Zügel vom Pfosten löste. „Ich habe mich ja wohl voll reingehängt. Psychologie. Empathie. Fingerspitzengefühl. Und so."

„Trotzdem. Er ist wirklich ein Narr, wenn er dir die Karte einfach so überlässt."

Ich setzte gerade zu einer entrüsteten Entgegnung an, da

bemerkte ich das große dunkle Augenpaar, das uns beobachtete. Der kleine Junge lungerte immer noch an der Ecke des Containers herum. Auch Ces hatte ihn bemerkt. Jetzt klopfte er kurzerhand noch einmal an der Tür.

„Zu wem gehört das Kind?", fragte er Merald, der diesmal geöffnet hatte.

Unwillig beugte sich der ein Stück weit in den Regen hinaus und blinzelte ins Zwielicht. „Wer? Ach der. Zu keinem."

„Wo wohnt er?"

„Was weiß ich. Er hängt erst seit ein paar Tagen hier herum, habe ihn früher nie gesehen." Er wandte sich an das Kind und raunzte es an: „Hau ab, Kleiner, hier gibt es nichts zu holen. Wir haben selbst nichts."

Ich mag zwar auch keine Kinder, aber die Art, mit der Sache umzugehen, machte mir Merald nicht wirklich sympathischer.

„Danke", gab Ces kühl zurück.

„Bis morgen", wiederholte Merald unbeeindruckt, bevor sich die Tür mit einem metallischen Scheppern schloss.

Der Knabe hatte sich trotz der harschen Anrede keinen Zentimeter wegbewegt, sondern blickte uns unverwandt an. Impertinent. Skeptisch. Kampflustig. Und völlig verloren.

Ich wollte weg.

Cesare nicht.

Langsam näherte er sich dem Kind und ging vor ihm in die Hocke, um ihm auf Augenhöhe zu begegnen. Dieses Bild, der kleine Junge und der große Ces, bewegte etwas in mir. Die Anteilnahme in Cesares Blick und die Entschlossenheit, etwas zu verändern, etwas *gut* zu machen, rührten mich, auch wenn ich das nicht wollte.

Er war nicht nur ein Clanmann, ein Krieger oder perfektes Genmaterial. Er war ein guter Mensch.

„Wie heißt du?", fragte er.

„Bo."

Ich war mir nicht sicher, ob ich mich verhört hatte, oder ob sich der Knabe einen Scherz mit uns erlaubte. Sicherheitshalber klammerte ich mich fest an meine Tasche. Mit welcher Bande Klein-Bo auch immer unter einer Decke steckte, meine Schatzkarte würden sie nicht bekommen.

„Und wie noch?", wollte Ces wissen, doch der Kleine schüttelte nur den Kopf. „Wo wohnst du?"

Er sah uns hilflos an und zeigte dann nach Westen. Anschließend nach Osten. Zuckte mit den Schultern und begann hingebungsvoll, auf seinem Zeigefinger herumzukauen.

„Wo ist deine Familie? Bist du alleine unterwegs? Wo hast du die letzten Nächte geschlafen?" Auf keine seiner Fragen erhielt Ces eine Antwort, erst, als er sich erkundigte: „Hast du Hunger?", erntete er heftiges Nicken.

„Komm mit", sagte Ces, erhob sich und nahm Bo an seiner schmutzigen, kleinen Hand.

„Moment", sagte ich und stellte mich ihnen in den Weg. „Was soll das? Wir haben keine Zeit! Wir müssen zurück und uns um die Karte kümmern und –"

„Wir müssen uns um den Jungen hier kümmern", unterbrach er mich entschieden. „Andernfalls wird er verhungern oder erfrieren oder ertrinken." Ces zeigte in den Regen.

„Zumindest wird er nicht verdursten", gab ich lakonisch zurück. „Ces, ernsthaft. Wir können jetzt keine Armenspeisung veranstalten oder einen Familiensuchtrupp losschicken." Nicht, dass ich kein Mitleid hatte. Aber das Elend war groß in der Stadt. Ich befürchtete seit jeher, darin unterzugehen, wenn ich zu genau hinsah. *Ich* war eben *kein* guter Mensch.

„Das habe ich auch nicht vor." Er ergriff auch meine Hand und spiegelte meine Worte. „Nia, ernsthaft. Schau ihn dir an. Könntest du ihn wirklich hier zurücklassen?"

Ich seufzte genervt. Und dann *sah* ich zu genau hin. Und erblickte ... mich selbst, vor vielen Jahren, nachdem ich aus meiner Heimat auf diesem fremden Kontinent angekommen war. Impertinent. Skeptisch. Kampflustig. Und völlig verloren.

Nein, Bo war nicht Teil einer Bande. Er war allein, und mehr als das: Er war einsam.

„Oh, bei Artemis, natürlich nicht." Wütend, über mich selbst, über meine Schwäche, damals und heute, schwang ich mich auf den Rücken meines Aspa. „Nimm ihn mit, meinetwegen. Aber er schläft bei dir. Ich habe keine Lust auf Läuse und anderes Ungeziefer in meinem Bett!"

Natürlich schlief Bo in meinem Bett. Wie bereits festgestellt, ging es im seltensten Falle nach meinem Willen.

Am Tor des Container-Depots hatten wir die Männer des Wachtrupps gefragt, ob sie von seiner Herkunft wüssten, doch alle hatten nur desinteressiert die Köpfe geschüttelt. Also nahm ihn Cesare mit sich aufs Pferd. Zu Hause angekommen schälte ihn Chiara sorgsam aus seinen etwa 15, vor Schmutz starrenden Schichten, steckte ihn in einen Zuber voll heißem Wasser und beließ ihn so lange dort, bis er rosig, warm und sauber genug war, um in einen ihrer kleinsten Pullis schlüpfen zu dürfen. Zusätzlich in eine Decke gehüllt saß er dann am Feuer und verschlang Mengen zum Abendessen, die uns alle in Erstaunen versetzten. Anschließend schnappte er sich meine Hand und ließ sie nicht mehr los, auch dann nicht, als ich mich, gezwungenermaßen mit ihm im Schlepptau, zum Schlafen ins Mädelszimmer zurückzog.

Als Bo sich unter der Decke an mich schmiegte, gab ich auf. „Meinetwegen", wiederholte ich leise, legte meinen Arm um die fragile Gestalt des Kindes und mein Kinn auf seine glänzenden, nach Ells Shampoo duftenden Haare. Mich überkam ein innerer Frieden, wie ich ihn selten, vielleicht noch nie verspürt hatte. Das Sehnen, das Hoffen, das Eilen, all das war für einen Moment weg. Ich war einfach ich selbst, atmete und hörte Atem.

Doch dann sagte Bo: „Erzähl."

„Du willst eine Geschichte?"

Er nickte.

„Oh, da habe ich eine phantastische Idee. Homer, der lange Typ mit der Brille, kann die tollsten Geschichten erzählen. Geh einfach hinüber zur blauen Ledercouch, da wirst du ihn finden."

„Nein. Du."

„Ich kann nur Märchen."

„Märchen", nickte Bo.

Ich überlegte kurz. „Es war einmal ein Mädchen. Ein armes Mädchen mit gutem Herzen. Na ja, es war zumindest halbwegs anständig. Es musste viel arbeiten, stand im Morgengrauen auf und ging erst weit nach Sonnenuntergang schlafen, schuftete unterdessen den ganzen Tag für seine

Schwestern. Es war ein mühsames Leben, doch das Mädchen fügte sich. Die einzige Freude, die es sich dann und wann zugestand, war ein Besuch der Stadt ein paar Kilometer weiter, wo es die schönen Dinge in den Schaufenstern ansah, die es sich doch nie würde leisten können. Doch irgendwann ging es in ein Geschäft und … steckte sich einfach etwas in die Jackentasche, ohne es zu bezahlen."

„Geklaut!", rief Bo. Offenbar befand er sich nun auf bekanntem Terrain.

„Psst. Genau. Das war falsch. Aber das Mädchen wollte das Ding unbedingt haben und da es keine Taler besaß, hatte es keine andere Wahl als zu stehlen." Ich erinnerte mich noch genau, was dieses *Ding* gewesen war, ein türkis schillernder Lidschatten, den ich kein einziges Mal benutzt hatte, denn das hätte bei meinen Schwestern zu viele Fragen aufgeworfen. Doch alleine der Besitz hatte mich innerlich reich und glücklich gemacht.

„Und so stahl es fortan jedes Mal, wenn es die Stadt besuchte, und es ging gut, bis es irgendwann dabei erwischt wurde."

Bo sog erschrocken die Luft ein.

„Das Mädchen hatte Glück", beruhigte ich ihn. „Kein Polizist hatte es ertappt, sondern ein Prinz. Und der half ihm zum Glück nicht nur bei der Flucht, sondern schenkte ihm auch noch viele schöne Sachen, sodass es sich selbst fast wie eine Prinzessin fühlte."

Wenn ich an die Ainia und den Kassian von damals dachte, bekam ich jetzt noch Herzklopfen. Und diese Ainia von damals, die immer noch irgendwie, irgendwo in mir steckte, wäre jetzt am liebsten aufgesprungen und einfach nach Port Devine zu ihm geritten.

Haltet euch zurück, Moiren, dachte ich grimmig.

„Und dann?"

„Sie gewannen einander lieb. Aber die Kluft zwischen dem armen Mädchen und dem reichen Prinzen war zu groß, und die Schwestern des Mädchens waren gegen die Verbindung der beiden. Und so gab das Mädchen den Prinzen auf, schickte ihn weg und wusste, dass es niemals wieder glücklich werden würde."

„Blödes Märchen."

„Stimmt, das hat sich das Mädchen dann auch gedacht. Also beschloss es, seine Familie zu verlassen. Es machte sich auf die Suche nach dem Prinzen, doch als es ihn fand, hatte er bereits eine andere Prinzessin gefunden."

„Blödes Märchen."

„Stimmt", räumte ich erneut ein. „Aber das Mädchen fand sich irgendwie damit ab. Viel Zeit verging und das arme Mädchen lebte in noch viel größerer Armut als jemals zuvor, denn die Zeiten waren dunkel geworden. Das pure Überleben war das, was zählte, das Hoffen auf Prinzen, Reichtum und Glück so weit entfernt, dass das Mädchen gar nicht mehr darüber nachdachte."

Bos Atem klang gleichmäßig. Ich vermutete, er sei eingeschlafen, aber als meine Pause zu lang wurde, meldete er sich wieder zu Wort: „Und dann?"

„Dann trat ein neuer Mann in das Leben des armen Mädchens. Er hatte selbst nichts, war nicht reich und auch kein Prinz, aber er war gutherzig und gefiel dem armen Mädchen ausgesprochen gut."

„Und wenn sie nicht gestorben sind?"

„Sind sie nicht. Stattdessen tauchte der Prinz von früher wieder auf. Entschuldigte sich und versöhnte sich mit dem armen Mädchen."

„Und dann?"

„Nichts. Das Mädchen wusste nicht, was es wollte, vertat seine Chancen, fand weder Glück noch Ruhe."

„Blödes Märchen."

„Stimmt, aber eine Sache hatte das Mädchen, das inzwischen eine Frau geworden war, bei all dem gelernt: Gold macht zwar nicht glücklich, aber sorglos, und es löst verdammt viele Probleme. Und wenn sie es jemals zu etwas bringen wollte, musste sie selbst ihr Glück in die Hand nehmen und nicht auf andere oder deren Reichtum vertrauen."

„Wurde sie denn dann reich?"

„Aber hallo. Tief unter der Erde fand sie schließlich einen Schatz: Eine Truhe voller Gold, Perlen und Edelsteine."

„Schönes Märchen."

„Und wenn sie nicht gestorben ist, dann lebt sie noch heute", beendete ich heiter meine Erzählung.

Das Gerede vom Gold hatte die Müdigkeit vertrieben und mich euphorisch gestimmt. Ich musste herausfinden, ob ich mit meiner Vermutung recht hatte. Sobald Bo eingeschlafen war, zog ich behutsam meinen Arm unter ihm hervor und erhob mich vom Palettenbett.

„Das arme Mädchen soll Cesare nehmen", ertönte eine müde, kleine Stimme, bevor ich den Vorhang zurückschlagen konnte.

„Schlaf jetzt", erwiderte ich streng, obwohl ich innerlich nur verblüfft den Kopf über die Kombinationsgabe des Dreijährigen schütteln konnte.

Draußen stieß ich fast mit Ces zusammen. Weil ich befürchtete, er habe Bos Worte noch gehört, wollte ich mich rasch an ihm vorbeidrücken, aber er hielt mich fest.

„Ist es sehr schlimm?"

Ich runzelte die Stirn. Dass das arme Mädchen glücklos bleiben würde? Natürlich. Aber war es wirklich das, worauf er hinauswollte?

„Dass ich dir Bo so aufs Auge gedrückt habe?", wurde er deutlicher. „Ich weiß, dass da draußen Hunderte von Kindern herumstreunen. Ich weiß, dass es ein Tropfen auf den heißen Stein ist, wenn man sich eines einzelnen annimmt. Und ich weiß, dass wir das erst richtig hätten besprechen müssen und dass ich dich nicht hätte damit überfahren dürfen. Die Sache ist die", er hob mit einer fast hilflosen Geste die Schultern, „seit ich das mit Louis erfahren habe, bin ich vielleicht ein bisschen … übersensibel, was kleine, verlassene Jungs angeht. Wenn Dante ihm damals nicht geholfen hätte, hätte er niemals überlebt. Er hätte Ell nicht kennengelernt. Ich hätte *dich* nicht kennengelernt."

„Pff", machte ich. „Wenn du so zu argumentieren anfängst, wirst du früher oder später verrückt. Aber abgesehen davon bin ich froh, dass wir Bo mitgenommen haben. Natürlich ist es ein Tropfen auf den heißen Stein, aber ich glaube, ich würde spätestens, wenn ich wieder im CDC bin, aus Sorge das gesamte Areal nach Bo durchforsten. So ist es wesentlich bequemer. Und der kleine Knopf ist so abgemagert, dass er kaum Platz braucht."

Er lächelte. „Du täuschst dich."

„?"

„Das arme Mädchen *hat* ein gutes Herz."

„Du hast gelauscht?!"

„Du lebst hinter einem Vorhang. Man hört ungefähr alles, wenn man vorübergeht", erklärte er entschuldigend. „Dabei bin ich vielleicht ein bisschen in den Bann deines Märchens gezogen worden und länger stehengeblieben, als ich es vorhatte." Eindringlich blickte er mich an. „Du weißt, das arme Mädchen hat seine Chancen noch nicht vertan. Und, Nia, was das Märchen angeht – ich muss dir noch –"

„Mein Märchen geht dich nichts an", fiel ich ihm ins Wort. Die Sache war mir peinlich. Ich wollte nicht als irrationale Träumerin entlarvt werden, zu lange hatte ich an meinem stahlharten, sarkastischen Image gefeilt. „Ist nur eine Geschichte. Ich muss zu Carlos in den Keller, kommst du mit?"

„Ja. Klar. Aber weißt du –"

„Los jetzt."

Kapitel 7

„Kannst du das hier einscannen?" Ich hielt Carlos das Papier hin, das ich Merald abgeschwatzt hatte.

Er schob sich seinen Hut in den Nacken und beäugte das Blatt im Zwielicht des Raums. „Sicher. Was ist das?"

„Bislang nur eine Vermutung." Während er das Dokument einlas, strich ich mir die klebrigen Haare aus dem Gesicht. Carlos' Refugium hatte etwas von einem Dampfbad. Die Servertürme und anderen elektrischen Gerätschaften strahlten Hitze aus und ließen die Feuchtigkeit verdampfen, die der permanente Regen mit sich brachte und die langsam, aber sicher durch die Wände zu diffundieren schien. Ich hörte, wie etwas tropfte, und sah, wie Warmits Foto, das mit Speisefarbe auf sich wellendes Papier ausgedruckt an der Wand hing, schon zu verlaufen begann.

„Was hast du damit vor?", fragte Carlos, nachdem er auf dem Monitor das eingescannte Bild geöffnet und mir das Original zurückgegeben hatte.

„Leg es auf den *Underground-Plan*, den du mit Ell zusammengebastelt hast", bat ihn Ces.

Ich sah ihn überrascht an.

„Na was", erwiderte er. „Das liegt wohl auf der Hand. Hättest du mich mit diesem Merald reden lassen, hättest du dir einige geistige Umwege sparen können."

Ich klappte beleidigt den Mund zu. Mein Schatz. Mein Plan. Meine Herangehensweise. Auf die ließ ich nichts kommen.

Carlos' vielberingte Finger tanzten über die Tastatur. Schnell hatte er Llandres Dokument als halbtransparente Ebene auf das bestehende Bildmaterial gelegt. Nun schob er diese solange hin und her und vergrößerte und verkleinerte sie dabei immer wieder, bis wir auf Ells Plan den passenden Kartenausschnitt gefunden hatten. Es dauerte über eine Stunde, doch dann lagen alle von Llandre gezeichneten Linien auf Tunnels und Gängen.

„Perfekt. Danke!" Aufgeregt klopfte ich auf Carlos' Schulter herum und beugte mich ganz nah an den Monitor. „Wo ist das X jetzt?"

„In den Katakomben unter dem Stadion", erkannte Cesare.

Dazu fiel mir nur eines ein. „Da finden Boxkämpfe statt." Ell und ich hatten mal eine Einladung dorthin erhalten, die wir jedoch ausgeschlagen hatten.

Carlos' honigfarbene Augen leuchteten auf. „Ich weiß. Das Schlamm-Catchen dienstags ist legendär."

„Jede Wette. Kannst du uns den Bildschirmausschnitt ausdrucken?"

„Sorry, keine Farbe mehr." Er reichte mir einen Bleistift und ein dünnes Blatt Papier, bevor er die Monitorhelligkeit auf volle Kraft drehte. „Du musst abpausen."

Unter den kundigen Bemerkungen der beiden 'Shimet machte ich mich gleich an die Arbeit. Eine weitere Stunde später erklommen wir die Stufen ins Erdgeschoss, wo sich Vernes drahtige Gestalt als dunkle Silhouette am Ende der Treppe Unheil verkündend aufgebaut hatte.

„Wir müssen reden", erklärte er uns.

„Wir auch", gab ich zurück.

Die Mannen hatten die Musik dankenswerterweise nicht ganz so laut aufgedreht, vermutlich aus Rücksicht auf Bo, also setzten wir uns einfach auf die nächstgelegene Sofa-Teekisten-Sitzkissen-Kombi.

„Wer zuerst?", fragte Verne.

„Du."

„Gut. Es ist spät, deswegen komme ich gleich zur Sache. Bo kann nicht hierbleiben. Ich finde es gut, dass ihr ihn in der Containerstadt nicht vor die Hunde gehen lassen wolltet, und ich habe auch nichts gegen ihn persönlich, aber wir können uns nicht um ihn kümmern." Er merkte, dass Cesare Einspruch erheben wollte, und fuhr schnell fort: „Wir können ihn schlecht auf die Märkte oder unsere längeren Touren mitnehmen. Das ist kein Leben für ein Kind."

„Da draußen um die nächste Mahlzeit zu kämpfen ist auch kein Leben für ein Kind", widersprach Ces und verschränkte seine Arme.

„Das stimmt. Deswegen müssen wir eine andere Lösung finden. Shirokko ist derselben Meinung. Ein paar seiner Mannen sind gewillt, sich für eine Weile mit Babysitterdiensten abzuwechseln, aber auf Dauer ist das keine akzeptable Lösung."

„Wir müssen versuchen, seine Familie zu finden."

„Das kann ewig dauern. Erinnere dich nur, wie lange ihr nach Louis gesucht habt. Und in diesem Fall hattet ihr konkrete Hinweise. Aussehen. Namen. Alter. Et cetera."

„Dann dauert es eben", gab Cesare entschlossen zurück. „Wir werden ihn jetzt nicht einfach wieder aussetzen."

„Davon rede ich auch nicht."

„Ich weiß was", meldete ich mich zu Wort, bevor die Diskussion sich zu einem Streit ausweiten konnte. „Vielleicht. Verne, gib uns morgen einen freien Tag und wir finden eine Lösung."

Dieser rückte nicht gerade begeistert seine Mütze hin und her. „Morgen brauche ich jeden einzelnen Arkadier. Die Holzlieferung ist fällig. Die kann ich nicht verschieben."

„Homer wird die Tour zusammen mit Will übernehmen. Und Phoenix fährt mit euch zur Residenz."

Verne blickte mich zweifelnd an. „Wissen die beiden das schon?"

„Ich werde sie demnächst in Kenntnis setzen", erklärte ich zuversichtlich.

„Na gut. Dann erwarte ich morgen Abend einen Lösungsvorschlag in Sachen Bo. Und was wolltet ihr mit mir besprechen?", fragte Verne.

„Nichts", behauptete ich. Den freien Tag für Ces und mich hatte ich Verne ja bereits entlockt. „Ging auch um Bo. Hat sich erledigt."

„Was hast du vor?", fragte Cesare, nachdem Verne sich zurückgezogen hatte.

„Morgen gehen wir auf Schatzsuche. Und davor reiten wir ins Färberviertel."

„Warum?"

Ein leises Krächzen, das aus dem Mädelszimmer kam, hielt mich von einer Erklärung ab. Ich dachte schon, Bo sei wach und heiser geworden. Erst, als ich direkt vor dem Vorhang stand, wurde mir klar, was da knackste und rauschte. Schnell lief ich hinein und barg das Funkgerät, bevor es das Kind wecken konnte.

„Nia", vernahm ich Dukes ungeduldige Stimme. „Kannst du mich hören? Melde dich."

„Ja", gab ich atemlos zurück und setzte mich wieder auf meine Teekiste neben den interessiert lauschenden Ces. „Nia hier. Was gibt's?"

„Es geht um die Sache, deretwegen du kürzlich bei mir warst. Ich konnte noch nichts Handfestes in Erfahrung bringen, aber wir haben jemanden eingeschleust. Morgen, spätestens übermorgen erwarte ich Meldung von der Person. Aber egal, was diese Ermittlungen ergeben werden, ich habe mich schon mal ein bisschen umgehört und bin mir ziemlich sicher, dass du recht hattest. Da ist etwas im Busch. Sie haben bislang versucht, ihre Probleme finanziell zu lösen, aber langsam scheint ihnen das Gold auszugehen und das macht sie … unruhig. Und unberechenbar. Sie werden früher oder später zu anderen Mitteln greifen, um sich am Status quo festzuklammern."

„Okay." Das bedeutete, dass ich nach Färberviertel, Katakomben und CDC noch Port Devine würde aufsuchen müssen, um mich mit Kassian kurzzuschließen. Volles Programm.

„Ich melde mich bei dir, sobald ich Neuigkeiten habe. Pass auf jeden Fall auf dich auf, hörst du?"

„Natürlich." Ich bedankte mich und beendete das Gespräch.

„Fels-in-der-Brandung-Duke?", mutmaßte Ces.

„Genau der." Ich dachte nach und tippte dabei mit dem Finger gegen meine Lippen.

„Gedenkst du, mich einzuweihen, was deine verschiedenen Pläne anbelangt?"

„Eigentlich schon. Aber ich habe jetzt leider keine Zeit dafür, denn ich muss Phoenix und Homer darüber informieren, wie sich ihr morgiger Tag gestalten wird. Und wir beide treffen uns bei Sonnenaufgang im Stall."

„Ein Date?"

„Eine Mission", berichtigte ich.

Die Nacht wurde kurz und unbequem. Bo hatte sich in der Mitte meines Betts breitgemacht und rollte auch immer wieder dorthin zurück, egal, wie oft ich ihn an den Matratzenrand schob. Kaum war ich endlich zur Ruhe gekommen, stach mir das erste, trübe Tageslicht schon wieder in die müden Augen. Auf Ces traf ich nicht erst im Stall, sondern bereits im Bad. Wie vor ein paar Wochen kam er aus der Dusche. Ich sah Wassertröpfchen auf nackter Haut und widmete mich wieder eingehend der Zahnpflege, ohne ein weiteres Mal in den Spiegel zu sehen. Nicht die geringste Ablenkung von meinen vier Missionen würde ich mir heute erlauben. Sonst würde ich untergehen. Oder zumindest mein straffer Zeitplan.

Im Lager zerrte ich aus den Regalen, was immer mir unterkam und sinnvoll erschien, während Cesare nebenan im Stall die beiden Aspahet sattelte. Ich hatte keine Ahnung, was uns in den Katakomben erwarten würde, aber Lampen, Spaten, Hacke und Seil waren bei einer unterirdischen Schatzsuche sicher nicht verkehrt.

„Was machst du hier? Bist du nicht mehr müde?", hörte ich Ces fragen und drehte mich um. In der Tür zwischen Halle und Lager stand Bo, der sich seine inzwischen getrocknete Kleidung selbst angezogen hatte und uns neugierig bei den Vorbereitungen zusah. Jetzt schüttelte er den Kopf.

„Hast du Hunger?", erkundigte sich Cesare.

Eine Frage, die ein Straßenkind immer mit *Ja* beantworten würde, und natürlich wich Bo nicht vom üblichen Verhalten ab.

Ich rollte mit den Augen. „Ces, wir haben jetzt keine Zeit."

„Ich mache ihm nur eben Frühstück."

Nur eben. Na ja. Das Feuer war heruntergebrannt, allein, bis er ihm einen Tee gemacht hätte, wäre der halbe Vormittag vorbei.

„Gib ihm einfach etwas von unserem Proviant. Er soll unterwegs essen. Wir dürfen keine Zeit verlieren."

„Du willst Bo mitnehmen?"

„Eigentlich habe ich das nicht vorgehabt. Aber ich denke, vielleicht wäre es gar keine schlechte Idee, um unseren Standpunkt zu verdeutlichen."

Ces baute sich vor mir auf. „Nia, jetzt erzähl mir endlich, was du vorhast."

„Hat Ell dir von Halina erzählt? Die ehemalige Amazone, die im Färberviertel lebt?"

Sein Gesicht hellte sich langsam auf. „Ja! Sie hat dort mal Spielzeug vorbeigebracht. Denkst du, sie haben Platz für Bo?"

„Ich bin mir ziemlich sicher. Dass sie keinen haben. Aber umso besser, wenn wir den Knaben gleich mitnehmen. Es wird ihr schwerer fallen, unsere Bitte abzulehnen, wenn er sie mit großen Augen anstarrt, so wie er es gestern mit uns gemacht hat."

Ces wirkte weit weniger euphorisch als ich. „Toller Plan. Was meinst du, wie es Bo dabei geht?"

Ich wandte mich dem Kind zu. „Und, Bo, wie geht es dir dabei?"

„Ich hab Hunger."

„Siehst du? Nimm dir was von dem Käse hier aus der Tasche." Bei der Erwähnung von Spielzeug war mir noch etwas eingefallen. Wir hatten keines im Lager, aber diverse andere Sachen, die ein Waisenhaus sicher brauchen konnte. Und Verne – nun, er würde den Verlust verschmerzen, wenn er dafür das Bo-Problem los war.

Überflüssig zu erwähnen: Es regnete immer noch. Als wir endlich aus dem Stall ritten, glaubte ich, eine davonhuschende Gestalt in der Nähe des Zufahrtsweges gesehen zu haben, aber vielleicht hatten mir meine Augen in der Trübe der dichten Wasserwand auch nur einen Streich gespielt.

Ich hatte keine konkrete Adresse, aber es war nicht schwierig gewesen, Halinas Waisenhaus zu finden. Wir waren die Awin entlanggeritten, die erschreckend viel Wasser mit sich führte. Der tagelange Regen hatte zusammen mit dem Schmelzwasser aus dem Gebirge das Flussbett buchstäblich bis zum Rand gefüllt; und an einigen Stellen hatte sich der Strom schon in die Uferböschung hineingefressen, wo er strudelnd mehr und mehr Erdreich mit sich riss. Wild rauschte er an uns vorüber, während wir die dort gelegenen alten Gebäude passierten. Schließlich machten wir an einem großen Fachwerkhaus halt, aus dem vielstimmiges Kinderge-schrei, Lachen und Schimpfen herausschallten.

„Ich denke, hier sind wir richtig", bemerkte Cesare, und Bo begann zu zappeln, als würde ihn bereits die Nähe potenzieller Spielgefährten mit unkontrollierbarer Energie versorgen.

„Lass mich zuerst mit ihr von Frau zu Frau reden. Von Ex-Amazone zu Ex-Amazone sozusagen."

Ces stellte sich etwas abseits mit Bo und den Pferden unter den Vorsprung des Daches, und ich klopfte an.

„Wer is'n da?", fragte eine gelangweilte junge Stimme.

„Ainia aus Themiskyra. Ich möchte mit Halina sprechen."

„Bist du böse?"

„Äh … nein."

„Ich darf niemanden reinlassen, der böse ist."

„Ich denke, du kannst gefahrlos aufmachen, kürzlich wurde mir sogar ein gutes Herz attestiert."

„Na gut."

Ich hörte, wie ein Riegel zurückgeschoben wurde, dann öffnete sich die schwere Tür und ein vielleicht sechsjähriges, goldblondes Mädchen blickte mit unverhohlener Neugier zu mir auf.

„Was willst du von Halina?"

Ich schlug meine Kapuze zurück. „Das möchte ich gern selbst mit ihr besprechen. Kannst du sie bitte herholen?"

„Was krieg ich dafür?"

„Wenn du Glück hast, einen neuen, niedlichen Pflegebruder", erklärte ich mit zuckersüßem Lächeln. „Und jetzt schwing die Hufe, ich habe heute noch viel vor."

Mir war nicht bewusst gewesen, dass ich mir von Halina ein Bild gemacht hatte, doch als sie vor mir stand, merkte ich, dass es ziemlich von der Wirklichkeit abwich. Vor mir stand keine gestresste Ex-Kriegerin um die vierzig, sondern eine zarte, ältere Dame, deren helle Augen Hunderte von Lachfältchen umrahmten. Sie trug eine leicht fadenscheinige, geblümte Bluse und ihre grauen Haare zu einem langen Zopf gebunden, der ihr über die Schulter herabhing. Sie musterte mich freundlich, aber nicht ganz ohne Misstrauen.

„Ell hat mir von dir erzählt", begann ich. „Sie war sehr beeindruckt von deiner Arbeit hier."

„War?", echote Halina bestürzt. „Geht es ihr gut?"

„Da bin ich mir ziemlich sicher. Sie hat ihren Liebsten gefunden und Citey verlassen."

„Und wer bist du?"

„Ainia aus Themiskyra, jetzt Nia. Seit bald sieben Jahren verbannt, seit Kurzem wieder begnadigt."

Ein Lächeln huschte über ihr Gesicht. „Komm herein. Wir haben Wasser im Keller und sind gerade dabei, alles ins Erdgeschoss hochzutragen, deswegen sieht es ziemlich wild aus, aber du bist herzlich willkommen."

„Darf ich noch jemanden mitbringen?" Ich winkte Ces und Bo heran.

Erstaunt nahm Halina die beiden in Augenschein. Ich stellte sie vor, dann folgten wir ihr vorbei an Kisten, Kästen und Körben in ein chaotisches Wohnzimmer, das ein Mann um die sechzig und eine riesige Horde von Kindern jeden Alters mit mehr und mehr Gegenständen füllten, Obststeigen und Federbetten, einer Luftpumpe und einer Saftpresse, einem Schaukelpferd und einem Kerzenleuchter und tausend anderen Dingen. Bo riss sich von mir los und stürzte sich ins Getümmel.

„Wir haben ihn auf dem Container-Depot gefunden", berichtete Cesare, nachdem wir uns um einen großen Couchtisch versammelt hatten. „Er scheint alleine zu sein, aber wir können uns nicht um ihn kümmern. Deswegen –"

„Warum?", fiel ihm Halina ins Wort.

„Wie bitte?"

„Warum könnt ihr euch nicht um ihn kümmern?"

„Weil wir keine Zeit haben", antwortete ich.

„Und *ich* habe Zeit?", versetzte Halina.

„Ich meinte, weil wir unseren Lebensunterhalt verdienen müssen."

„*Ich* etwa nicht?"

„Weil …" Mir gingen die Argumente aus. „Ich habe Geschenke dabei?", versuchte ich es anders und hob meinen Rucksack hoch.

Halina lächelte. „Ich wollte euch nur ärgern. Natürlich kann Bo hierbleiben, wenn er möchte."

Er wollte – wir konnten ihn kaum aus dem Knäuel Kinder herauslösen, um ihn über die Neuigkeiten zu informieren. Erleichtert überreichte ich Halina nichtsdestotrotz meine Mitbringsel: Holzstifte, ein geräucherter Schinken, einige buntbemalte Spanschachteln, ein Glas Honig, Kleinigkeiten, die trotzdem hochwillkommen waren. Wir halfen noch mit, die letzten Dinge aus dem Keller zu bergen, in dem das Wasser schon knietief stand, dann verabschiedeten wir uns.

„Kommst du bald wieder?", fragte mich Bo und ich versprach es ihm.

Ich mag zwar keine Kinder, aber dieses spezielle Exemplar hatte ich irgendwie lieb gewonnen. An Ces klammerte er sich noch länger fest, bis das kleine, blonde Mädchen ihn zum Spielen wegzog.

„Tausend Dank, Halina", sagte ich an der Tür.

„Haltet eure Versprechen", mahnte sie nur. „Vergesst ihn nicht."

„Und jetzt zu den Katakomben?", erkundigte sich Ces, nachdem wir wieder aufgesessen waren.

„Genau." Bei Artemis, war ich froh, den Lärm und das Durcheinander hinter mir lassen zu können. Cesare hingegen wirkte so energiegeladen und fröhlich, als habe er den Aufenthalt bei Halina wirklich genossen.

„Es war ein bisschen wie zu Hause", meinte er mit leuchtenden Augen, als ich ihn darauf ansprach. Na, wenn das nicht ein weiterer Grund war, mich nicht von ihm in sein Sumpfkaff verschleppen zu lassen.

Er bemerkte meinen Blick und erklärte: „Normalerweise ist es halbwegs ruhig, aber wenn die ganze Familie sich trifft und alle Cousins meines Vaters mit ihren Eltern und Kindern anrücken, geht es auch drunter und drüber. Und sie treffen sich oft, immerhin wohnen alle in einem Ort."

„Traumhaft."

Er grinste. „Du solltest mal mitkommen."

„Mhm."

Wegen des Wetters war an diesem Tag nur draußen, wer draußen sein musste. Uns begegneten lediglich ein paar Fuhrwerke und eine Handvoll Leute, die mit Handkarren vermutlich zum Markt unterwegs waren. Alle anderen hatten sich irgendwo verkrochen. Dennoch hatte ich mehrfach das Gefühl, dass uns jemand folgte.

„Was ist los?", wollte Ces wissen, als ich erneut stehenblieb, um mich umzusehen.

„Ich fühle mich … beobachtet."

Doch die Welt hinter mir stand still und der hart aufs Straßenpflaster prasselnde Regen übertönte alles außer Chiimoris Hufschlag und meinem Herzschlag. Auch Cesare observierte nun konzentriert die Umgebung. Und fand genauso wenig wie ich. „Reite du voran. Ich halte dir den Rücken frei."

„Du musst nicht den Helden spielen."

„Ich spiele ihn nicht. Ich *bin* der Held."

„Clan-Kodex?"

„Natürlich."

Augenrollend fügte ich mich. Der Weg war mühsam. In den Senken der aufgeworfenen Straße hatten sich große Pfützen gebildet und einige Gullys spuckten schon mehr Wasser aus, als sie aufnehmen konnten. Unter der Lederjacke war mein Oberkörper trocken, aber über meine Hose war mir schon so viel Regen in die Stiefel gelaufen, dass ich vernünftigerweise dafür hätte plädieren sollen, umzukehren. Aber meine Gier, meine Neugier, meine Habgier waren nun mal größer als meine Vernunft. Es war bereits später Vormittag, als wir das Areal des ehemaligen Olympiastadions erreichten. Wir stellten uns bei einem verwitterten Kiosk unter und besahen uns den abgepausten Plan, nachdem ich meine Stiefel entleert hatte.

„Wir sollten bei der U-Bahn untertauchen. Und dann da lang", schlug Ces vor.

„Warum gehen wir nicht direkt bei den Katakomben runter?"

„Der Weg dorthin ist weiter und wir müssten unterirdisch den Großteil des Weges wieder zurücklaufen. Außerdem fürchte ich, dass sich dort jede Menge Gesindel herumtreibt. Zumindest rund um die Eingangshalle und Hauptgänge."

„Ist denn schon Dienstag?", fragte ich spöttisch. „Na gut. Dann lassen wir die Pferde auf dem alten Parkplatz und nehmen diese Rolltreppe nach unten."

In Wirklichkeit *nahmen* wir sie nicht, sondern stiegen sie minutenlang mit all unserem Gepäck hinab in die Tiefe. Die Luft roch nach Moder und feuchtem Stein. Im Licht unserer Strahler folgten wir den Gleisen zu einer Eisentür. Sie brachte uns in einen Seitengang, der parallel zur Bahnstrecke verlief, bis er sich gabelte. Erneut konsultierten wir den Plan und nahmen den rechten Tunnel, der leicht abwärts führte und mit jedem Meter rauer und steiniger wurde, bis wir die östlichen Ausläufer der sogenannten Katakomben erreichten: uralte, durch Steingänge miteinander verbundene Gewölbekomplexe. Den ersten Siedlern waren sie Begräbnisstätten gewesen, später den reichen Gilden Lager und Keller, in Kriegen den Verfolgten ein Versteck, und im Verfall vergessen.

Danach kamen die Boxkämpfe. Und wir.

Alles in allem eine ziemlich unübersichtliche Angelegenheit; ich war froh um den Plan. Er führte uns abseits der größeren Gewölbe durch schmale, menschenleere Tunnels, weiter und tiefer in den Bauch der alten Stadt hinein.

Und dann war es da. Nein, nicht das Vermögen, hübsch in eine geräumige Holzkiste verpackt. Sondern das Kreuz auf der Karte. Ich sah mich um. Grob gehauene Steinwände, soweit das Auge reichte.

Wir leuchteten alles ab, jeweils einen halben Kilometer in jede Richtung, doch keine Tür, keine Klappe, kein weiterer Durchgang offenbarte sich uns. Außer einer Rattenfamilie, die sich ein paar Meter hinter uns raschelnd davonmachte, fanden wir nichts. Erneut besah ich mir die Karte.

„Es muss hier sein. Es muss einfach hier sein."

„Vielleicht hat sich Merald einen Scherz mit dir erlaubt."

„Quatsch, so ausgefuchst ist der nie im Leben. Um so eine Finte vorzubereiten, hätte er das Tunnelsystem genau kennen und wissen müssen, dass wir nach dem Gold fragen würden. Merald ist nicht der Typ dafür. Glaub mir, ich kann Menschen gut einschätzen."

„Vielleicht …", sagte Ces nachdenklich, „… vielleicht suchen wir falsch. Vielleicht sind wir in der falschen Ebene – auf dem Plan fehlt uns ja eine Dimension. Denk an das Versteck, in dem Ell gefangen war."

Mein Blick wanderte automatisch nach unten. Der Boden gab nicht viel her; er bestand aus Steinplatten, versetzt verlegt, eine wie die andere. „Sollen wir einfach anfangen zu graben?" Leichter gesagt, als getan. Wir würden die Steine ausschachten und heben müssen. Ich konnte nicht glauben, dass Llandre diese Knochenarbeit nach jeder Zahlung auf sich genommen hatte. „Oder denkst du, es gibt eine Tür im Boden?"

„Lass uns den Weg noch einmal abgehen", schlug Ces vor.

Diesmal achteten wir nur auf das Pflaster und nach etwa hundert Metern wurden wir fündig: die Fugen zwischen den Steinen waren hier an einer Stelle nicht versetzt, sondern bildeten ein Rechteck, das wir nun mithilfe der Spatenspitze freilegten. Nachdem wir Etliches an Sand und Steinchen herausgeschaufelt hatten, wurde ein Griff sichtbar, oder vielmehr eine eiserne Öse. Ich zerrte daran, Ces versuchte es auch, aber das Ding war zu klein, um es richtig zu fassen zu bekommen. Die Tür bewegte sich keinen Millimeter.

„Versuch es hiermit." Cesare reichte mir ein Seil aus seinem Rucksack, das ich durch die Öse fädelte. Mit vereinten Kräften zogen wir daran, bis sich das steinerne Rechteck hob und schließlich mit lautem Krachen zurückklappte.

Aufgeregt leuchtete ich ins Dunkel hinab, erwartete halb, dass mir das Gold schon entgegenblitzte … doch alles, was ich sah, war ein scheinbar bodenloses Loch. Schaudernd wich ich zurück und atmete tief durch, bevor ich mich erneut vorsichtig an den Rand des Abgrunds begab und meinen Lichtkegel abwärts wandern ließ. Nein, das Loch hatte einen Boden, mein Strahler erfasste tief unten weitere Steinfliesen. Außerdem Wände mit Nischen, in denen große Statuen standen, und etwas, das von hier oben wie ein immenser Laubhaufen aussah. Erschöpft ließ ich mich auf meinen Hintern zurückfallen. „Und jetzt?"

„Ich sehe zwei Möglichkeiten. Erstens: Wir können versuchen, irgendwo eine Leiter zu bekommen. Aber ich fürchte, wir finden keine, die lang genug ist, um bis nach unten zu reichen, und trotzdem kurz genug, um durch die Windungen der Gänge zu passen. Wenn schon, müsste es eine Strickleiter sein."

„Vergiss es. Das würde alles viel zu lange dauern. Denk daran, ich habe einen straffen Zeitplan heute", versuchte ich zu scherzen.

Cesare hatte begonnen, das Seil wieder aufzuwickeln, und es dabei genau inspiziert. Jetzt fasste er die Decke ins Auge. „Zweitens: Wir seilen uns ab."

„Vergiss es. Ich hasse hohe Höhen und tiefe Tiefen. Und da geht's verdammt tief runter."

„Dann gehe ich."

„Vergiss es. Es ist *mein* Schatz. *Ich* muss ihn finden."

Ces sah mich herausfordernd an. „Dann gehen wir jetzt einfach wieder nach Hause?"

„Vergiss es." Ich begann, meine Unterlippe mit den Zähnen zu malträtieren, während ich angestrengt eine weitere Lösung suchte. Und dann Cesares Vorschläge noch einmal im Geiste durchging. Ich sah mich an der Decke um. „Wo würdest du den Strick denn festmachen wollen? Hier gibt es nichts. Und ist er überhaupt lang genug? Und fest genug? Und habe ich erwähnt, dass ich Höhenangst habe?" Schon beim Gedanken an solch eine Aktion wurden meine Hände schweißnass.

Wir ließen das Seil hinab. Es erreichte den Boden, wenn wir unser Ende mit ausgestreckten Armen in den Abgrund hielten – und wir klammerten uns beide daran, da wir wussten, dass es selbst mit dem schlechtesten Plan Essig war, wenn wir es verlieren würden.

„Der Strick hat eine Länge von 20 Metern und trägt dein Gewicht locker. Ich halte ihn fest und lasse dich hinunter."

„Vergiss es." Ich wollte, aber ich konnte nicht. Es war zum aus der Haut fahren.

„Hast du Angst, dass ich dich fallen lasse?"

„Nein. Doch."

„Was hätte ich davon?"

„Du könntest dir das Gold alleine unter den Nagel reißen."

„Wie sollte ich das anstellen? Wie sollte ich dort hinunterkommen? Außerdem: Ich schwöre dir, dein Gold ist mir vollkommen egal. Ich erhebe keinerlei Anspruch. Ich will es nicht."

„Unsinn. Jeder will Gold."

„Nia. Ich bringe dich sicher da runter. Wenn du es willst."
Er sah mich eindringlich an. „Vertrau mir."

Ich stieß die Luft aus. Ich hatte Kassian vertraut und er hatte sich mit Melissa davongemacht. Ich hatte Duke vertraut und er hatte mich ausspioniert. Ich hatte Padmini vertraut und sie hatte meine Träume zerstört. Ich war nicht besonders gut im Vertrauen. Nur ... warum eigentlich? Kassian hatte nicht gewusst, dass ich ihn noch liebte. Duke hatte mich vor seinem Vater beschützen wollen. Und Padmini, die mich zwar hintergangen, es jedoch in bester Absicht getan hatte, hatte ich inzwischen verziehen. Und doch schaffte ich es immer noch nicht, die Kontrolle abzugeben und mein Leben den Händen eines anderen zu überlassen.

„Ich liebe dich", erklärte Cesare. „Ich pass' auf dich auf."

Sein Geständnis, so völlig selbstverständlich vorgebracht, riss mich fast von den Füßen. Ich starrte ihn an. Seine Miene war offen, sein Blick weich, seine Haltung aufrecht. Aus hundert Prozent Entschlossenheit gemacht, auch jetzt, in diesem Moment.

Meine Furcht war nicht rational, dennoch *beschloss* ich einfach, ihm zu vertrauen. Und auch, wenn dieser Entschluss meine Angst nicht vertrieb, wurde mein Herz doch plötzlich ganz warm und weit, pumpte Glück und Leichtigkeit durch meine Adern. Ich hatte immer noch Angst vor der Höhe, vor der Tiefe, aber ich befürchtete nicht mehr, dass Ces mich würde fallen lassen.

„Meinetwegen", knurrte ich.

Ich wickelte das Seil fest um meinen Gürtel, bevor ich meine Beine um das verbleibende untere Stück schlang. So saß ich eine Weile auf der Kante und haderte. Schon das Gefühl meiner im Nichts baumelnden Beine ließ mein Herz rasen. Obwohl, das lag möglicherweise auch an Cesares Liebeserklärung. Aber abgesehen davon fühlte ich mich elend. Die Tiefe zog an mir, ließ meine Zehen, meine Beine, meinen Bauch unangenehm kribbeln.

Ces setzte sich neben mich. „Wenn es dich solche Überwindung kostet, dann lass es doch einfach."

„Weißt du, wie viel Gold da unten wartet, wenn ich recht habe? Das werde ich mir nicht durch die Lappen gehen lassen."

„Was willst du denn mit dem ganzen Gold überhaupt machen?"

„Keine Ahnung. Sorglos sein. Nicht verhungern. Nicht erfrieren. So etwas in der Art. Und vielleicht ein bisschen mehr Luxus. Ein richtiges Bett. Warmes Wasser. Eine neue Satteldecke für Chiimori. Neue Stiefel für mich." Oh Artemis, meine Ansprüche waren wirklich auf ein Minimum gesunken. Doch bevor ich mich wieder armselig fühlen oder vollends den Mut verlieren konnte, nickte ich Ces entschlossen zu. „Los. Bringen wir es zu Ende."

Er zog Handschuhe an, polsterte mit seinem Mantel die Stelle ab, an der das Seil über die Kante reiben würde, und schlang sich dieses dann mehrfach um die Hände. Ich drehte mich herum, wandte dem Abgrund den Rücken zu, stützte mich am steinigen Rand ab und ließ mich so behutsam, wie möglich, hinab.

„Hab dich."

Dann kam der kritische Moment – ich musste umgreifen. Rasch schnappte ich mir den Strick, klammerte mich mit den Händen daran fest und mit den Augen an Cesares zuversichtlichem Blick, der jedoch schon bald meiner Sicht entschwand. Langsam ging es abwärts.

„Alles okay?"

„Ja", war alles, was ich hervorpressen konnte. Mein Strahler hing an meiner Seite, doch ich hatte ihn noch nicht wieder eingeschaltet, um den Akku zu schonen. Und da es ohnehin stockfinster war, schloss ich einfach schicksalsergeben die Augen. Ich versuchte, weder an hohe Höhen, noch tiefe Tiefen zu denken, sondern nur an Ces, und dass ich mich bitte, bitte nicht in ihm getäuscht hatte.

„Nia?"

„Hm?"

„Weiter kann ich nicht. Das Seil ist zu Ende. Kannst du loslassen?"

„Hm." Ich öffnete ein Auge und schaltete mit einer fahrigen Hand die Lampe an.

„Was ist?" Cesare klang alarmiert, als er den Laut vernahm, den ich ausstieß.

„Nichts. War nur ein Lachen." Meine Stimme hallte durchs Dunkel. „Ich bin fast unten. Warte kurz." Ich löste meine Beine und die Hüften vom restlichen Strick und kletterte das letzte Stückchen hinab, bevor ich mich dankbar auf den Boden warf.

„Was ist los? Geht's dir gut? Was machst du?"

„Ich danke der Göttin."

„Dass das Seil gehalten hat?"

„Dass ich mich nicht in dir getäuscht habe."

„Wenn du daran solche Zweifel hattest, ist es wohl mit deiner Menschenkenntnis nicht so wahnsinnig weit her, wie du behauptest", spottete er.

„Jajajaja."

„Was ist das da unten?"

„Ich bin mir nicht sicher. Vielleicht so etwas wie eine ... Gedenkhalle."

Ich hatte mich erhoben und drehte mich im Kreis, während ich meine Umgebung im Lichtkegel des Strahlers betrachtete. Ich befand mich in einem runden Raum mit etwa fünfzehn Metern Durchmesser. Die Wände waren mit Säulen und den fünf Nischen verziert, die ich schon von oben bemerkt hatte. Daraus blickten mir marmorne Figuren entgegen: mit Blüten, Blättern, Obst und anderen Attributen geschmückte Allegorien der vier Jahreszeiten, die, wie es schien, verschiedene Altersstufen des Lebens repräsentieren sollten. Frühling, Sommer, Herbst, Winter ... und Pan. Natürlich. Mannshoch, mit Ziegenbeinen, Hörnern und dem unvermeidlich listigen Grinsen im Gesicht. Er hatte im Reigen der Jahreszeiten überhaupt nichts zu suchen, brachte mich jedoch wieder auf Kurs.

Such. Los.

Ich nahm mir jede einzelne Nische vor. Kletterte sogar hoch. Tastete Steine und Statuen ab.

„Und?", rief mir Ces ein ums andere Mal zu.

Und: „Nichts", antwortete ich stets.

Erst, als ich die Wand einmal rundum abgesucht hatte, erkannte ich kurz vor meinem eigentlichen Ausgangspunkt eine gut getarnte Tür im Stein. Auch hier war eine Öse der einzig vorhandene Griff und auch hier rührte sich das Ding kein Stückchen.

„Ich könnte dir das Seil hinunterwerfen, damit du die Tür aufziehen kannst", schlug Ces grinsend vor.

„Untersteh dich", schnappte ich. „Halt es bloß gut fest! Überhaupt lässt du es am nötigen Ernst fehlen, finde ich."

Irgendetwas rumpelte. Und zwar ziemlich. Ich konnte das Beben unter meinen Füßen spüren. Wahrscheinlich fanden oben trotz des Sauwetters mal wieder irgendwelche Bandenschlachten mit Bombenwurf statt. Oder beim Boxkampf war irgendetwas schiefgelaufen. Ich lauschte noch einen Moment in die anschließende Stille, doch kein Nachbeben folgte.

Danach wandte ich mich wieder der eigentlichen Problematik zu. Es nervte mich, dass ich schon wieder nicht weiterkam.

Reg dich ab, raunzte mich meine Bisabuela mit ihrer rauen Stimme an. *Die Tür kriegst du nicht auf, na und. Dann suchst du eben erst einmal den restlichen Raum ab und kommst notfalls ein andermal mit besserer Ausrüstung wieder.*

Auf die Lösung wäre ich selbst gekommen, lag ja auf der Hand. Nur, wenn meine Urgroßmutter mir etwas anordnete, konnte ich es leichter akzeptieren, als wenn ich mich selbst davon zu überzeugen versuchte. Im Grunde entmutigt nahm ich mir also den Boden des Raums vor, auf dem glatt geschliffene Steinplatten in verschiedenen Grautönen symmetrische Kreislinien bildeten. Diesen lief ich nun nach und hielt nach Unregelmäßigkeiten Ausschau.

Bis ich auf den vermeintlichen Laubhaufen stieß. Der sich bei genauerer Betrachtung im Licht des Strahlers als etwas ganz anderes entpuppte.

„Bäh", machte ich.

„Was ist?"

„Das sind keine Blätter."

„Natürlich nicht. Hier sind ja auch keine Bäume."

„Na ja, könnte ja von irgendwoher reingeweht worden sein."

„Durch die Tür da drüben, die du nicht aufkriegst?"

„Durch ein geheimes Lüftungssystem, in dem auch der Schatz versteckt ist, du Besserwisser!"

„Ach so." Kein bisschen Reue in seiner Stimme. „Und was ist es nun, wenn es kein Laub ist?"

„Ein immenser, präapokalyptischer, mumifizierter Müllhaufen. In etwa." Ich sah alte Zeitungen, Waschmittelboxen, verschrumpelte Äpfel, Plastikverpackungen verschiedenster Lebensmittel, Tüten, Schuhkartons, Plastikflaschen und tausend weitere Sachen. „Vermutlich hat hier mal irgendein Eremit gehaust. Oder eine jugendliche Hehlerbande", überlegte ich, und schob die riesige Verpackung eines Multimedia-Displays und ein paar zerfledderte Musikmagazine mit dem Fuß beiseite.

„Na dann!", sagte Ces.

Marsch! befahl meine Bisabuela.

Auf! trieb mich Pan an.

„Echt jetzt?"

„Du gibst wegen eines bisschen Mülls auf?"

„Nein."

„Soll ich dir die Handschuhe hinunterwerfen?"

„Nein."

„Sicher nicht?"

„Du brauchst sie, um mich hochzuziehen." Ergeben zog ich nach kurzem Suchen einen langen Schuhlöffel aus dem Haufen und begann dann, alles umzuschichten. Ich merkte bald, dass es keinen Sinn hatte, zimperlich zu sein, wenn ich heute noch fertig werden wollte. Und das Zeug stank tatsächlich nicht mehr. Also packte ich mit den Händen zu und warf es ein paar Meter weiter in die Mitte des Raums, Eierkartons, Aktenordner, Sofapolster, durch deren schimmlige Stoffe sich schon die Sprungfedern drückten, Kleidersäcke, Servietten, Konservenbüchsen, ein verbogener Fahrradreifen, Käseschachteln, ein großer Vogelkäfig, Papiertüten, begann zu schimpfen und zu fluchen, Blechdosen, Kartons, Spülmittelflaschen, Plastikdeckel, Zigarettenschachteln, Lampenschirme, nahm irgendwann die Füße zu Hilfe, beförderte mit wütenden Tritten beiseite, was ich konnte, schob es mit den Schienbeinen hinüber, während Cesare mich zu unterhalten und aufzumuntern versuchte. Dann, endlich, kam Boden zum Vorschein. Und ich bemerkte jetzt schon, dass er unspektakulär aussah.

„Verdammter Mist." Zornig kickte ich die Milchtüte beiseite, die noch zwischen den letzten einsamen Müllstücken herumlag. Und brach mir fast den Fuß. „Verdammter Mist!!!"

„Was?", rief Ces und leuchtete hektisch herum. „Was ist los? Bist du verletzt?"

„Nein", brachte ich hervor und humpelte zurück zur Milchverpackung, um sie genauer in Augenschein zu nehmen. „Da hat nur jemand, um mich zu ärgern, einen Getränkekarton auf den Boden geklebt. Ich hasse diesen Tag. Ich hasse Regen und tiefe Tiefen und festgeklebte Milchtüten."

„Warum sollte jemand ..."

„Warte. Sie ist nicht ... festgeklebt. Sie ist nur ... unglaublich schwer", ächzte ich. Tatsache. Das Ding wog gut und gerne 20 kg. Mein Geist begriff noch nicht, aber mein Herz schlug bereits schneller. Der Schmerz in meinem Fuß war vergessen. Ich drehte den Verschluss auf. Ein Lichtstrahl aus Cesares Lampe verfing sich im Inneren der Packung und wurde in tausendfachem Glanz auf mein Gesicht zurückgeworfen. Aber vielleicht war es auch nur mein Glück und mein Triumph, die mich innerlich so strahlen ließen.

„Ich hab's", flüsterte ich selig. „Die ganze verdammte Milchtüte ist voll von eingeschmolzenem Gold."

Jetzt wurde sogar der bislang unbeeindruckte Cesare neugierig. „Wirklich? Ganz voll? Zeig mal! Halt mal hoch!"

Ich schnaubte. „Weißt du, wie schwer das ist?"

Trotzdem versuchte ich es. Mit neu erblühter Hingabe nahm ich mir den restlichen Müll vor. Eine weitere Milchtüte und drei Coladosen waren ebenfalls randvoll mit Gold. Ich tanzte und ich sang, und Pan tanzte und sang auf meiner Schulter mit. Dabei hatte er hier eigentlich gar nichts zu suchen. Normalerweise tauchte er nur auf, um Entscheidungshilfe zu leisten, wenn es darum ging, etwas moralisch nicht Einwandfreies zu tun. Aber hier und jetzt klaute ich ja nur Gold, das einem Toten gehörte, der noch dazu selbst nicht moralisch einwandfrei gelebt hatte. Ich klaute es also gar nicht wirklich.

Es war meins. Meins, ohne Gewissensbisse. Gut, ich musste Merald die Hälfte abgeben. Aber das, was übrigblieb, war immer noch genug, um fünf Menschenleben lang in Saus und Braus zu leben. Wer weiß, vielleicht würde ich auch Ces etwas davon abgeben, immerhin hatte er mich in meiner Mission tatkräftig unterstützt.

In meinem Glückstaumel hatte ich das Geräusch offenbar überhört. Das Geräusch, das entsteht, wenn eine Schusswaffe entsichert wird. Ich war einfach nur völlig überrascht, als Ces mir mit seltsamer Stimme befahl:

„Häng eine Milchtüte und zwei Dosen ans Seil."

„Hä?"

„Dann zieh ich sie hoch."

Klar, denn wenn er mich zuerst hochzog, war niemand mehr unten, der das Gold an den Strick knoten konnte. Darüber mussten wir nicht diskutieren. Es war nicht der Inhalt seiner Worte, der nicht stimmte, es war die Art, wie er es sagte. Ich kannte seine dunkle, weiche Stimme, ich liebte ihren Klang, doch jetzt war sie …falsch.

Mein erster Gedanke war: *Verrat. Du schickst ihm das Gold hoch und er lässt dich hier unten verrecken.* Erst, als ich nach oben leuchtete, den Revolverlauf an seinem Kopf und neben seinem Gesicht ein anderes auftauchen sah, wurde mir klar, dass es nicht Ces war, der mir meinen Schatz wieder wegnehmen wollte. Pan verpuffte.

„Merald?" Ich würde nie wieder ein einziges Wort über meine Menschenkenntnis verlieren, soviel war sicher. Perplex rang ich nach Worten. „Was …? Und warum? Hör auf damit!!!"

„Knote das Gold ans Seil", ordnete Merald mit ausdrucksloser Stimme an.

Ich wollte widersprechen. Soweit käme es noch, dass so ein Grünschnabel mich um mein Vermögen brächte. Und auch Cesare versuchte mir irgendetwas zu bedeuten, irgendeinen Plan, den ich wohl von seinen Augen ablesen sollte. Er schielte irgendwohin und wackelte mit den Augenbrauen, versuchte, mir irgendwie zu helfen und zappelte wohl doch ein bisschen zu sehr herum, denn Merald drückte ihm die Waffe noch nachdrücklicher an die Schläfe.

„Sofort", wies er mich an.

Und da wurde mir klar, dass ich auf alles Gold der Welt

verzichten konnte, aber niemals auf Ces.

„Okay", sagte ich schnell. „Lass gut sein, Ces. Mach einfach, was er sagt."

„Wirklich?", erkundigte er sich ungläubig.

„Wirklich. Bitte." Auch meine Stimme klang jetzt seltsam. Weil ich … ja, weil ich Angst hatte. Ich versuchte, mich zu beeilen, aber die Last war schwer und meine Finger aus Hast ungeschickt, als ich die Milchtüte und zwei Coladosen mit einigen Knoten am Strick festmachte. Cesare zog sie hinauf, ließ das Seil wieder herunter, und ich schickte die restliche Ladung auf ihren Weg.

„Vielen herzlichen Dank", sagte Merald mit einem widerwärtigen Grinsen. „Ihr habt mir mein Leben sehr vereinfacht."

„Warum?", fragte ich noch einmal. „Warum das Ganze?"

„Dämliche Frage. Warum sollte ich mich mit der Hälfte zufriedengeben, wenn ich alles haben kann? Zumal es mir ohnehin komplett zusteht."

„Wieso? Und wieso hast du das Gold nicht schon früher selbst geborgen?"

„Weil ich nicht wusste, wo es war. Nach seinem Tod hatte mir mein Vater durch einen Notar nur das Dokument mit den wirren Linien zukommen lassen, mit dem ich nichts anfangen konnte. Bis du aufgetaucht bist und die Sache in die Hand genommen hast. Ich musste euch nur folgen. Aber, ganz ehrlich, dieses Rumwühlen im Müll habe ich dir so oder so gerne überlassen."

„Dein Vater?", echote ich ungläubig und zählte eins und eins zusammen. „Llandre war dein Vater?"

„Was man so Vater nennt."

„Aber du hast ihn verraten. Du hast ihn uns quasi ausgeliefert, als wir auf der Suche nach Ell waren?!" Wir hatten ihm kaum eine Wahl gelassen, doch im Wissen um Meralds Verwandtschaftsverhältnisse hätte ich erheblich mehr Gegenwehr erwartet.

„Tja. Hätte er uns nicht am langen Arm verhungern lassen, wären solche Maßnahmen nicht notwendig gewesen, schätze ich", sagte er verbittert, bevor er sich an Cesare wandte. „Braucht ihr die beiden Rucksäcke noch? Nein? Dann sei so gut und füll mir die Beute da rein."

Ich war so unendlich wütend und enttäuscht. Ich hätte am liebsten geweint und getobt, mich auf den Boden geworfen und mit den Fäusten darauf herumgetrommelt. Doch ich beschränkte mich darauf, nur hasserfüllt nach oben zu starren und Merald Patony innerlich zu verfluchen.

„Besten Dank", nickte er – dann beförderte er das Seilbündel mit ein paar festen Tritten durch die Falltür.

„Nein", flüsterte ich entsetzt.

Mein Ausweg aus diesem Loch sauste gerade in den Abgrund. Ohne den Strick würde Ces erst einmal nach Hause reiten müssen, um Ersatz zu holen, bevor er mich befreien konnte. Stundenlang bei nachlassendem Licht zwischen Pan, den Jahreszeiten und meinem Hass auf Merald festzusitzen war keine angenehme Aussicht. Ich schauderte.

„Ihr versteht sicher, dass ich keine Zeugen brauchen kann. Ihr seid eine schlagkräftige Truppe, und ich habe echt keinen Bock auf irgendwelche groß angelegten Racheakte", erklärte Merald mit fast bedauernder Stimme.

Panik stieg in mir auf. Der Lauf des Revolvers zeigte immer noch auf Ces.

„Aber Patronen sind in diesen Zeiten schwer zu bekommen." Für einen Moment dachte ich, er habe lediglich geblufft und die Revolvertrommel sei in Wirklichkeit leer. Doch dann sah ich durch die Luke, wie Merald Cesare die Waffe mit Schwung über den Hinterkopf zog. Ces stolperte einen Schritt vorwärts, doch es war kein Boden vor ihm, sondern nur tiefe Tiefe.

Er fiel. Und ich schrie.

Kapitel 8

Es fühlte sich an, als sei *mein* Leben zu Ende und nicht Cesares. Tausend kleine Erinnerungen rasten an meinem inneren Auge vorbei, als er reglos durch die Luft stürzte. Mein Herz blieb stehen, mein Atem stockte, das kleine bisschen Hoffnung auf Glück, das ich noch gehabt hatte, zerbarst.

In diesem Moment wusste ich, dass ich einfach hätte *ja* sagen sollen. Denn ein Leben in Sumpf und Armut mit einem geteilten 'Shim ist immer noch besser, als ein Ende in den alten Katakomben mit einem toten 'Shim. Aber erklär das mal der Unbelehrbaren.

Mit einem entsetzlichen Geräusch prallte er zwischen all dem Müll auf. Staub wurde in die Luft geschleudert.

Ich ließ die Taschenlampe fallen, stolperte zu Cesare und warf mich neben seiner reglosen Gestalt auf den Boden. Ich rang nach einem Schluchzen, aber da war nur Schmerz, keine Luft zum Schreien, Weinen, Atmen.

Er hatte mir seine Liebe gestanden und alles, was ich dazu zu sagen gehabt hatte, war *Meinetwegen* gewesen. Er war mit einem *Meinetwegen* im Herzen gestorben, nicht mit einem *Ich liebe dich.* Ich hasste mich.

Mit zitternden Händen umfasste ich sein Gesicht. Die Wimpern um seine geschlossenen Augen warfen lange, stille Schatten auf seine viel zu blasse Haut, und zwischen seinen Lippen sickerte ein Rinnsal aus tiefrotem Blut hervor.

Was für eine Verschwendung. Für einen Moment übernahm unbändige Wut das Ruder. Ich hatte das Gefühl, als könne allein eine Woge meines Zorns den verfluchten Merald von den Füßen reißen – als ich jedoch hochsah, war er bereits verschwunden. Natürlich.

Langsam sank ich wieder auf die Knie. Niemand wusste von unserer Mission. Niemand würde mich finden. Ich war verloren. Ces war tot und ich würde es auch bald sein.

„Ich liebe dich", flüsterte ich.

Der Tod ist fließend, sagen sie. Du weißt nicht, was noch ankommt, und vielleicht konnte ihm Charon diese drei kleinen Worte noch mit auf den Weg geben.

Da bebte die Erde. Erneut und viel, viel stärker als beim ersten Mal. Die Statuen vibrierten auf ihren Sockeln, Steinchen rieselten aus der Öffnung in der Kuppel und weit über uns krachte es ohrenbetäubend. Alles in allem sicherlich eine besorgniserregende Situation, doch nichts davon vermochte mich zu berühren. Ich saß nur da, erstarrt und elend.

Und in der absoluten Stille meiner ohnmächtigen Verzweiflung drang plötzlich ein Geräusch an mein Ohr. Nein, nicht das leise Gluckern und Gurgeln, das schon während der vergangenen Viertelstunde beständig angeschwollen war, sondern ein viel feinerer Laut.

Atem.

Ich warf mich an Cesares Brust, reichlich spät, ich weiß. Aber nachdem ich ihn hatte fallen sehen, hatte ich nicht auch nur die geringste Hoffnung gehabt, dass er den Sturz aus dieser entsetzlichen Höhe hätte irgendwie überleben können. Und doch hörte und spürte ich nun den festen, gleichmäßigen Schlag seines Herzens.

„Ich liebe dich!", rief ich erneut, „ichliebdichliebdichliebdich", und küsste ihn, immer wieder, obwohl er nach Kupfer und Regen schmeckte, fühlte seinen Atem auf meiner Haut und die Wärme, die er ausstrahlte. „Ich liebe dich."

„Meinetwegen", erwiderte er etwas heiser und schlug die Augen auf.

„Wie hast du das gemacht?" Ich war völlig aufgelöst.

„Was?" Er versuchte, sich aufzurappeln und konnte dabei einen Schmerzenslaut nicht unterdrücken. Jetzt erst sah ich, dass sein linker Arm in einer unnatürlichen Haltung von seinem Körper weghing. Er fasste sich mit der anderen Hand an den Kopf. „Autsch. Wie habe ich *was* gemacht?"

„Überlebt?"

„Du hast mich zurückgeholt. Durch deinen Kuss und Liebesschwur hast du mich den Fängen des Todes entrissen", flüsterte er und sah mir tief in die Augen.

Ich musste schlucken. Willkommen zurück im Märchenland.

„Aber ich vermute eher, dass es der Müllhaufen, beziehungsweise", er blickte mit einiger Mühe hinter sich, „diese Pappschachtel war, die den Sturz so gemildert hat."

„Der Müll also", stellte ich fest und warf einen leicht desillusionierten Blick auf den Karton des Multimedia-Displays. Tatsache, darunter lag neben einem Strohhut und einer Schallplattensammlung der große Vogelkäfig, der, mittlerweile völlig zusammengequetscht, den Aufprall offenbar erheblich abgefangen hatte.

„Nia, wenn du ihn vorhin nicht dorthin verfrachtet hättest, wäre ich auf dem Stein aufgeschlagen", erklärte er eindringlich. „Und dann hätte mich kein Kuss der Welt mehr retten können."

„Und es geht dir wirklich gut? Woher kommt das Blut?"

Er fasste sich an die Lippe und betrachtete danach kritisch seinen Finger. „Ich glaube, ich habe mich einfach gebissen." Energisch wischte er sich über den Mund und gab mir einen langen Kuss.

„Kannst du alles bewegen? Ist dir schwindelig? Tut dir was weh?"

„Ja", gab er nach einem kurzen Moment zu. „Alles."

„Zuerst müssen wir uns um deinen Arm kümmern." Ich ließ uns keine Zeit, ihm nicht zum Protestieren, mir nicht zum Hadern, und drückte Ces zurück in eine halbwegs liegende Position. Vor einem halben Leben hatte ich das mal bei Padmini gemacht, nachdem sie von ihrer Aspahi Ambrosia gestürzt war. Ich beschloss, dass das Einrenken einer Schulter zu den Dingen gehört, die nicht verlernt werden. Also handelte ich sanft, aber unbeirrt, winkelte den betroffenen Arm ab, drehte ihn nach außen, während ich am Oberarm zog. Ich sah Cesare nicht ins Gesicht, aber ich hörte an seinen knirschenden Zähnen und seinen gepressten Atemzügen, dass er sich sehr bemühte, sich seine Schmerzen nicht anmerken zu lassen. Umso erleichterter war ich, als ich spürte, wie der Oberarmkopf in die Gelenkpfanne glitt, und Ces sich etwas entspannte. Ich fuhr mit meiner Untersuchung fort, fand ein verstauchtes linkes Handgelenk, eine immense Beule an seinem Hinterkopf und etwa 100 Prellungen, von denen ich inständig hoffte, sie würden sich nicht doch noch als innere Verletzungen entpuppen.

„Ich fürchte auch, du hast mal wieder eine Gehirnerschütterung", beschied ich ihm, „aber Munin soll dich nachher noch einmal komplett durchchecken."

„Ich danke dir." Er zog mich an sich, sodass ich halb im Müll, halb auf seiner Brust zum Liegen kam.

Ich klammerte mich an ihn, an seinen lebendigen, starken Körper. „Ich liebe dich, okay? Ich will bei dir bleiben. Ich will, dass du bei mir bleibst. Egal wie. Nur ... stirb nicht mehr, okay?"

„Okay", gab er zurück und küsste mich wieder und wieder, „okay."

Für etwa fünf Minuten war ich die glücklichste Frau auf der Welt. Dann fiel mir ein, dass wir zwar überlebt hatten, aber leider nur kurz. Der Weg nach oben war durch den Verlust des Seils unmöglich geworden.

„Moment mal, das Seil haben wir ja noch", bemerkte Ces.

„Ja. Nur, dass du dich am falschen Ende davon befindest."

„Richtig, aber jetzt können wir vielleicht mit vereinten Kräften die Tür dort hinten öffnen."

Zuversicht keimte in mir auf. „Denkst du, sie führt zu Llandres ehemaligem Stützpunkt? Wir sind nicht weit davon entfernt. Die Erben haben zwar alles durchsucht, aber vielleicht haben sie den einen oder anderen Geheimgang übersehen. Vielleicht ist er in Ells Plänen einfach nicht verzeichnet. Vielleicht –"

„Lass es uns einfach herausfinden", unterbrach er mich und erhob sich ächzend. Er versuchte, es mir nicht zu zeigen, aber ich bemerkte, dass er nicht ohne Schmerzen laufen konnte.

Wie schon zuvor fädelten wir auch durch diese Öse den Strick. Jeder von uns nahm einen der Handschuhe, dann zogen wir, so fest wir konnten. Erst tat sich gar nichts. Dann gab es plötzlich einen kleinen Ruck. Hoffnung durchströmte mich, doch wir mussten verschnaufen, bevor wir weitermachen konnten.

Cesare blickte mich aufmerksam an. „Dieses *egal wie*, von dem du vorhin gesprochen hast – heißt das, du würdest mit mir mitkommen? Nach Riparbaro?"

„Ja", erwiderte ich ohne zu zögern. „Egal wohin."

Er zog sich den Handschuh aus und strich mir mit der Hand liebevoll über die Wange. „Was meinst du – ist es Zufall? Oder ist es etwas Größeres? Etwas Magisches? Oder Schicksal?"

„Dass ich dir erst dann sagen konnte, wie sehr ich dich liebe, als ich dich verloren glaubte?" Ich schnaubte, hielt jedoch seine Hand auf meiner Haut fest. „Nein. Das ist einfach nur Dummheit. Ich gelobe Besserung. Habe ich schon erwähnt, dass ich dich liebe?"

Er neigte den Kopf, um mich zu küssen, aber ich hielt ihn auf Abstand. „Warte." Seine vorherige Frage hatte das schlechte Gewissen in mir aufgewühlt. Ich konnte – ich wollte nicht länger schweigen, obwohl ich befürchten musste, damit gleich wieder alles zu ruinieren. „Ich muss dir was sagen."

Seine Augen lächelten immer noch. „Sag."

Ich holte tief Luft. „Ich wusste, wo Louis ist."

„Was?"

„Ich wusste es die ganze Zeit. Naja, nicht komplett die ganze Zeit. Aber irgendwann hat sich mir alles erschlossen. Ich kannte ihn von früher und habe ihn mal in Pandoras Bar getroffen. Und plötzlich wurde mir klar, dass er der 'Shim ist, den Ell suchte." Ich stieß die Sätze aus, schnell und knapp und wütend, weil mir Cesares zusammengezogene Augenbrauen deutlich machten, dass ich alles verbockt hatte. „Ich wollte es Ell sagen. Mehrfach. Und ich weiß, dass ihre Entführung im Endeffekt meine Schuld war – es wäre nie so weit gekommen, wenn ich ihr früher von Louis erzählt hätte. Das Versprechen, das ich Louis gegeben habe? Vergiss es. Ich bin nur nach Themiskyra geritten, weil ich versucht habe, etwas gut zu machen." Das wurde mir selbst erst in diesem Moment bewusst. „Es tut mir wahnsinnig leid. Ich kann verstehen, dass du mich jetzt hasst – aber ich habe das nur gemacht, damit du mich liebst."

Er widersprach mir nicht, sondern fragte nur: „Warum?" Seine Hand hatte er sinken lassen.

„Ell sagte, ihr würdet sofort wieder nach Hause reiten, sobald ihr Louis gefunden hättet. Das konnte ich nicht riskieren."

„Weshalb nicht?" Er wirkte versteinert und verständnislos. Dabei lag die Antwort doch auf der Hand:

„Ich hatte mich über beide Ohren in dich verliebt! Ich konnte nicht zulassen, dass du einfach wieder gehst."

„Ich wäre doch nicht ..." Er zögerte.

„Wärst du doch. Natürlich. Du hättest Ell zu Atalante zurückbringen und Louis in Riparbaro vorstellen müssen."

„Wäre ich doch", gab er zu und nickte langsam. Sein Blick war unendlich wehmütig und die Pause lang, bevor er fortfuhr: „Dann hast du wohl das Richtige gemacht."

Jetzt war ich es, der für einen Moment die Worte fehlten.

„Habe ich ganz und gar nicht! Ell wurde entführt, Louis wäre fast in die Kupferminen verschickt, Munin fast erschossen und du eben beinahe von diesem Dreckskerl Merald umgebracht worden –"

„Das liegt in der Vergangenheit", unterbrach mich Ces. „Ell geht's gut. Louis geht's gut. Munin geht's gut. Mir geht's ... na ja. Ich werde überleben. Du hast vielleicht Fehler gemacht, aber die haben uns letztendlich hierher geführt. Zueinander."

„Heißt das ... du kannst mir vielleicht irgendwann verzeihen?" Mein Herz klopfte ganz fest aus Angst und Hoffnung und Liebe.

Er legte den Kopf schief und schien zu überlegen. „Hm, warte, Moment ... ja. Jetzt."

„Jetzt?"

„Genau jetzt." Er beugte sich zu mir und diesmal ließ ich seinen Kuss dankbar zu.

Die Erleichterung machte mich ganz benommen, das Glück, dass nichts mehr zwischen uns stand. „Wie kannst du das?", wollte ich wissen. „Einfach so verzeihen?"

„Amazonen sind streitbar und eigensinnig. Wenn wir Clanmänner nachtragend wären, wäre unsere Familie schon lange ausgestorben."

„Wir sind doch nicht streitbar und eigensinnig!", fuhr ich empört auf. Er streichelte mir gütig über die Locken. „Natürlich nicht." Dann stutzte er. „Was ist das für ein Geräusch?"

Ich horchte. „Dieses Rauschen? Das macht es schon die

ganze Zeit. Ich denke, wir sind in der Nähe irgendeines Abwasserrohrs."

Er schüttelte den Kopf. „Dafür sind wir zu weit unten, die Kanalisation liegt höher."

„Also, die Awin ist es nicht, die ist weit entfernt. Grundwasser rauscht nicht … glaube ich. Der Regen ist hier unten nicht zu hören", zählte ich auf und zuckte mit den Schultern. „Keine Ahnung."

Wir machten uns gerade wieder ans Seilziehen, ich mit vollem Körpereinsatz, Cesare mit etwas weniger Energie – da sah ich es.

„Stopp!", schrie ich und zeigte auf den Boden.

Wasser wurde aus der neu geschaffenen Spalte zwischen Stein und Tür gedrückt, sammelte sich und floss als schmales Bächlein in den Raum hinein. „Ich glaube, der Gang dahinter ist überschwemmt." Und zwar ordentlich, wenn ich bedachte, wie laut es hinter der Tür toste.

„Verdammt. Ich schätze, der Dauerregen überlastet die Kanalisation."

Das war kein Wunder, sie wurde immerhin seit einigen Jahren nicht mehr gewartet. Dennoch – „Wieso ist das so viel Wasser? Es müsste sich doch auf die gesamte Fläche der Stadt verteilen?"

„Es fließt abwärts, folgt dem Weg des geringsten Widerstands. Die Katakomben liegen nun mal tiefer als der Rest des Tunnelsystems. Was sollen wir jetzt machen?"

Die Türangeln knarzten. Sicherheitshalber lehnten wir uns mit unserem ganzen Körpergewicht gegen die Tür, damit sie nicht von selbst aufging. Und das, nachdem wir uns paradoxerweise zuvor so geplagt hatten, sie zu öffnen.

„Kannst du schwimmen?", erkundigte ich mich.

Die Frage schien seine Clan-Ehre zu kränken. „Natürlich. Ich kann segeln, rudern, Kanu fahren und schwimmen, darunter brust-, seiten- und rückenschwimmen sowie Schmetterling, des Weiteren tauchen, Turmspringen und eine Handvoll Eissportarten. Und du?"

„Ich habe das Seepferdchen", antwortete ich augenrollend. „Und einen Plan."

„Das ist ein echt mieser Plan", fand Ces, als ich ihm alles

erklärt hatte.

„Dann nenn mir einen besseren."

„Wir warten ab. Vielleicht sucht sich das Wasser einen anderen Weg."

„Wieso sollte es?"

„Weil es versickert."

Eine weitere, wenn auch nicht ganz so heftige Explosion erschütterte die Erde. Wieder rieselten Staub und Steinchen auf uns herab.

„Und wenn nicht?" Ich nahm die Antwort vorweg. „Dann ertrinken wir wirklich, weil wir bis dahin völlig entkräftet sind. Außerdem will ich weg von hier, bevor alles zerfällt."

„Es ist zu riskant", beharrte Cesare. „Was, wenn das Wasser nicht reicht, uns bis nach oben zu tragen? Was, wenn sich dort viel mehr gesammelt hat, als wir vermuten? Was, wenn wir den Ausstieg verfehlen?"

„Wir bauen uns ein Floß. Ein Floß aus Müll." Mit dieser plötzlichen Eingebung lief ich los und begann, den Abfall mal wieder nach brauchbaren Stücken zu durchforsten, stieß auf eine Kühlschrankverpackung aus Styropor und einen leeren Zehn-Liter-Benzinkanister. Während ich mich wieder gegen die Tür lehnte, half mir Ces, meine Funde mit dem Seil zusammenzubinden.

„Sieht so aus, als hätten wir nicht wirklich eine Wahl", meinte er. „Ich weiß nicht, wie lang die Tür noch standhält."

Acht Sekunden. Nicht mehr, aber auch nicht weniger. Wir merkten es daran, wie die Scharniere ächzten, wie sich uns der Stein in den Rücken presste, wie uns die Kraft ausging. Ich befestigte die Taschenlampe an meinem Gürtel. Ces gab mir einen Kuss.

„Denk daran, was du mir versprochen hast", bat ich ihn mit verzweifeltem Lächeln. Wir hielten uns an unserem baufälligen Notfloß und aneinander fest, dann machten wir einen Satz weg von der Tür.

Sie hielt noch einen Moment, dann wurde sie weggedrückt, als sei sie aus Pappe. Die Wucht des eisigen Wassers war so viel heftiger, als wir erwartet hatten. Sie riss uns und unser Behelfsboot auseinander, erst stolperte ich noch orientierungslos herum, dann wurde mir von den Fluten der Boden unter den Füßen weggezogen. Ich klammerte mich an den Kanister und das Seil, an dessen anderem Ende ich Ces nur vermuten konnte. Er rief mich und ich ihn, doch das hallende Brausen des Wassers übertönte unsere Schreie, und die trüben Lichtfetzen meines Strahlers in der schäumenden Düsternis gaben mir keinen Aufschluss über seinen Verbleib.

Ein echt mieser Plan, fand jetzt auch ich.

Über mir sah ich die Luke, immer noch gedämpft beleuchtet von Cesares Taschenlampe, die irgendwo dort oben im Gang lag. Dorthin mussten wir beide, irgendwie. Ich paddelte darauf zu, aber es war sinnlos, ich war nichts als ein Spielball der Wogen. Und es ging so rasch. Die kleine Halle füllte sich binnen weniger Minuten. Das Seil und meine Kleidung zogen mich nach unten. Der Auftrieb, den der Kanister gegen diese Kräfte bot, war gering, und nach kürzester Zeit war von meinem Seepferdchen nicht mehr viel übrig.

Schließlich ließ ich meine Schwimmhilfe los, und auch das Seil, und begann, mich aus meiner schweren Lederjacke zu winden. Dabei geriet ich ein paar Mal mit dem Kopf unter Wasser, aber dann hatte ich es geschafft und meine Jacke verschwand in der strudelnden Finsternis. Meine Lieblingsjacke.

Doch in dem Moment war es mir egal. Ich kämpfte buchstäblich um mein Leben, rief nicht mehr nach Ces, sondern sparte mir die letzte Energie, um zu atmen und zu schwimmen. Die Hallendecke kam viel schneller als erwartet und die Luke war unendlich weit weg. Es handelte sich wohl nur um ein paar Meter, aber ich wusste, sie war unerreichbar. Als mein Kopf das Gewölbe berührte, wurde ich panisch. Ich schrie noch einmal nach Cesare, dann atmete ich tief ein und tauchte unter. Mit letzter Kraft paddelte ich unter Wasser auf das helle Viereck zu, aber schon auf halber Strecke ging mir die Luft aus. Mein Sichtfeld begann, an den Rändern grau auszufransen, mein Herz schlug trommelte wie verrückt. Ich machte trotzdem weiter.

Ich wollte mehr.

Ich wollte nicht sterben.

Ich wollte Ces.

Plötzlich fühlte ich mich am Arm gepackt und in die Höhe

gerissen, Kälte und Wärme auf meiner Haut, unter mir das Styropor-Schwimmbrett, neben mir Ces, der mich schmerzverzerrt anlächelte. Ich klammerte mich an ihn und schnappte nach Luft, füllte meine Lungen gierig mit Sauerstoff.

Ces ließ mir keine Zeit zur Erholung. „Los, weiter, wir haben es noch nicht ganz geschafft."

Wir befanden uns weiter in der Mitte des Raums. Hier war aufgrund der kuppelförmigen Decke noch etwas Raum zur Luke und der Pegel stieg nun langsamer ... oder es kam mir nur so vor. Mit einigen Beinschlägen brachten wir uns unter der Öffnung in Position, sahen sie immer näher kommen. Sobald Cesare ihre Kante erreichte, zog er sich mit seinem unversehrten Arm hoch, dann hielt er mir die Hand hin und half auch mir nach oben. Geistesgegenwärtig riss ich noch den Mantel hoch, mit dem Cesare den Abrieb des Seils hatte verhindern wollen, unser letztes, halbwegs trockenes Kleidungsstück, dann brach ich im Tunnel zusammen. *Artemis sei Dank.* Fester Boden unter meinen Knien, meinen Händen, meiner Wange.

„Wirklich ein mieser Plan", murmelte ich.

„Aber er hat funktioniert", ertönte Cesares Stimme gleich neben mir. Er strich mir liebevoll ein paar nasse Locken aus dem Gesicht. Und wurde bewusstlos.

Ich ließ ihm die paar Minuten. Ich ließ sie uns.

Was für ein verdammtes Wunder, dachte ich, während ich meinen Liebsten betrachtete, seinem Atem lauschte, meiner Erschöpfung nachgab, nur kurz, ganz kurz –

Die Kälte weckte mich nur wenig später, überzog mich mit Schaudern, bis mir die Zähne klapperten.

„Komm. Wir müssen weiter." Sanft rüttelte ich Cesare zurück ins Bewusstsein, bevor wir uns mit unendlich schweren Gliedern aufhievten. Das Wasser schwappte schon über den Rand der Luke in den Gang. Und mit ihm ... ich traute meinen Augen kaum: meine Lederjacke. Ich fischte sie heraus und wrang sie aus, so gut es ging, dann rafften wir unser Hab und Gut zusammen und stolperten den Tunnel entlang ... Wir kamen nicht weit.

Vage erinnerte ich mich an das Gerumpel nach der zweiten

Explosion. Offenbar hatte sie die Erde so heftig erschüttert, dass der Gang teilweise zusammengebrochen war. Dicke Gesteinsbrocken lagen herum. Und unter einem schauten Beine und Torso einer reglosen Gestalt hervor.

„Ist das …"

„Merald", nickte Ces. „Ja."

Ich war durch. Ich konnte weder Entsetzen, noch Triumph fühlen, als Ces der Leiche mit unbewegter Miene die beiden Rucksäcke abnahm.

„Gib sie mir", verlangte ich.

„Vertraust du mir immer noch nicht?!"

Ich warf ihm einen vernichtend-liebevollen Blick zu. „Ces, deine Schulter ist hinüber. Dein Arm, dein ganzer Rücken. Lass die Amazone die Beute schleppen. Bitte."

Er gab nach. Widerwillig, aber es war offensichtlich, wie schwer ihm allein das Gehen fiel. Ich wuchtete mir den einen Rucksack auf den Rücken, den anderen hängte ich mir vor die Brust, bevor wir uns an den Steinen vorbeidrückten und weitertaumelten. Die Hacke und die Schaufel ließen wir zurück. Ich würde Shirokko einfach neue kaufen.

„Ces?"

„Ja?"

„Wir haben das Gold wieder." Es war, als müsste ich es laut sagen, um es zu begreifen, dabei hätte allein das immense Gewicht mir das vergegenwärtigen müssen.

„Ja."

„Wir sind … reich."

„Ja. Kommst du trotzdem mit nach Riparbaro?"

„Natürlich." Ich schlotterte immer noch am ganzen Leib, aber in mir hatte sich eine behagliche Wärme ausgebreitet. „Egal, wohin."

Sobald wir die Katakomben verlassen hatten und uns wieder im eigentlichen, höher gelegenen Underground-System befanden, machten wir halt.

„Raus aus den Klamotten", ordnete Cesare an.

Ich hatte wieder Oberwasser. Mit erhobener Augenbraue fragte ich: „Ach, und das ist jetzt der richtige Ort für den besonderen Moment?"

Ich tat empört, doch als er hinter mich trat und ich seinen

warmen Atem in meinem Nacken spürte, lief mir ein aufgeregter Schauer über den Rücken. Cesares Finger zogen jedoch nur eine kurze, beiläufige Spur über meine Haut, dann begann er am Rucksack herumzunesteln.

„Das hier ist der richtige Ort, um trockene Kleidung anzuziehen." Er zog ein zusammengerolltes Bündel hervor.

„Ell hatte recht. Du bist wirklich immer auf alles perfekt vorbereitet", staunte ich.

„Na, vorauszusehen, dass wir bei der Wetterlage tropfnass sein würden, ist wirklich keine Kunst. Hast du etwa nichts dabei?"

„Ähm." Eine Sekunde lang fühlte ich mich dumm, dann gab ich spitz zurück: „Das ist hier kein Sonntagsausflug, mein Lieber, sondern eine Schatzsuche. Ich musste Prioritäten setzen."

„Ich weiß. Hier." Er drückte mir das Kleiderbündel in die Hand.

Ich wollte widersprechen, doch er bestand darauf, dass ich die Sachen nahm. Und während ich die Rucksäcke absetzte und mich ohne lang zu fackeln umzog – hey, wir waren gerade so dem Tode entronnen, für Schamgefühl hatte ich einfach keine Emotionen mehr frei – drehte er sich höflicherweise weg und schälte sich selbst aus Pulli und T-Shirt, um den noch vom Regen klammen, aber zumindest auf der Innenseite trockenen Mantel anzuziehen.

Ich sah hin. Na klar.

Dass er mich damals im Badezimmer hatte sitzen lassen, tat mir plötzlich nicht mehr weh. Ich wusste, dass es schlimm gewesen war, aber es verletzte mich nicht mehr. Ich fühlte mich ein bisschen wie neugeboren. So, als sei alles wieder auf Anfang gesetzt. Keine Altlasten. Kein Groll. Keine Vorwürfe. Kein Taktieren. Nur Ces und ich.

„Du lächelst?" Ces trat auf mich zu und streichelte meine Wange.

Ich schmiegte mich an seine Handfläche. „Mir gefällt, was ich sehe." Meine Hände glitten unter seinen Mantel und seine warme Haut entlang, bis ich mich in einer Umarmung an ihn schmiegte und er mich küsste.

„Lass uns nach Hause gehen."

„Nach Riparbaro?"

„Vielleicht erst einmal zurück zur Fabrikhalle?"

„Gute Idee."

Wir schliefen. Ungefähr einen ganzen Tag und eine ganze Nacht.

Ces war mehr vom Pferd gefallen, als abgestiegen, als wir den Stall erreicht hatten. Marlon und Phoenix hatten ihn zu Munin geschleppt, der meine Diagnose im Großen und Ganzen bestätigte, ihm einen Stützverband anlegte, um seinen Arm zu entlasten, und einen weiteren, um sein verstauchtes Handgelenk ruhigzustellen. Außerdem verabreichte er Cesare einen Schmerzmittelcocktail, der ihm in kürzester Zeit ein seliges Lächeln aufs Gesicht zauberte und ihn auf der nächstbesten Couch wegdämmern ließ.

Als ich irgendwann tags darauf neben ihm erwachte, wäre ich am liebsten liegengeblieben. Ich wollte nicht weg von ihm und auch *mein* Körper war erschöpft und schmerzte – immerhin hatte ich nicht eine Handvoll Tabletten geschluckt. Aber mein aus massivem Goldmüll bestehendes Kopfkissen wurde mir langsam unbequem, und ich musste zusehen, die Beute in Sicherheit zu bringen.

„Kommst du mit, Glücksritter und Söldner, Schatzsucher und Schürzenjäger?", redete ich Homer an, der mir als Erster im Stall unterkam.

„Warum? Wohin?"

Ich taxierte ihn. Die alte Nia, die gestern nicht fast ertrunken wäre, hätte ihm nie im Leben die Wahrheit gesagt. Die neue Nia jedoch ... beschloss ihm zu vertrauen. Wenn ich mich auf einen der Mannen verlassen konnte, dann auf Homer.

„Wir vergraben einen Schatz."

Ich denke nicht, dass ich es erwähnen muss. Es regnete noch immer. Alles war sumpfig und matschig. Wir verließen die Stadt in südlicher Richtung und ritten tief in den Wald hinein, bis wir an eine kleine Lichtung kamen.

„Von der Lärche dort drüben aus sieben Schritte nach Westen und 13 nach Süden", wies ich Homer an.

„Bist du sicher?", fragte er, als wir an der Stelle standen. „Sieht so aus, als hätte da jemand vor nicht allzu langer Zeit schon gegraben?"

„War ein Wildschwein."

Der Regen hatte doch einen Vorteil: Die Erde war so aufgeweicht, dass wir mithilfe unseres mitgebrachten Werkzeugs binnen einer Stunde ein ordentliches Loch zustande gebracht hatten, in das wir alles Gold legten. Ich gab es ungern so schnell wieder aus den Händen, aber es war zu schwer, um es ständig dabei zu haben, und der Ort hatte schon einmal als Versteck getaugt.

Auf dem Hinweg hatte ich Homer die Umstände meines plötzlichen Reichtums erklärt und nicht auf die Umgebung geachtet, doch nachdem wir auf dem Rückweg wieder die Stadtgrenze passiert hatten, fiel mir auf, dass irgendetwas nicht stimmte. Nicht nur vereinzelte, nein alle Gullys spuckten Wasser aus, das die Straße hinunterlief und sich zu Bächen sammelte, die keinen Abfluss fanden.

„Krchzzchhkrrzz."

„Dein Rucksack schnarcht."

Ich blinzelte Homer verständnislos an, bis mir klar wurde: „Göttin, das Funkgerät!" Eilig nahm ich den Rucksack ab und kramte das Ding hervor. Der Empfang war zu schwach, aber einen halben Kilometer später waren wir nahe genug am Sendemast des MHK, um Duke deutlich verstehen zu können.

„Nia, verdammt! Melde dich endlich, ich habe –"

„Bin da!", rief ich.

„Halleluja. Wo warst du?! Ich habe immer wieder versucht, dich zu erreichen!"

„Unterhalb. Und außerhalb. Und im Tiefschlaf. Was gibt's?"

„Du hattest recht. Gestern wurden an fünf strategisch wichtigen Hauptknotenpunkten Sprengungen in der Kanalisation der Stadt vorgenommen. Du hast es sicher mitbekommen. Das ohnehin überlastete und marode System ist kollabiert, seither fließt nichts mehr ab – oder zumindest nicht mehr schnell genug. Da waren Profis am Werk – jede

Wette gut bezahlte Handlanger deiner Port Devine-Leute. Die *sind* irre."

„Und definitiv nicht *meine* Leute. Danke, dass du mir Bescheid gegeben hast."

„Leider zu spät."

„Ich hab's überlebt."

„Gut so. Hör mal, ich muss mich um ein paar Dinge kümmern, die Leute rennen mir die Bude ein. Ich gebe dir Bescheid, wenn ich Genaueres weiß."

„Warte! Duke? Warte – was ist denn nun mit der Enklave? Habt ihr die Gremiumsmitglieder festgenommen? Was ist mit den anderen Bewohnern?" Ich musste wissen, was mit Kassian und dem Professor geschehen war – und mich gegebenenfalls für sie einsetzen.

Er lachte freudlos auf. „Was stellst du dir vor? Du weißt, dass ich gegen ihre kleine Privatarmee schlechte Karten und gegen das Gremium selbst nicht die geringste rechtliche Basis habe."

„Die Stadt säuft ab!", rief ich entrüstet.

„Ja. Ich weiß das. Ihre Bewohner stehen hier nämlich Schlange. Wenn du also keine Hilfe oder Hilfsgüter beizusteuern hast, lass mich bitte meine Arbeit machen."

„Okay. Over."

„Kassians Enklave ist für all das verantwortlich?", fragte Homer ungläubig.

Ich hatte das Gefühl, Kassian in Schutz nehmen zu müssen. „Er ist dort nur Gast, und sein Gastgeber war es, der mich über die Vorgänge im Gremium und die wachsende Nervosität und Unzufriedenheit in der Gemeinde in Kenntnis gesetzt hat." Auf dem Weg zur Fabrikhalle erzählte ich ihm von der bestürzenden Diskussion, deren Zeugin ich bei der Soiree werden durfte.

„Aber … das bringt doch alles überhaupt nichts", fand Homer. „Mag sein, ein paar Keller laufen voll, ein paar arme Teufel ertrinken, ein paar holen sich eine Lungenentzündung – aber auf lange Sicht löst das doch keines der Probleme von Port Devine oder der anderen Enklaven. Ich kann mir nicht vorstellen, dass das der großartige Plan des Gremiums gewesen sein soll."

Ich erinnerte mich an die wirren Worte von Madame Fleur Pelland. „Vielleicht war es auch nur die Tat einer einzelnen Person und keine konzertierte Aktion."

Wir beschlossen, noch etwas weiter in die Stadt zu reiten, um das Ausmaß der Katastrophe abschätzen zu können. Bald offenbarte sich uns der Schaden, den die Explosionen angerichtet hatten, allzu deutlich. Ganze Straßenzüge waren überschwemmt und Menschen paddelten durch die neu entstandenen, eiskalten Kanäle auf improvisierten Booten, die sich qualitativ kaum von meinem Styropor-Floß unterschieden. Zu Pferde kamen wir jedoch einigermaßen gut voran, auch wenn wir uns wieder nasse Füße holten, bis wir die glücklicherweise etwas erhöht gelegene Fabrikhalle erreichten.

„Nia!", rief Chiara, die am Tor Ausschau hielt. „Gott sei Dank, da seid ihr ja. Wir haben uns Sorgen gemacht."

„Ist mit Ces alles in Ordnung?", fragte ich alarmiert.

„Aber ja. Der hat ein reichhaltiges Mittagessen genossen, einen Haufen Tabletten eingeworfen und schläft jetzt wieder wie ein Baby. Was hast du nur mit ihm angestellt gestern?"

„Erzähl ich dir später." Ich spähte in die Halle. „Was ist los?"

„Uns säuft hier alles ab."

Die Mannen sowie die Arkadier waren vollauf damit beschäftigt, die Kellerräume und das Lager zu leeren und Server, Technikkram und Ware in den wenigen Räumen der Zwischenetage unterzubringen.

„Zuerst haben sie versucht, alles mit Sandsäcken abzudichten, aber es hat keinen Sinn, das Wasser dringt überall ein. Seit Mittag sind wir dabei, die wichtigen Sachen in Sicherheit zu bringen", erzählte Chiara.

Also ging die Plackerei weiter. Dabei wollte ich nichts weiter, als endlich wieder zu Ces. Doch ich riss mich zusammen. Kümmerte mich zuerst um Chiimori, bevor ich mich ins Umzugschaos stürzte und den anderen beim Schleppen und Umbauen half. Nach ein paar Stunden war der Großteil endlich geschafft und ich brach erneut auf der Couch zusammen. Mit einer halben Gehirnzelle nahm ich noch wahr, dass Ces mir eine Wolldecke über den klammen Körper zog, dann war ich weg.

Als ich erwachte, hatte ich das Gefühl, höchstens fünf Minuten geschlafen zu haben.

„Nia?" Ces' Hand strich mir über den Rücken und die Wange, zu angenehm, um wach zu werden, zu angenehm, um die Berührung zu verschlafen. Und so trieb ich einige Zeit zwischen den Welten hin und her, bis jemand voller Triumph schrie:

„Ich habe Wasser gefunden!"

Dieser Ruf schien eindeutig noch ins Reich der Träume zu gehören, zu unsinnig war er im Kontext der letzten Ereignisse. Dennoch zwang ich mich, die Augen zu öffnen, und rappelte mich mühsam von der Couch auf. Marlon stand am Halleneingang, die ohnehin breite Brust stolzgeschwellt, der hüftlange, hellbraune Zopf triefend nass, eine Wünschelrute in der Hand, ein Strahlen im Gesicht.

„Na was", erwiderte Lancelot vielsagend, der gerade vorüberkam, und machte das mit den Haaren.

„Nein, warmes Wasser. Heißes Wasser! An der östlichen Grundstücksgrenze, unter dem Geräteschuppen." Marlon klatschte freudig in die Hände.

Ich denke, die Begeisterung der Mannen darüber wäre erheblich größer gewesen, wenn das Wasser nicht gerade so allgegenwärtig gewesen wäre. Aber Marlon kümmerte das nicht. Er kramte in seiner Bastelecke fröhlich nach ein paar Werkzeugen und verschwand wieder pfeifend nach draußen. Seit Jahren hatte er an zahnradbetriebenen Bohrern und Pumpen gearbeitet und auf dem Gelände immer wieder Testbohrungen durchgeführt – und ich war bislang davon ausgegangen, dass es nichts als eine fixe Idee von ihm war. Anscheinend hatte ich falsch gelegen.

„Wir müssen hier weg", bemerkte Ces, sobald wir darüber genug gestaunt hatten. „Bald schwimmt das Sofa davon."

Er hatte übertrieben: Den Hallenboden bedeckte lediglich ein dünner Film von Wasser, er war nicht überflutet. Noch nicht. Die Räumungsmaßnahmen waren mittlerweile beendet. Die Mannen hatten ein paar der riesigen Regale hingelegt und auf ihnen als Podest eine neue Feuerstelle geschaffen, um die sie sich mit den aktuellen Restalkoholbeständen versammelt hatten.

Ich hatte Cesare eben von meinem Gespräch mit Duke und den Machenschaften des Gremiums von Port Devine berichtet, da kam ein müde wirkender Verne in Gummistiefeln angetrabt, warf sich auf den klammen Sessel gegenüber und begann, an einem Apfel zu knabbern.

„Habt ihr für Bo einen Platz gefunden?"

Ich bejahte – und erschrak. „Ces! Halina und Per und die Kinder ... das Waisenhaus liegt direkt an der Awin! Wie mag es ihnen ergangen sein? Sie hatten gestern schon mit der Überflutung ihres Kellers zu kämpfen", wandte ich mich an Verne.

„Verdammt. Daran habe ich noch gar nicht gedacht." Ces erhob sich – überraschend problemlos. Diese Schmerzmittel waren wirklich feine Drogen. „Ich reite hin."

Auch ich sprang auf. „Warte. Lass mich mitkommen. Ich will jetzt nicht ohne dich sein. Ich will dich nicht wieder verlieren", setzte ich leiser hinzu.

„Ich gehe nicht verloren. Ich sehe nur kurz nach Bo."

„Ich komme trotzdem mit", gab ich jetzt entschlossener zurück.

Verne wirkte nicht gerade begeistert. „Du weißt aber schon, dass du morgen früh mit zur Residenz und anschließend zum Markt auf dem Platz des Friedens musst?"

Ich bezweifelte, dass die Stadt derzeit in der Verfassung war, Märkte abzuhalten, aber das kümmerte mich ohnehin nicht mehr.

„Verne – ich kündige."

Dem fiel das abgenagte Kerngehäuse aus der Hand. „Was? Warum?!"

„Weil ich keine Zeit habe. Tut mir leid."

Das tat es wirklich. Aber ich hatte jetzt keinen Nerv für Diskussionen.

Zu unserer Überraschung hatte es aufgehört zu regnen. Wir führten die Pferde hinaus und schlossen gerade das Stalltor, da sah ich, wie sich aus dem nebligen Dunkel sechs berittene Gestalten schälten.

Kapitel 9

Intuitiv erwartete ich Unheil und meine Hand wanderte zum Schwertknauf. Ces schien es ähnlich zu gehen, er straffte seine Haltung und baute sich schützend vor mir auf. Ich schob ihn einfach beiseite und starrte grimmig in den Dunst.

„Jippiie!", rief jedoch zu meiner Überraschung eine der tropfnassen Gestalten, als sie näher herangekommen waren.

„Nia!", jubelte eine andere, weibliche Stimme.

Ich kannte sie. Lachend lief ich die letzten Schritte auf die Pferde zu, da war ich schon von zwo, vier, sechs … vielen Armen umgeben.

„Amastris!", rief ich, „Und Biskaya! Miffy! Tamar!"

Auch Geronimo ließ mir eine bärenhafte Umarmung angedeihen. Der entspannte Ausdruck in seinen freundlichen, tiefbraunen Augen ließ mich hoffen, dass er den Verlust von Warmit überwunden hatte, genau wie Bela, der sein strahlendes Filmstar-Lächeln zurückgewonnen hatte und mich nun ebenfalls drückte. „Was ist denn mit eurem Weinberg?!"

„Abgeerntet", erklärte Geronimo und rieb sich grinsend seinen Bart. „Und getrunken. Im Spätsommer müssen wir wieder zurück."

„Aber wir hatten Sehnsucht!", erklärte Biskaya und strich ihre Lederkapuze ein Stück zurück, sodass feuchte hellblonde Strähnen zum Vorschein kamen, die ihrer kunstvollen Flechtfrisur entschlüpft waren. Ihre leuchtenden türkisfarbenen Augen nahmen einen Ausdruck der Besorgnis an. „Was ist mit Marlon los? Der kam gerade voller Schlamm und Freude an uns vorbeigehüpft. Ist er dem Wahnsinn anheimgefallen?"

„Nein, der bastelt an seiner Geothermie-Anlage."

Sie nickte zweifelnd, bevor sie auf die Halle zeigte. „Ist *er* … Ist er da drin?" Auch in ihrer Frage schwang Sorge mit. Zu überleben war einfach nicht mehr selbstverständlich.

Ich nickte schnell und ein Lächeln glitt über ihr schönes

Gesicht. Sie drückte Tamar die Zügel ihres Schecken in die Hand und spurtete los zum Hallentor. Auch Miffy gestikulierte hektisch, und als ich sagte: „Jep, der ist auch drin, bei den ganzen anderen betrunkenen Chaoten", umarmte sie mich fest und folgte Biskaya.

Die von der Schläfe abwärts schwer tätowierte Tamar ärgerte sich einen Moment lang, dass sie sich nun um drei Aspahet zu kümmern hatte, dann bemerkte sie Ces. Auch Amastris beäugte ihn schon geraume Zeit mit versonnen schief gelegtem Kopf.

Juckte mich nicht die Bohne. „Oh, darf ich vorstellen? Das ist Cesare. Aus den Clans."

„Du? Hast dich? Gemeldet?" Tamar machte große Augen.

„Nö." Ich lächelte und dachte nicht im Traum daran, die Sache aufzuklären. „Ces, das sind meine Freundinnen und Schwestern, die ich in Urba kennengelernt habe, Tamar und Amastris. Der dunkle Lockenkopf hier ist Bela und der lange Typ mit den schicken Stiefeln ist Geronimo. Sie gehören eigentlich auch zu Shirokkos Mannen. Miffy, die hübsche Kleine mit den Piercings, hatte mal was mit Washington und freut sich offenbar darauf, ihn wiederzusehen. Und was mit Biskaya und Shirokko los ist, weiß keiner so genau. Oder?", wandte ich mich wieder an Amastris. Obwohl sie die letzte Zeit im Süden verbracht hatte, war sie die hübsche, dunkle Elfe geblieben, die ich damals kennengelernt hatte. Schwarzer Spitzenstoff ragte am Kragen und den Ärmeln ihres Ledermantels hervor und bildete selbst im Zwielicht vor der Halle einen starken Kontrast zu ihrer weißen Haut.

„Ich weiß nur, dass sie sich beim Wildwasserrafting auf dem Weg zum Polarlicht-Iglu kennengelernt haben", erwiderte sie, ohne den Blick von Ces lösen.

Der hatte die Neuankömmlinge inzwischen interessiert, aber unbeeindruckt begrüßt und ich meinte betont heiter: „Na ja, wir müssen los."

„Schade."

„Sehr schade."

„Entsetzlich schade."

„Unverzeihlich schade", bedauerten die Urba-Amazonen abwechselnd. „Wir sehen uns ja später", vertröstete ich, auch wenn mir klar war, dass es ihnen nicht um mich ging. Nun, zumindest nicht ausschließlich. „Haltet euch an Chiara, die wird euch mit Bettzeug und warmem Essen versorgen. Leider herrscht hier gerade Ausnahmezustand."

Sobald wir ein Stück zurückgelegt hatten, echote Ces verwundert: *„Schicke Stiefel?"*

„Ja, hast du nicht gesehen?"

„Na ja, aber ist das ein Kriterium?"

„Schuhe können echt sexy sein."

Er beäugte skeptisch seine schlammigen Stiefel.

„Deine sind auch okay", versicherte ich. „Sie machen dich menschlich."

„Bin mir nicht sicher, ob das ein Kompliment ist."

„Es ist keines. Ich liebe dich."

Der Weg war mühsam. Immer wieder mussten wir Umwege reiten, um überschwemmte Straßen zu umgehen, und natürlich hatte der Regen wieder eingesetzt. Trotzdem machten wir einen Abstecher zur Eisernen Brücke und stellten mit Entsetzen fest, dass die *Büchse der Pandora* bis zum Dach unter Wasser lag.

„Übel, oder?", ertönte eine bekannte, leicht heisere Stimme. Pandora stand, kaum zu erkennen in ihrem Friesennerz, neben uns auf der Brücke und spähte ungewohnt verdrießlich auf ihre Bar hinunter … oder was davon übrig war.

„Ist sonst alles in Ordnung?"

„Ja, wir konnten das meiste rechtzeitig in Sicherheit bringen. Aber es wird ein schönes Stück Arbeit, alles wieder trockenzulegen."

„Wenn du Hilfe brauchst, sag uns Bescheid", bot Ces ihr an.

„Und Shirokkos Mannen", ergänzte ich. „Für den Erhalt ihrer Lieblingsbar werden sie keine Mühe scheuen."

Auch das Waisenhaus selbst konnten wir nur von der nächsten Brücke aus betrachten – hier stand das Wasser schon in der ersten Etage, Pegel steigend. Durch die beleuchteten Fenster erkannten wir, dass die oberen Stockwerke belebt waren, aber mir war klar, dass wir etwas tun mussten – und nicht nur, weil ich Ell versprochen hatte, Halina zu helfen. Schließlich konnten sich Halina und Per kaum mit 34

Kindern im Regen aufs Dach setzen und abwarten, ob sich die Sonne irgendwann wieder herausbequemen würde.

„Wir müssen sie irgendwie dort herausholen", fand auch Ces und nahm mit einer entschlossenen Geste das Fernglas von den Augen.

„Aber wie?" Wir konnten weder darauf zählen, dass alle Kinder zu schwimmen in der Lage waren, noch riskieren, dass sie sich im kalten Wasser eine Lungenentzündung holten.

„Wir brauchen ein Boot."

„Wir werden keines kriegen. Schau dich um." Die paar Schiffe und Boote, die auf den ungestümen Wogen der Awin schaukelten oder zwischen den Häusern trieben, waren bereits übersetzt. „Warte mal." Ich hatte eine Idee. „Vielleicht ... vielleicht kann ich eines auftreiben."

Die Hoffnung, eine Lösung gefunden zu haben, erfüllte mich mit neuer Energie. Während Cesare auf der Färberbrücke die Stellung hielt, ritt ich, abermals auf Umwegen, in den Norden der Stadt. Die Wachmannschaft vor den Toren der Enklave kannte mich mittlerweile, auch wenn sie zweimal hinsehen musste, so nass und matschig sah ich aus. Wieder wurde ich von einem Wachmann per Funk angekündigt und dann ins Innere der Enklave begleitet, wo mir Herr Tanaka schon mit einem Schirm entgegeneilte.

„Tausend Dank", sagte ich, „aber es ist sinnlos."

Der Butler ließ meine Einwände, dass ich gleich wieder gehen müsse, nicht gelten und veranlasste, dass mein Aspa einen Platz in den Ställen und Futter erhielt, bevor er mir die Tür zur Villa des Professors aufhielt. Die luxuriöse Behaglichkeit des Hauses umgab mich wie eine beruhigende Wolke, zumindest so lange, bis er sich erkundigte:

„Finden Sie den Weg zu Herrn Devinter selbst? Wir haben die Herrschaften des Gremiums im Haus, müssen Sie wissen, und ich habe mich um den Aperitif zu kümmern."

Oh Göttin, das verdammte Gremium. Denen wollte ich lieber nicht begegnen, denn ich wusste nicht, ob ich nicht in meiner Wut etwas tun würde, was ich bereuen würde, weil es Kassian oder Makary in Gefahr brachte. Ich hoffte wirklich von ganzem Herzen, dass Duke oder sein V-Mann Hinweise fand, mithilfe derer wir die Baronin und ihre Runde dingfest machen konnten.

Lautlos eilte ich die Gänge in den Westflügel hinüber.

„Nia!", rief Kassian, der von einer eingetopften, leuchtenden Platane aufsah und mich gleich in die Arme schloss. „Ich habe mir Sorgen gemacht! Ist alles in Ordnung? Hast du –", er senkte seine Stimme, „hast du etwas von den Explosionen mitbekommen? Der Professor hält mich aus allem raus, weißt du?"

Ich sah ihm an, dass er mich eigentlich fragen wollte, ob sie wohl auf das Konto der Enklave gingen, jedoch Bedenken hatte, ob wir nicht belauscht würden.

„Es ist alles okay. Und, ja, ich habe alles hautnah mitbekommen." Ich nickte ihm bedeutungsvoll zu. Dann kam ich zur Sache, deretwegen ich eigentlich hier war. „Kassian, wir brauchen dein Boot."

„Wofür? Was hast du vor?"

„Einen Haufen Kinder aus einem überfluteten Waisenhaus evakuieren."

Er musterte mich überrascht. „Du magst doch gar keine Kinder."

„Nein. Trotzdem."

Kassian zögerte länger, als ich vermutet hätte. „Der Katamaran und ich ... wir haben eine ganze Menge zusammen durchgemacht. Er ist mir ... irgendwie ans Herz gewachsen und ich brauche ihn für meine weitere Forschung. Ich möchte ihn ungern –"

„Du kriegst ihn wieder."

„Kannst du denn segeln?"

„Nein, aber ich kenne jemanden."

„Ihn."

Ich hatte keine Lust, um den heißen Brei herumzureden. „Ja."

Kassian überlegte für einen Moment, dann nickte er. „Du kriegst den Katamaran. Aber ich begleite dich."

„Okay. Danke. Ich bin froh, wenn du mitkommst." Das war ich wirklich. „Wir können jede helfende Hand brauchen."

Aus einer großen Aluminiumbox hievte er das zusammengeschnürte Boot hervor und versicherte sich, dass das zusammensteckbare Paddel nicht fehlte. Zurück im Foyer händigte er mir alles aus und bat mich zu warten.

„Lass mich nur noch kurz ein paar Sachen aus meinem Zimmer oben holen. Ich bin gleich wieder zurück."

„Meinetwegen. Aber beeil dich. Und zieh dir was Robustes an. Ich bin zu Pferde hier. Nein, schau mich nicht so an, das ist nicht verhandelbar. Mit der Kutsche würden wir nicht weit kommen." Um weiterhin unsichtbar zu bleiben, zog ich mich in die Garderobe zurück und schnallte mir den Katamaran auf den Rücken.

Als ich leise Schritte herantappen hörte, duckte ich mich schnell unter die Mäntel. Offenbar nicht schnell genug; womöglich verriet mich aber auch mein unförmiges Gepäck.

„Was machen Sie denn da, Frau Melidá von Themiskyra? Geht es Ihnen nicht gut?", erkundigte sich Madame Pelland, die heute ein prächtig gefiedertes Hütchen in Delfterblau auf dem Kopf trug.

„Dochdoch", versicherte ich eilig, „mir ist nur mein Blutdruck etwas abgesackt."

„Gute Güte."

„Ja."

„Kommen Sie doch herein zu den anderen!", schlug sie vor, als sie aus ihrer Manteltasche ein Pillendöschen fischte.

„Danke, zu freundlich." Ich erhob mich umständlich. „Aber ich bin nicht angemessen gekleidet."

Sie beäugte mich mit hochgezogenen Augenbrauen von Kopf bis Fuß und, bei Artemis, sie hatte allen Grund dazu. Ich hatte Schätze gehoben und vergraben, war unzählige Male in den Regen geraten, einmal fast ertrunken und anschließend immer nur partiell getrocknet – ich gab mit Sicherheit ein schauerliches Bild ab.

„Ich helfe Kassian bei seiner Forschung", führte ich als Begründung an. „Da draußen geht es manchmal etwas … rau zu."

„Ja. Ja, in der Tat." Sie beugte sich mit großen Augen zu mir herüber. „Haben Sie von den Explosionen gehört? Die Stadt säuft ab."

Da ich mich nicht verdächtig machen wollte, nickte ich

nur.

Sie strahlte. „Das war wirklich eine prima Idee von Ihnen, das mit dem Wasser."

Beinahe verschlug es mir die Sprache. „Von *mir*?! Ich habe lediglich vorgeschlagen, das Wasser mit Hormonen zu versetzen, nicht, alle zu ertränken."

„Ihr Beitrag war auf jeden Fall sehr inspirierend."

„Danke", erwiderte ich unglücklich.

„Damit haben wir das Gesindel ganz schön weggeputzt."

Ich konnte nicht mehr an mich halten. Das traf mich persönlich. Und meine Leute. Und Bo. „Na ja, ein paar arme Teufel sind ertrunken, aber von *weggeputzt* kann eigentlich nicht die Rede sein. Die Citeyer Bewohner sind zäh. Da braucht es mehr."

Jetzt umwölkte sich ihre Miene. Den Vorwurf in meiner Stimme schien sie als Bedauern zu deuten. „Wohl wahr, meine Liebe. Und morgen wird es *mehr* geben."

„Wie meinen Sie das?"

Ihr Blick wurde listig. „Hat Makary Sie denn nicht in Kenntnis gesetzt?"

„Nein, er würde nie Enklaven-Interna an mich weitertragen", versuchte ich, ihn jedes Zweifels zu entheben.

„Nun, ich natürlich auch nicht. Aber machen Sie sich auf etwas gefasst. Und bringen Sie sich in Sicherheit. Wäre schade um Ihr kreatives Köpfchen."

Der Moment, in dem aus der verwirrten alten Dame eine Super-Schurkin geworden war, musste mir entgangen sein.

„Wo … soll ich mich denn in Sicherheit bringen?"

„Weit weg. Oder zumindest weit oben. Es wird Ihnen sicherlich etwas einfallen." Damit kniff sie mir herzhaft in die Backe und tappte summend in den Salon zurück.

„Nia? Was machst du da zwischen den Schirmen?", fragte Kassian, der keine Minute später auftauchte.

„Lass uns bloß von hier abhauen." Ich zerrte Kassian halb aus der Villa und aufs Pferd. „Sie planen noch weitere Maßnahmen", zischte ich ihm zu, sobald wir die Enklave verlassen hatten und außer Hörweite der Sicherheitsmannschaft waren.

„Woher willst du das wissen?"

„Fleur Pelland hat mich informiert. Aber nur sehr nebulös. Ich weiß nur, dass sie für morgen irgendetwas geplant haben."

„Die Madame ist doch steinalt. Meinst du nicht, sie ist einfach ein bisschen durcheinander?"

„Ich kann es nicht ausschließen, aber mein Bauch sagt mir, dass sie wirklich etwas vorhat. Ich habe mich schon einmal von der umständlichen Masche dieser Truppe einlullen lassen. Das passiert mir nicht noch einmal."

Kassian stellte sich gar nicht so blöd an, dafür, dass er zum ersten Mal auf einem Pferderücken saß, und es war kein einfacher Ritt. Teilweise schlitterten wir mehr, als dass wir schritten, weil Chiimori sich schwertat, Halt zu finden. Für die vom Regen aufgeweichten Abhänge stiegen wir sicherheitshalber ab und brachten sie zu Fuß hinter uns.

Immer wieder versuchte ich, Duke via Funk zu erreichen, aber ich bekam erst irgendwann Empfang, nachdem wir die Stadtgrenze passiert hatten.

Duke wirkte nicht dankbar über meinen Bericht. Ich konnte förmlich hören, wie er sich am anderen Ende die Haare raufte. „Was stellst du dir vor? Wir sind ohnehin schon chronisch unterbesetzt. Soll ich auf einen Verdacht hin alle meine Leute auf ein Selbstmordkommando in die Enklave schicken und hier die Menschen solange ertrinken lassen?"

„Es wird noch viel schlimmer kommen, wenn du es nicht tust", versicherte ich.

„Mein V-Mann hätte mich aber sicherlich informiert, wenn sich wieder etwas tun würde."

„Sie sind jetzt vorsichtiger. Deswegen konnte ich leider auch nicht mehr in Erfahrung bringen."

„Ich würde mir wirklich wünschen, dass du dich *einmal* bei mir meldest, wenn du gute Nachrichten hast", knurrte er, bevor er das Gespräch abrupt beendete.

Wir trafen Cesare auf der Färberbrücke. Der Wasserpegel war weiter angestiegen; Halina, Per und die Kinder hatten sich offenbar ins oberste Stockwerk zurückgezogen.

Es gab einiges Hin und Her, bis wir uns darauf einigten, dass Kassian das Boot steuern und ich mitkommen sollte, weil Halina mich kannte, während Ces die Kinder dann auf der Brücke in Empfang nehmen würde. Also schaukelten Kassian und ich mit dem Katamaran hinüber zum Waisenhaus und klopften ans Fenster.

Halina wirkte erst höchst misstrauisch, doch dann erkannte sie mich und riss das Fenster auf. „Bei Artemis! Was macht ihr hier?!" Der Raum war vollgestopft mit Mobiliar, Vorräten und Kindern. Wie sie hier schlafen wollten, war mir ein Rätsel.

„Wir holen euch raus. Halina, das ist Kassian, ein alter Freund. Ihm gehört das Boot."

„Das ist lieb, aber … eigentlich möchten wir gar nicht evakuiert werden. Ich denke nicht, dass der Pegel jetzt noch viel weiter steigen wird, und ich möchte das Haus ungern aufgeben."

„Halina, die Überflutung war kein Zufall oder Unfall. Da hat jemand nachgeholfen. Ihr müsst mit uns kommen", sagte ich eindringlich.

Sie tauschte Blicke mit ihrem Mann, der überraschenderweise eher meine Ansicht zu teilen schien. „Nia!", rief eine hohe Stimme und Bos Gesicht tauchte über dem Fensterbrett auf. „Was ist das? Ein Boot? Darf ich mitfahren?" Der Junge war wie ausgewechselt, fröhlich und voller Leben.

Halina und Per hatten es offenbar geschafft die Schrecken der Überflutung von den Kindern fernzuhalten. Mit einem Mal hatte sich eine ganze Traube hinter dem Fenster gebildet, alle hüpften herum, riefen durcheinander und streckten uns die Arme entgegen, hofften auf ein großes Abenteuer.

„Gut", befand Halina. „Wenn du es wirklich für notwendig hältst, dann kommen wir mit dir."

„Wir können nur an die zehn Kinder gleichzeitig transportieren", erklärte Kassian, „deshalb bringen wir euch nacheinander zur Brücke hinüber."

„Packt noch Ersatzkleidung für die Kinder ein. Könnte nass werden."

Halina lachte. „Nia, es ist *alles* nass. Alles."

Trotz der beengten Verhältnisse an Bord durfte jedes Kind einen Beutel mit Wechselwäsche und einem Spielzeug oder Lieblingskuscheltier mitnehmen, und alles lief überraschend diszipliniert ab. Bald schipperten wir die erste Ladung zu

Cesare. Jetzt fuhr ich nicht mehr mit, half stattdessen, die kleinen Kröten beisammen zu halten. Wir hatten wohl inzwischen die Aufmerksamkeit der Nachbarn erregt, und auf der letzten Fahrt stürzte plötzlich ein 'Shim wie wild geworden mit einem lauten Schrei aus einem Fenster auf das Boot zu. Ehe wir begriffen, dass es sich wohl um einen Enterversuch handelte, war Halina schon aufgesprungen, hatte ihr Schwert gezogen und den Mann ins Wasser befördert.

Ihr letztes Training mochte vielleicht schon vierzig Jahre her gewesen sein, aber eine alte Frau war sie keinesfalls, stellte ich beeindruckt fest. Ansonsten verlief die Aktion reibungslos, wenn auch zunehmend mühevoll. Wir setzten die kleinsten Kinder auf die Pferderücken und führten sie, der Rest trabte hinterher. Kassian, der seinen Katamaran wieder zusammengefaltet hatte, bildete die Nachhut.

Wegen der Überschwemmung mussten wir einige Umwege in Kauf nehmen, und nachdem wir etwa eine Stunde gelaufen waren und gerade mal einen Bruchteil der Wegstrecke zurückgelegt hatten, änderte ich den Plan. Mit einer so ungeschützten Kinderkarawane durch Bandengebiete zu marschieren, war mir ohnehin nicht geheuer.

„Runter mit euch", beschloss ich und hob die vier Fliegengewichte von Chiimoris Rücken, bevor ich mich selbst darauf schwang. „Geht einfach weiter. Cesare weiß den Weg. Falls ihr nicht weiterkommt, bleibt stehen und wartet auf mich. Ich reite voraus, hole Verstärkung und sammle euch ein."

Zu meiner Überraschung waren es die Urba-Amazonen, die ich für den Job gewinnen konnte, und ich war froh, da die Mädels, wenn sie auch furchterregend sein konnten, vielleicht auf die kleinen Kinder weniger erschreckend wirkten als beispielsweise der riesenhafte Phoenix mit seinen Flammentattoos. Außerdem kamen Homer, Lancelot und Slash mit, und für die Erwachsenen nahmen wir ein paar zusätzliche Reittiere mit.

Verne und Shirokko. Nun. Sie würden nicht begeistert sein. Schon unterwegs hatte ich einen höchst unangemessenen Lachanfall bekommen, als ich mir die Gesichter meines Ex-Nerista-Chefs und des blonden Wikingerhünen vorstellte, wenn ich mit meinen neuen kleinen Freunden zurückkehrte. Nachdem schon Bo sie aus dem Konzept oder zumindest ihrem Trott gebracht hatte, war das Auftauchen von 33 weiteren Kindern sicher nicht das, was sie sich nach einem Tag im Ausnahmezustand wünschten. Zu meiner Überraschung waren sie jedoch beide höchst milde und verständnisvoll, als wir die Fabrikhalle gegen Mitternacht erreichten. Was vielleicht auch am Ausnahmezustand lag. Oder – in Shirokkos Fall – an Biskaya.

Mithilfe der Mannen wurden weitere Regale umgelegt und darauf eine riesige Bettstatt nahe der neuen Feuerstelle errichtet, und als bei den aufgedrehten Kindern endlich Ruhe eingekehrt war, versammelten wir Erwachsenen uns alle in Shirokkos Zimmer und hielten Rat.

„Nia hat neue Informationen", leitete Ces ein.

„Wenn du es so nennen willst", erwiderte ich. „Ich weiß eigentlich nichts und das ist auch der Grund, warum Duke und die Erben nicht einschreiten können. Sie haben –"

„Moment mal!", rief Tamar. „Duke? *Der* Duke?"

Ich nickte. „Genau der."

Tamar hatte damals in Urba versucht, ihn auszuhorchen, als ich mich von ihm verfolgt gefühlt hatte. Ich sah ihr an, dass sie darauf brannte, alle Details zu erfahren, doch da sie mir nicht zugehört hatte, als ich ihr mein Herz ausschütten wollte, rächte ich mich nun an ihr, indem ich einfach weiterredete:

„Charondas' Erben haben aber einen Kontakt in die Enklave eingeschleust, der hoffentlich noch rechtzeitig mit handfesten Beweisen herausrückt."

„Um was geht es denn?", fragte Verne verwirrt.

„Was wir gestern erlebt haben, die Explosionen und darauffolgenden Überschwemmungen, war nur der Auftakt. Als ich mir vorhin bei Kassian den Katamaran –"

„Kassian?", unterbrach mich Amastris aufgeregt. „*Der* Kassian?"

„Genau der", erwiderte ich abermals und der fragliche 'Shim winkte den Urba-Amazonen ungerührt zu.

„Also. Als ich mir den Katamaran ausgeliehen habe, hatte ich ein aufschlussreiches Schwätzchen mit Madame Pelland.

Sie hat sich damit gebrüstet, dass Port Devine für die Detonationen verantwortlich war, und plant, möglicherweise im Zusammenschluss mit anderen Enklaven, morgen weitere Maßnahmen, um die Stadtbevölkerung *wegzuputzen*, wie sich die Madame auszudrücken beliebte."

Unruhe erhob sich, Fragen kamen auf, die ich nicht beantworten konnte, *Wie?, Wann?, Warum?*, doch ich bemühte mich, das Gespräch mit der Madame so genau wie möglich wiederzugeben.

„Welche Möglichkeiten haben sie?", überlegte Kassian.

„Auf jeden Fall wird es ihnen wohl nicht gelingen, die Stadt anzuzünden, so klamm und sumpfig, wie sie derzeit ist."

„Vielleicht Giftgas?"

„Woher sollen sie das Zeug haben?"

„Sie haben Gold und Kontakte. Sollte also kein Problem sein."

„Vielleicht schneiden sie uns einfach von der Versorgung zum Land ab. Töten alle Neristas, lassen keine Ware mehr in die Stadt."

„Dieses Rätselraten ist doch Unsinn", fand Biskaya.

„Sehe ich auch so", nickte Tamar. „Wir sollten dieser Enklave einen Besuch abstatten und uns die Informationen holen, die wir brauchen."

„Port Devine ist gut geschützt und verfügt neben einem ausgeklügelten Sicherheitssystem über eine etwa fünfzigköpfige, perfekt ausgebildete Sicherheitsmannschaft", gab Kassian zu bedenken.

Amastris zählte unsere Leute kurz durch und zog ein Gesicht.

„Das Beste wäre, die Kinder einfach hinaus aufs Land zu bringen. Die Zerstörungswut des Gremiums zielt ja offensichtlich lediglich auf die Stadt", stellte Halina fest.

„Aber wohin willst du sie bringen?", fragte Per.

„Erst mal einfach raus, und dann warten wir ab, was geschieht."

„Ohne Nahrung, Unterkunft, Schutz? Bei dem Wetter?"

Ich sah ihr an, dass ihr der Einwand ihres 'Shims nicht passte. „Aber wohin dann?"

„*Weit weg. Oder weit oben*, hat Madame Pelland gesagt.

Dort solle ich mich verstecken. Sehr weit werden wir es nicht mehr schaffen. Und oben … was ist weit oben? Wolkenkratzer? Der Fernsehturm?", überlegte ich vor mich hin.

„Ich bin mir nicht sicher, wie stabil die noch sind nach den diversen Bandenkriegen", wandte Per ein. „Und wir müssten an Trinkwasser rankommen."

„Ehrlich gesagt weiß ich nicht, ob *irgendetwas* Hohes in dieser Stadt noch stabil ist", meinte Carlos lakonisch.

„Frag dich lieber, bei welcher Gefahr du dich nach oben retten würdest", schlug mir Homer vor. „Vielleicht kommen wir so darauf, was sie vorhaben."

„Wenn mich ein Wolf verfolgt", war alles, was mir einfiel.

„Wenn mich Zombies verfolgen."

„Oder Killerameisen."

„Die können klettern."

„Zombies auch."

„Wenn flüssige Lava den Boden bedeckt."

„Wenn alles überschwemmt ist", steuerte Halina aus ihrer eigenen Erfahrung bei.

„Madame Pelland mag Wasser", erinnerte ich mich.

„Aber woher wollen sie noch mehr Wasser bekommen? Es regnet seit Tagen, die Awin ist überschwemmt, aus der Kanalisation drückt es alles hoch – was sollen sie denn außerdem noch tun?", fragte Chiara.

„Ich habe übrigens eine Heißwasserquelle im Garten gefunden", meldete sich Marlon zu Wort und grinste dabei wie ein Honigkuchenpferd.

„So kommen wir nicht weiter", meinte Munin. „Wie Biskaya schon sagte – auf gut Glück werden wir es nicht herausfinden. Vielleicht will Madame Pelland uns ja auch gar nicht helfen und hat Nia deshalb absichtlich verwirrende Informationen gegeben. Was feststeht, ist, dass wir einen geschützten Ort brauchen."

Wir schwiegen, jede und jeder von uns suchte nach einer Lösung. In dieser kaputten Welt gab es einfach kaum Schutz.

„Einen Bunker", sagte Geronimo irgendwann. „Wir brauchen einen Bunker. Nur dann sind wir vor allem gefeit, egal, was die Enklave schicken mag."

Lancelot schüttelte den Kopf. „Die alten Kriegsbunker sind

entweder marode oder besetzt. Und die Einzigen, die sonst noch Bunker haben, sind die Enklaven. Und ich fürchte, es liegt nicht in ihrem Interesse, uns *Gesindel* aufzunehmen."

Chiara räusperte sich. „Na ja", sagte sie.

Alle Augen richteten sich auf sie.

„Richtig", schmetterte Tamar und schlug sich mit der Faust in die Handfläche. „Wir werden ihnen gar nicht erst eine Wahl lassen."

„Nein, ich meinte eher, dass sie nicht die Einzigen sind, die noch einen funktionstüchtigen Bunker besitzen." Chiara machte eine schuldbewusste Miene.

In meinem Hinterkopf prickelte es. Ich erinnerte mich. Fast. Die Spannung im Raum war mit Händen greifbar.

„Sondern …?", versuchte ihr Will auf die Sprünge zu helfen.

„Ähm. Ich habe vor ein paar Jahren eine Bunkeranlage hier in der Stadt mitfinanziert." Sie wand sich. Ich schätze, es kostete sie einige Mühe, uns die Chiara von damals zu offenbaren, die so leichtgläubig auf Yves P. Wayne und Tsoozu hereingefallen war, auch wenn die meisten ihre Geschichte ohnehin kannten. „Sie wurde jedoch nie in Betrieb genommen, da sich das Management … aufgelöst hat. Sicherheitshalber habe ich damals den Schlüssel an mich genommen."

Da wusste ich es wieder. Nachdem Wayne mich verschleppt hatte, hatte er sich nicht nur nach dem Verbleib von Chiara und seinem Gold erkundigt. Er hatte mich auch nach einem Schlüssel gefragt. Ich hatte das alles nur als irres Gerede abgetan und, ganz ehrlich, aufgrund der Aufregung mit und um Ces ziemlich bald vergessen. Jetzt erinnerte ich mich auch wieder an diesen sogenannten Schlüssel: Es war eine handtellergroße Metallscheibe mit Einkerbungen und Löchern, die ich sowohl als Verschluss der Bunkertür in der Galerie Gutherz, als auch in Chiaras Regal gesehen hatte. Dort hatte ich sie jedoch für Deko gehalten.

Verne starrte Chiara so ungläubig an, als würde ihm erst jetzt bewusst, dass sie ein stilles Wasser war, dessen Tiefe weit über neurotische Putzaktionen hinausging. „Ist da Platz für uns alle?"

„Sicher, die Anlage ist für 50 Personen konzipiert. Wenn sich die kleinsten Kinder die Betten teilen, bringen wir alle unter."

„Und du bist sicher, dass er nicht schon von anderen Leuten besetzt ist?"

„Ziemlich. Ich war vor zwei Wochen zum Staubwischen dort. Da war alles in bester Ordnung."

Nach dieser Offenbarung brach Chaos aus, Rufe, Jubel, Fragen, alles durcheinander, während Per nur mit beständigem *Pssst! Pssst!* für Ruhe zu sorgen versuchte, damit seine Schützlinge nicht aufwachten.

„Und wo hattest du das Ding, als Arcadia abgebrannt ist?", wunderte ich mich.

„Dabei. Immer dabei", erklärte Chiara mit einem kleinen Lächeln.

„Wieso sind wir damals nicht schon in den Bunker gezogen anstatt hierher?"

Sie zog die Schultern hoch, als ob sie fröstelte. „Der Bunker ist kein schöner Ort, an dem man bleiben möchte. Er ist ein Not-Ort. Kein Zuhause."

Das ließ ich gelten.

„Wir sollten uns aufteilen", meinte Shirokko. „Eine Gruppe wird unter Chiaras Führung losziehen und die Vorbereitungen im Bunker treffen. Ein weiteres Team wird packen und Pferde, Wägen und Karren aufbruchsbereit halten, wenn das für euch in Ordnung ist, Verne."

Der nickte.

„Und, ja, Per, das wird mucksmäuschenstill vonstattengehen", versicherte Shirokko. Nach einem kurzen Blickwechsel mit Biskaya fuhr er fort: „Die dritte Gruppe wird versuchen, jedweden weiteren Anschlag vonseiten des Gremiums zu vereiteln, wenn möglich in Absprache mit Charondas' Erben."

„Das übernehmen wir", nickte Amastris.

Zu meiner Überraschung stand Kassian auf. „Ich helfe euch. Ich habe vielleicht eine Idee, wie wir es unauffällig in die Enklave schaffen."

„Meinetwegen muss das nicht unauffällig geschehen", meinte Tamar mit diabolischem Grinsen.

„Aber meinetwegen", versetzte Kassian. „Der Professor bürgt für mich. Und damit für alle, die von mir kommen und die Enklave betreten. Seine Sicherheit werde ich nicht riskieren."

Die anderen besprachen sich noch, ich trat indessen zu Kassian und händigte ihm das Funkgerät aus, damit er mit Duke in Verbindung bleiben konnte, falls es Neuigkeiten vonseiten des V-Manns geben sollte.

„Es funktioniert nur innerhalb der Stadtgrenzen halbwegs", warnte ich ihn vor.

Er zog mich verstohlen in den Flur hinaus. „Nia, wir müssen das nicht machen", flüsterte er eindringlich. „Ein Wort von dir und ich bringe Chiara und dich in Port Devine in Sicherheit. Euch wird nichts geschehen."

Kapitel 10

Ich schüttelte ihn ab. „Und die anderen sollen wir im Stich lassen?", fragte ich ungläubig. „Kassian, du kennst sie noch nicht lange, ich weiß, aber sie sind meine Freunde, meine Familie, meine Kollegen. Niemals könnte ich sie ihrem Schicksal überlassen und mich solange gemütlich einigeln – noch dazu beim Feind!"

„Ich bin nicht dein Feind. Ich habe mit der Enklave im Grunde genauso wenig zu tun wie du. Und Makary hat dir sogar geholfen und dich über die Pläne des Gremiums in Kenntnis gesetzt."

„Das weiß ich und ich danke euch beiden. Biete Chiara an, sie mitzunehmen, aber ich … Kassian, ich kann nicht", stieß ich aus. Nicht, dass mir das leicht gefallen wäre. Mir wäre wirklich nach einer heißen Dusche und einem Federbett gewesen.

Ich sah ihm an, dass er mit sich kämpfte und eigentlich widersprechen wollte, doch dann akzeptierte er meine Entscheidung und nickte knapp. „Dann bleibt es beim ursprünglichen Plan."

Außer ihm und den Urba-Amazonen waren Slash, Geronimo, Homer, Lancelot und Shirokko in dem Team, das sich um die Enklave kümmern sollte. Und ich fand mich mit Phoenix, Marlon, Carlos und Ces in der Bunkergruppe wieder.

Auf Zehenspitzen schlichen wir hinunter und packten unser persönliches Hab und Gut auf die Pferde. Bevor wir aufbrachen, stattete Munin Ces mit drei weiteren Schachteln Schmerztabletten aus.

„Brauche ich gar nicht", behauptete der mit diesem neuen Gesichtsausdruck, den ich insgeheim sein *Drogenlächeln* nannte.

„Das glaubst auch nur du", versetzte Munin und rückte stirnrunzelnd seine blau getönte Brille zurecht. „Nimm die

Pillen einfach mit, ich kann mich jetzt nicht alle drei Stunden um dich kümmern. Und sobald ihr den Bunker erreicht habt, lässt du es mal langsam angehen, verstanden? Leg dich hin. Gib Ruhe. Denk an deinen Schädel!"

Dann machten wir uns ein weiteres Mal auf den Weg in die überschwemmte Stadt, wobei es diesmal trotz des langsam weitersteigenden Wasserpegels einfacher war, da wir die trockenen Wege inzwischen kannten. Erst, als wir vor den verrammelten Fensterscheiben der Galerie Gutherz standen, wurde mir klar:

„Wir haben keine Lösung für die Pferde."

Die ehemalige Galerie befand sich in einem der Räume, die zwischen den steinernen Bögen der Brücke lagen. Diese führte an dieser Stelle auf dem Land weiter und hatte vor dem Verfall kleinen Läden und Lokalen Platz geboten.

„Wir können die Tiere einfach in der Galerie selbst lassen", schlug Phoenix vor.

„Aber dort werden sie nicht sicher sein, je nachdem, mit welchem Unheil Port Devine die Stadt überziehen will", gab ich zu Bedenken. Die Angelegenheit bereitete mir Kopfschmerzen. Ich würde Chiimori nicht im Stich lassen, komme, was wolle.

„Ich lasse mir was einfallen", versprach Ces.

Für den Augenblick machten wir es so, wie Phoenix vorgeschlagen hatte, und stellten die Tiere bei Wasser und Kraftfutter in der Galerie ab, an deren Sichtbetonwänden nur noch leere Rahmen hingen. Ein seltsamer Anblick. Hätte auch Kunst sein können.

Ces sah sich in der Gegend nach einer Lösung für die Aspahet um, indessen folgten wir anderen Chiara in den Nebenraum, der früher teils als Teeküche, teils als Büro genutzt worden war. Sie schob einen Tisch beiseite, klappte eine der Holzdielen beiseite und versenkte den mitgebrachten Schlüssel, die besagte Metallscheibe, in der Vertiefung. Chiara drehte sie langsam herum, bis im Boden daneben mit leisem Summen eine Falltür aufschwang und eine von LEDs beleuchtete Steintreppe sichtbar wurde. Mit jedem von Chiaras Handgriffen erinnerte ich mich wieder daran, dass ich selbst sie schon einmal vollführt hatte, und auch an den steilen

Abstieg hinab in den Bunker. Unten angekommen wirkte alles sehr schlicht und modern. Die indirekte, kalte Beleuchtung traf auf grobe Steinwände und ließ mich frösteln. Es roch feucht, aber da die Luft draußen inzwischen richtig modrig war, stellte das eine Verbesserung dar.

Wir standen in einem runden Raum mit vier Türen und einem Gang. Ich erinnerte mich, wohin sie führten: Zu einem Schlafsaal, einer Kantine mit Küche und einem riesigen, gefüllten Lagerraum, den Waschräumen mit Toiletten und Duschen sowie zu einem Tempelraum, der Tsoozu gewidmet war. Am Ende des Ganges hingegen lag der Technikraum, der das kleine Wasserkraftwerk steuern würde, das von der Awin gespeist wurde. Carlos und Marlon machten sich daran, die Funktionstüchtigkeit der Anlage zu überprüfen, während wir uns die Lebensmittel vornahmen.

„Wieso hast du Verne nicht mit den Sachen geholfen, als der Schattenorden uns mit seinen Forderungen so zugesetzt hat?" Ich konnte nicht verhindern, dass Vorwurf in meiner Stimme mitschwang.

Chiara sah mich überrascht an. „Habe ich doch. Das hier ist nur leider präapokalyptische Ware, davon wurde quasi nichts verlangt. Aber was ich konnte, habe ich umgefüllt und Verne heimlich untergejubelt."

„Oh. Ich nehme alles zurück." Dennoch war das Lager gut gefüllt und viele der Lebensmittel noch haltbar; außerdem würden die Neristas auch einen Teil ihrer Bestände der Gemeinschaft beisteuern.

Der Schlafsaal mit seinen 25 Stockbetten war bezugsfertig, wenn auch sehr ungemütlich. Ich vermutete aber, dass sich das schnell relativieren würde, wenn hier erst einmal gut dreißig Kinder hausten. Bevor ich in den Tempelraum trat, zögerte ich. Eigentlich hatte ich keinerlei Veranlassung, mir den Saal noch einmal anzusehen, mit seinen scheußlichen Bildern und dem goldenen Thron, auf dem Tsoozu oder Yves P. Wayne als sein irdischer Stellvertreter hätte Platz nehmen sollen.

„Nur zu", forderte mich Chiara ein bisschen zu heiter auf.

Also trat ich ein. Und staunte. Alles, was an Tsoozu erinnert hatte, war verschwunden. Sein Zeichen verschandelte nicht mehr die Wände und die grässlichen Bilder waren verschwunden. Stattdessen erblickte ich unzählige Götterstatuen aus aller Welt, in allen möglichen Formen und Farben, die je nach Größe auf einem der vielen Regalbretter oder davor, auf dem Boden, standen.

Baiame, Huitzilopochtli, Sarasvati, Ägir, Daikoku, Varuna, Vesta, Durga, Ta Pedn und Hunderte andere mehr. Indra, Thor, Rudra, Anaitis und ... Artemis. Ein Lächeln huschte über mein Gesicht, als ich mich der schlichten Statue näherte, die mir auf einer Mondsichel stehend stolz entgegensah. Ich nickte ihr zu und schickte ihr ein kurzes Gebet. *Lass uns nicht untergehen. Lass uns auch diese Katastrophe meistern. Lass uns wieder glücklich sein.*

Dann drehte ich mich im Kreis. Der Raum hätte unheimlich wirken können, aber er war ... bunt und fröhlich geworden.

„Ich dachte, sicher ist sicher", flüsterte Chiara und legte ein Stück Würfelzucker in ein kleines Schälchen als Opfergabe für diejenigen Götter, die auf so etwas standen.

„Bestimmt keine schlechte Idee", erwiderte ich leise, bevor ich mich zurückzog.

Im Technikraum traf ich auf die anderen. „Und, was meint ihr? Was können wir hier drin alles überleben?"

„Alles", behauptete Carlos und ließ die vielberingten Finger knacksen.

„Funktioniert noch alles?"

„Vermutlich. Das Wasserkraftwerk ist noch nicht in Betrieb genommen worden, denn bislang hängt das System noch an einer Batterie. Wie lange deren Strom allerdings reichen wird, wenn wir uns längerfristig hier aufhalten, ist die Frage."

„Dann ... werft das Kraftwerk an", bat Chiara, die nun auch zu uns gestoßen war.

„Wirklich?"

„Ja. Wir müssen wissen, ob alles klappt. Die Stromversorgung. Die Beleuchtung. Die Belüftung."

„Apropos Lüftung – wo mündet die? Nicht, dass uns der Dauerregen auch noch hier unten absaufen lässt ...", erkundigte ich mich und erntete einen strafenden Blick von Phoenix.

„Der Bunker ist purer Hightech. Die haben an alles ge-dacht", erklärte er und Chiara lächelte. „Die Lüftungsrohre gehen bis oben zur Herzogbrücke. Und, Nia, sie sind so konzipiert, dass es nicht hereinregnen kann. Wenn es ihnen zu nass wird, verschließen sie sich und das interne Filtersystem übernimmt."

„Was weiß ich von Lüftungsrohren", maulte ich. „Langweiliges Thema."

„Also los. Öffnet die Schleusen. Startet die Turbinen", ordnete Chiara an und wies auf das Schaltpult. „Energie!"

Bald erfüllte ein dumpfes Brummen den Raum und die Nadeln tanzten auf diversen, zum Leben erwachten Anzeigen.

„Energie", bestätigte Marlon. „Und nicht zu knapp."

„Gut." Chiara nickte langsam. „Dann sollten wir jetzt die Kinder holen."

Sie und ich ritten mit allen Pferden zurück zur Fabrikhalle. Die Mannen hingegen testeten noch das Bunkersystem und Ces war nach wie vor draußen unterwegs und suchte einen pferdetauglichen Unterschlupf. Ich wusste, er würde keinen finden, aber ich war dankbar, dass er es zumindest versuchte. Inzwischen dämmerte es bereits, und als wir bei der Halle ankamen, regten sich schon die ersten Kinder auf ihrem Matratzenlager. Je nach Gewicht verteilten wir nach einem eiligen Frühstück immer drei Kinder auf den Rücken der Aspahet, dann ritten Halina, Per, Will und ich mit ihnen und diversem Gepäck in einer langen Kolonne zur Herzogbrücke zurück. Sobald sich die Kleinen über den Bunker hermachten, wurde alles wie erwartet ein bisschen bunter und fröhlicher.

Ich hoffe, du bist jetzt zufrieden, sagte ich in Gedanken zu Ell. *Da hast du mir eine ganz schöne Verantwortung aufgehalst.*

Die hast du dir selbst zuzuschreiben – ich hatte dich lediglich gebeten, Halina zu helfen, falls sie bei dir auftauchen sollte. Dass du dich selbst so aufopferst, obwohl du ja gar keine Kinder magst, hätte ich gar nicht erwartet, gab sie spöttisch zurück.

Erst am frühen Nachmittag hatten wir alle Kinder und die wichtigsten Waren im Bunker in Sicherheit gebracht. Inzwischen hatte sich über Duke und seine Leute die Nachricht verbreitet, dass eine erneute Katastrophe bevorstand, und obgleich die Erben versuchten, für eine geordnete Evakuierung zu sorgen, herrschten auf den Straßen Panik und Durcheinander. Leute rannten kopflos umher, zogen Karren mit ihrer Habe mit sich, versuchten, die Stadt noch schnell zu verlassen, bevor was auch immer geschehen würde.

Während eine Handvoll älterer Waisenkinder mit großer Begeisterung den provisorischen Stall ausmistete und die Pferde fütterte, stand ich gemeinsam mit Phoenix Wache im Eingangsbereich, damit uns der Mob nicht in letzter Sekunde überrannte und den Bunker für sich beanspruchte. Doch die meisten nahmen die heruntergekommene, verrammelte Galerie gar nicht wahr. Glücklicherweise. Denn der Job wäre ohnehin schwierig gewesen. Nicht wegen der Erschöpfung – das Adrenalin hatte mich aufgeputscht und die Müdigkeit vorerst in die Flucht geschlagen, nein, mir hätte nur davor gegraut, Leute unter Umständen dem Tode zu weihen, indem ich ihnen den Zutritt zum Bunker verweigerte. Sicher, Marodeure hätte ich ohne Gnade abgewiesen. Aber was war mit alten Leuten? Mit Familien? Mit weiteren Straßenkindern?

Und dann geschah es doch. Ein Mädchen in einem himmelblauen Parka lief weinend durch den Regen. Immer wieder sah es sich um, wurde fast von einer Großfamilie mit Esel über den Haufen gerannt und stolperte in eine Pfütze, rappelte sich aber wieder auf.

Ich sah weg. Starrte konzentriert auf die zersprungenen Marmorfliesen zu meinen Füßen. Sah Ameisen, die ebenfalls flüchtend schienen, Grashalme und Sternenstaub.

Das Mädchen rief nach jemandem, doch niemand antwortete. Ich riskierte einen vorsichtigen Blick. Kühler Wind kam auf, drückte die Jacke gegen die magere Figur des Kindes, und wehte ihm die Kapuze vom Kopf. Sein verzweifeltes Gesicht war rot von Kälte und geschwollen vom Weinen.

Phoenix fluchte herzhaft und ich beschloss kurzerhand: „Wir lassen alle rein, die jünger als zehn sind.

Er nickte. „Ich erkläre es meinem Chef und du deinem."

Die Gutherzigkeit des rothaarigen Hünen wärmte mich. „In Ordnung. Aber ich habe keinen Chef mehr. Habe gestern gekündigt."

„Echt?"

„*Ich* erkläre es Verne", ertönte auf einmal Chiaras Stimme in ungewohnter Härte hinter uns. „Es ist *mein* Bunker. Die Betten teilen sich fortan immer zwei Menschen, dann bringen wir hundert Leute unter. Wir werden nicht tatenlos zusehen, wie Kinder in ihr Verderben rennen."

Erleichtert ging ich zu dem Mädchen, um es ins Trockene zu holen, da kam eine junge Frau angelaufen, die es in die Arme nahm und überglücklich herumwirbelte.

Und jetzt?, fragte mein Blick Chiara.

Sie nickte. *Trotzdem.*

Und ich holte beide in die Galerie. Genau wie ein vielleicht achtjähriges Zwillingspärchen, eine verwahrloste, aber halbwegs harmlos wirkende Gang von Jugendlichen, und eine ältere, dunkelhäutige Dame, die mit ihrem grellen Sonnenhut und dem Stadtplan in den Händen wie eine Touristin wirkte, obwohl sie vermutlich einfach nur ein bisschen verwirrt war. Und auch Phoenix ließ noch ein paar verzweifelte Leute herein.

Ein paar Minuten lang war alles okay. Ich hatte das Gefühl, das Richtige zu tun. Ich hatte ein paar Kinder gerettet, Ces meine Liebe gestanden und meinen persönlichen Besitz um ein paar dicke Goldbarren aufgestockt. Alles super.

Im Hinterkopf wälzte ich zwar immer noch die Frage, was die Enklave wohl vorhatte … *Wasser. Mehr Wasser. Viel Wasser. Wo war richtig viel Wasser?* … doch die Lösung, so einfach sie schien, entglitt mir immer wieder, denn in meinem Inneren hatte sich eine fast behagliche, übermüdete Gleichgültigkeit ausgebreitet. Diese zog sich abrupt zu Schreck zusammen, als die Urba-Amazonen mit dezimierter Truppenstärke zurückkehrten. An Biskayas Miene sah ich sofort, dass etwas nicht stimmte, und zwar bereits, bevor ich Kassians Verletzungen bemerkte. Mit schmerzverzerrtem Gesicht saß er zusammengesunken vor Lancelot auf dessen Aspa. Blut strömte schläfenabwärts über sein Gesicht, Blut hatte sich auf seiner Jacke ausgebreitet, Blut floss über die

Hand, die er auf seinen Leib presste. Erschrocken lief ich ihnen entgegen und half ihm vom Pferd, sobald wir uns wieder im Schutz des Gebäudes befanden.

„Was ist passiert?"

„Sie waren gewarnt", stieß Biskaya aus und schleuderte wütend ihre Handschuhe und den Brustpanzer von sich.

„Wie das?", rief ich ungläubig. „Ich kann mir nicht vorstellen, dass einer der Mannen oder die Arkadier –"

„Nein. Sie hatten den von den Erben eingeschleusten Kontakt entlarvt und ihm, vermutlich durch Folter, entlockt, dass ihr Plan an die Öffentlichkeit gelangt ist. Sie waren auf einen Überfall gefasst und hatten sich noch eine zusätzliche Wachmannschaft aus der benachbarten Enklave geholt, da sie wohl mit Charondas' Erben gerechnet hatten und nicht *nur* mit uns." Biskaya schnaubte voller Ironie.

Lancelot bugsierte Kassian behutsam auf einen der Holzstühle, auf denen ich vor einer gefühlten Ewigkeit Jorge Zamowskys Worten über Tsoozu gelauscht hatte. Während ich mich neben Kassian kauerte und dafür sorgte, dass er nicht herunterkippte, eilte Lancelot hinab, um Munin zu finden.

„Kassian. Bleib wach", ermahnte ich ihn. Immer wieder drohten seine Augen wegzuschwimmen. „Munin kommt gleich. Er ist Tierarzt. Ja, ich weiß, aber er macht einen guten Job. Und Hunde, Kanarienvögel, Axolotl, Menschen, was macht das schon für einen Unterschied, wenn du es recht bedenkst." Mir war wirklich nicht nach Scherzen, aber ich redete weiterhin beruhigend auf ihn ein, um nur irgendetwas zu tun.

Shirokko fuhr unterdessen fort: „Wir haben uns auf Kassians Anraten hin am normalerweise unterbesetzten westlichen Lieferanteneingang angeschlichen und wollten die üblichen vier Wachleute ganz diskret beiseiteschaffen. Stattdessen standen wir einer Garnison gegenüber. Unglücklicherweise wurde Kassians Versuch, eine friedliche Lösung zu finden, von einem Kugelhagel der Gegenseite beantwortet. Ich fürchte, dass sein Professor-Freund jetzt auch ziemlich in der Klemme steckt."

Unkonzentriert hatte ich die anderen gezählt. Amastris und

Miffy wirkten grimmig, aber immer noch energiegeladen, Geronimo humpelte, Slash hielt sich seinen Arm und Homer war von Kopf bis Fuß voller Schlamm. Ich zählte noch einmal. Eine fehlte.

„Wo ist ... Tamar?"

„Wir haben sie verloren", erklärte Biskaya niedergeschlagen.

Kaltes Entsetzen floss mir den Rücken hinunter. „Sie ist ... tot?"

„Nein. Sie ist weg. Wie ich sage. Wir haben sie verloren. Sie war nicht unter den Opfern. Sie war nicht mehr da."

„Oh Artemis", flüsterte ich. „Denkst du, die Enklave hat sie?"

Biskaya nickte. „Ich befürchte es."

Munin eilte die Stufen aus dem Bunker herauf. „Wie viele hat er abbekommen?"

„Vier sicher, vielleicht auch mehr. Und einen Streifschuss am Kopf."

Munin fluchte. „Hier oben kann ich nichts machen. Ich brauche gutes Licht. Wer von euch hat eine ruhige Hand und kann mir assistieren?"

Miffy hob die Hand.

„Gut. Folg mir. Homer, hilf mir bitte, ihn die Treppe hinunterzutragen. Und ihr anderen Halbinvaliden kommt auch mit. Chiara, würdest du dich um sie kümmern?"

Ich sah ihnen hinterher und fühlte mich elend und nutzlos.

„Aber wir haben noch etwas herausbekommen." Amastris' Stimme ließ mich aufhorchen. „Wir haben nämlich auch ein paar Gefangene genommen. Und wenn sie nicht gerade um ihr Leben gebettelt haben, waren sie so freundlich, uns netterweise ein paar Informationen zukommen zu lassen." Ihr Gesichtsausdruck ließ keinen Zweifel daran, dass das harte Arbeit gewesen war. „Wir wissen jetzt, was die Enklave plant."

„Und? Was?"

In diesem Moment kam Ces von seiner Erkundungsrunde zurück. Atemlos eilte er an Phoenix vorbei, der noch am Eingang die Stellung hielt, und packte mich an den Armen. „Nia, es gibt keinen sicheren Platz für die Pferde. Ich weiß, was Port Devine vorhat."

„Na super." Amastris verschränkte genervt ihre Arme vor der Brust. Ihre anfängliche Begeisterung für Cesare schien stark nachzulassen.

„Du solltest dich weit weg verstecken", rief mir Ces in Erinnerung.

„Ja."

„Oder weit oben", ergänzte Biskaya.

„Ja."

„Und deine Madame mag Wasser", sagte Amastris.

„Sie ist nicht *meine* Madame, aber ja."

„Wo ist richtig viel Wasser?", fragte Shirokko.

„Im Himmel, im Boden, im Fluss, im Schwimmbad …", riet ich lustlos.

„Wo, außerhalb der Stadt?", präzisierte Ces.

Und dann wusste ich es plötzlich auch.

„Verdammt." Meine Hoffnung sank.

„Jep. Und wir wissen jetzt sogar, wann die Sache laufen soll", rief Amastris mit unpassendem Triumph.

„Nämlich nach Sonnenuntergang", klärte Biskaya auf. „Dann werden die vom Gremium angeheuerten Spezialisten den Staudamm sprengen und der gesamte Speichersee wird sich über Citey ergießen. Port Devine und die anderen Enklaven bleiben verschont, da sie hoch genug gelegen und fest ummauert sind. Wie praktisch."

„Das ist …", ich blickte hektisch nach draußen, suchte die Sonne oder zumindest das kleine bisschen Licht, das die Wolken auf die Erde ließen, „in zwei, drei Stunden?"

Sie nickte. „Ich persönlich wäre dafür, alle zu mobilisieren und die Aktion zu vereiteln."

„Wir haben darüber gesprochen", entgegnete Shirokko. „Es wäre eine Selbstmordmission. Wir haben die Kampf- und Feuerkraft der Wachmannschaft am eigenen Leib zu spüren bekommen – und ich wette, sie haben sich alle verfügbaren Wachen der anderen Enklaven ausgeliehen, um sich und ihr Projekt weiter abzusichern. Wir sind lange nicht so gut ausgerüstet wie sie, selbst wenn wir Charondas' Erben für unsere Sache gewinnen können. Und wenn wir versagen, sind wir der Welle schutzlos ausgeliefert und haben keine

Zeit mehr, hier im Bunker unterzukommen." Der Blick, mit dem er Biskaya festhielt, sagte noch viel mehr. *Ich werde nicht dein Leben riskieren. Ich werde mich lieber mit dir streiten, bis die Zeit zum Sonnenuntergang verstrichen ist, als zuzulassen, dass du dich dermaßen in Gefahr bringst.*

Biskaya stieß die Luft aus und kickte ungewohnt unbeherrscht ihren auf dem Boden liegenden Brustpanzer beiseite. „Du hast recht. Es wäre unvernünftig. Aber es widerstrebt mir, dass wir uns verkriechen, während –"

„Das widerstrebt mir auch. Wir werden uns später um die Enklave kümmern. Und um Tamar. Aber vorerst sollten wir versuchen zu überleben." Er nahm sie in den Arm. Die Geste rief auch in mir ein unbändiges Verlangen nach Nähe aus, und ich drehte mich zu Ces um. Der fasste mich an den Händen.

„Es gibt nur eine Lösung", sagte Cesare eindringlich. „Ich muss die Pferde nach draußen bringen. Und zwar alle. Auf die Weiden jenseits des Staudamms. Sie kennen sich, sie werden als Herde zusammenbleiben, und wenn der ganze Spuk hier vorüber ist, holen wir sie zurück."

Ich begann zu zittern. Aus Übermüdung. Aus Angst. „Das schaffst du nicht mehr."

„Doch. Und wenn nicht – du weißt, ich kann segeln, rudern, Kanu fahren und schwimmen, darunter brust-, seiten- und rückenschwimmen sowie Schmetterling, derzeit zumindest einarmig, des Weiteren tauchen, Turmspringen und eine Handvoll Eissportarten."

„Und bist vorgestern trotzdem fast ertrunken. Lass mich mit dir kommen."

„Nia, du hast gerade mal das Seepferdchen."

„Und wenn schon. Du bist verletzt. Du schaffst das nicht allein. Und Munin hat gesagt, du musst dich schonen!"

„Es geht mir gut. Die Schmerzen sind weg und du wirst hier gebraucht. Ich bin bald zurück", versetzte er. „Du weißt selbst, dass es keinen anderen Weg gibt, und wir können die Tiere nicht ertrinken lassen. Informiere die anderen, ich bereite solange mithilfe der Kinder die Pferde vor."

Also informierte ich lustlos. Cesares Idee stieß auf Zustimmung, und auch mir war eine Idee gekommen.

„Du schaffst es zu Fuß nie im Leben rechtzeitig in die Stadt zurück", sagte ich nach meiner Rückkehr aus dem Bunker. „Nimm Kassians Boot und versprich mir, dass du bei den Pferden bleibst, wenn du merkst, dass die Zeit dennoch nicht mehr ausreicht." Ich half ihm das Paket mit dem zusammengeschnürten Katamaran auf sein Aspa Sirio zu laden.

„Will auch wieder Boot fahren", erklang eine kleine Stimme.

„Bo! Was machst du hier? Du solltest unten bleiben und spielen", schimpfte ich.

„Wollte lieber rauf und Boot fahren", erklärte der Kleine.

„Es wird jetzt nicht Boot gefahren. Es wird überlebt. Runter mit dir in den Bunker!"

„Nein."

„Doch."

„Nein."

„Doch."

„Freche Kröte." Ich wandte mich Ces zu. „Komm wohlbehalten wieder, okay?"

„Mache ich." Er zog mich an sich und küsste mich, so fest und lang, dass mir angst und bange wurde, weil es zu sehr nach einem Abschiedskuss schmeckte. Bo maulte an meiner Seite herum, ich schob ihn einfach weg, bevor ich den Kuss energisch beendete. „Hau schon ab", sagte ich zu Cesare und schniefte. „Du verschwendest Zeit."

„Weinst du?"

„Nein. Ich bin wütend."

Er strich mir über die Wange und lächelte. „Bis gleich."

Ich verabschiedete mich von Chiimori, dann schwang sich Cesare draußen auf Sirios Rücken, und führte eine lange Karawane von Pferden an, die ihm mehr oder weniger brav folgten.

Nachdem wir die jungen Stallhelfer nach unten geschickt hatten, stellte ich mich neben Phoenix auf meinen Posten und wartete auf Cesares Rückkehr. Biskaya hatte Duke bereits auf dem Rückweg über die Neuigkeiten informiert, und die Straße wurde immer unbelebter. Diejenigen, die es nicht mehr aus der Stadt herausgeschafft hatten, hatten sich verkrochen, wo auch immer sie sich Schutz vor den Wassermassen versprachen, die bald schon auf die Stadt zurollen würden.

„Anscheinend bist du ja mit den Männern doch nicht durch", meinte Phoenix nach einer Weile und bezog sich dabei auf ein Gespräch, das wir vor langer Zeit geführt hatten.

Ich weiß nicht, ob ihn mein Liebesleben wirklich interessierte, oder ob er nur irgendetwas sagte, damit die Zeit bis zum erneuten Weltuntergang schneller verging.

„Nein. Aber Cesare ist auch … anders. Er ist wie für mich gemacht. Er ergänzt mich, macht das Unvollkommene vollkommen. Macht mein Leben glatt, wo es rau war, warm, wo es kalt war, erfüllt, wo es einsam war. Deswegen liebe ich ihn." Und ich würde sterben, wenn er nicht zurückkehrte. Dessen war ich mir plötzlich ganz sicher. „Ich … muss zur Awin. Ich muss nachsehen, ob er zurückkommt."

Ich ignorierte Phoenix' Rufe und stürmte einfach in den Regen hinaus. Bis zum Flussufer waren es kaum 50 Meter. Ich rannte zum höchsten Punkt der Brücke, um einen besseren Überblick zu haben. Dunkle Wolken ballten sich am Himmel zusammen, erschwerten es, die Tageszeit abzuschätzen.

Ich dachte, ich müsste wahnsinnig werden. Entnervt kaute ich auf meinem Daumen herum, hielt jeden Ast, den ich von fern auf dem Fluss treiben sah, für den Katamaran, zuckte bei jedem lauteren Geräusch zusammen, weil ich fürchtete, dass es sich schon um die Sprengung des Staudamms handelte.

Eine unverständliche Stimme hinter mir ertönte, ich fuhr herum und fand doch nur einen Endzeitprediger vor, der im Vorübergehen zwar sein Fähnchen schwenkte, ansonsten aber nicht die geringste Notiz von mir nahm. Als ich mich wieder zur Awin umwandte, sah ich plötzlich das Boot in der Ferne. Es tanzte auf den wilden Wellen und Ces ruderte einarmig, was das Zeug hielt, um es irgendwie auf Kurs zu bringen. Er musste wissen, dass die Herzogbrücke und damit sein Ausstiegspunkt nahte, aber er befand sich noch zu weit in der Flussmitte. Ich blickte mich nach irgendeinem Hilfsmittel um, einem Seil, einem Ast, irgendetwas, doch es war alles eingesammelt und verwertet, oder aber weggespült worden. Ces kam schnell heran, strudelnd und schäumend trug der Strom den Katamaran zu mir. Als Cesare mich bemerkte, hatte er nichts Besseres zu tun, als sein Rudern zu unterbrechen und mir grinsend zu winken. Schön, er freute sich, mich zu sehen, aber es würde eine kurze Freude sein, wenn das unser letztes Wiedersehen war. In meiner Kopflosigkeit griff ich einfach beidhändig nach unten, als das Boot weit genug herangekommen war. Und Ces besaß Geistesgegenwart und Leichtsinn genug, um mir mit seinem guten Arm einfach das Ruder entgegenzustrecken und im richtigen Moment hochzuspringen. Ich packte es und zog, ächzte unter seinem Gewicht, doch in der nächsten Sekunde hatte er sich schon mit den Füßen am Stein abgestützt und hangelte sich nach oben.

„Artemis sei Dank", flüsterte ich und schloss ihn erschöpft in die Arme.

„Die Pferde sind in Sicherheit."

„Danke. Das Boot ..."

Ces schüttelte den Kopf und zeigte flussabwärts. „Kannst du abschreiben. Ist schon da hinten."

„Ich kaufe ihm einfach ein neues", beschloss ich mit wachsender Zuversicht. „Lass uns zum Bunker laufen. Ich weiß nicht, wie viel Zeit noch bleibt."

Phoenix empfing uns voller Unruhe am Eingang der Galerie. „Habt ihr Bo dabei?"

„Nein?! Warum?", fragte ich alarmiert.

„Er ist nicht unten. Halina war auf der Suche nach ihm. Ich dachte, Ces hätte ihn womöglich mitgenommen ..."

Wir schüttelten stumm die Köpfe.

„Dann muss er woandershin abgehauen sein", schloss Phoenix.

„Er wollte Boot fahren", erinnerte sich Cesare.

„Nein. Ces, nein", flehte ich, als ich seinen Blick sah. „Du bleibst jetzt hier. Es reicht. Du hast schon genug Leben gerettet. Es geht ihm sicher gut. Er ist bestimmt in Sicherheit. Er ..."

„Das kannst du nicht sicher wissen. Wir haben noch Zeit."

Ich wurde panisch. „Nein. Haben wir nicht."

„Ces", mischte sich Phoenix ein, „Nia hat recht. Es wird zu knapp. Der Junge hätte einfach hierbleiben sollen."

„Der Junge ist gerade mal drei", gab Cesare hitzig zurück. „Und er will Boot fahren. Ich sehe kurz zum Hafen und komme dann sofort zurück. Das sind vielleicht zehn Minuten hin, zehn Minuten zurück. Okay?"

„Nein!", rief ich. „Ist nicht okay!"

„Willst du ihn im Stich lassen?!"

„Nein." Ich rollte mit den Augen. „Natürlich nicht. Ich komme mit dir."

„Auf keinen Fall. Du bleibst hier in Sicherheit."

„Also gibst du zu, dass die Zeit nicht mehr reicht!", schrie ich ihn an.

„Es wird alles gut. Du musst hier bei Phoenix bleiben und den Bunker sichern", beschwor er mich. „Die anderen brauchen dich."

Die anderen können mich mal, hätte ich gern erwidert, aber das stimmte nicht. Sie zählten auf mich. Sie hatten alle Hände voll zu tun, die kleinen und großen Gäste unterzubringen, ihnen Schlafplätze zuzuweisen, Essen zuzubereiten und auszuteilen, für Harmonie und Ruhe unter den verängstigten, angespannten Menschen zu sorgen und die Technik auf ihre Funktionstüchtigkeit hin zu überwachen. Außerdem mussten die Verletzten untersucht und verarztet werden, und Munin und Miffy konnten sich im Augenblick nur um Kassian kümmern. Es war das Mindeste, dass ich meinen Teil beitrug und die Anlage bewachte, aber dennoch –

„*Ich* brauche *dich*."

„Bo braucht mich auch. Ich finde ihn. Ich komme zurück. Vertrau mir." Die wilde Entschlossenheit in seinem Blick machte mir klar, dass es sinnlos war, weitere Zeit mit Diskussionen zu verschwenden, und dass er mich notfalls eher k.o. schlagen würde, als zu riskieren, dass ich da draußen zu Schaden kam, wenn es blöd lief.

Also schnaubte ich voll Hilflosigkeit und Wut: „Meinetwegen. Riskier dein Leben und meins und unsere Liebe und alles. Geh nur."

Beleidigt stapfte ich in Richtung Treppe. Machte kurz vor

der ersten Stufe kehrt. Rannte zurück. Ich hatte ihn nach einem *Meinetwegen* schon mal fast verloren, das würde mir nicht noch einmal passieren. Ich küsste ihn, kurz und fest.

Sagte: „Ich liebe dich!", und „Bis gleich!", dann joggte er hinaus, und ich starrte mal wieder wartend in den Regen hinaus.

„Idiot", fand Phoenix.

„Aber echt."

„Falls du ihn jetzt doch nicht mehr so toll finden solltest –"

„Sei bloß still."

Mein Herz klopfte mit jeder verstreichenden Sekunde schneller und schmerzvoller. Dämmerung zog übers Land.

Wir hätten das Boot festhalten sollen, dachte ich, auch wenn ich wusste, dass das unmöglich gewesen wäre. *Wir hätten Bo bei den Containern im Regen stehen lassen sollen. Ich hätte Ces nicht wieder loslaufen lassen dürfen.*

„Hey", erklang plötzlich eine Stimme.

Ich fuhr herum, sah Chiara neben mir stehen. „Wie geht's Kassian?"

„Munin operiert noch."

Das klang nicht gut. War das die Rache der Moiren? Starben sie nun beide, nur weil ich mich von meinem Herzen hatte treiben lassen, anstatt weiter ihre Marionette zu spielen?

„Und die anderen?"

„Sind okay."

„Okay."

„Süße, es wird Zeit. Komm mit mir nach unten. Phoenix ist auch schon gegangen." Behutsam legte sie mir eine Hand auf die Schulter.

„Nein. Ich warte."

„Bis zuletzt?"

„Bis zuletzt."

„Du weißt, dass wir die Bunkertür versiegeln müssen, wenn sie dicht halten soll." Ich nickte stumm. Riss mich zusammen. Ich wollte nicht sterben. „Ich schließe sie rechtzeitig. Spätestens, wenn ich die Sprengung höre."

„Gut." Sie nickte mir zu. „Ich hoffe von ganzem Herzen, er schafft es, Nia." Damit verschwand sie wieder unter der

Erde.

Natürlich würde er es schaffen. Er würde nicht sterben. Das passte nämlich nicht in mein Konzept. Ich war reich und ich wollte glücklich werden. Ich würde in sein dämliches Kaff mit ihm ziehen und ihn für zwei Monate an irgendeine olle Amazone verleihen, aber anschließend würde er zu mir zurückkommen. Lebendig und frohen Herzens.

Und dann hörte ich sie auf einmal: Eine, zwei, drei dumpfe, erderschütternde Explosionen.

Kapitel 11

Trotz meines Versprechens rannte ich hinaus, starrte nach links und nach rechts die menschenleere, nasse Straße hinab, rief nach meinem Liebsten, immer wieder, immer verzweifelter, bis meine Stimme brach – und meine Zuversicht. Erst, als ich das anschwellende, mächtige Rauschen vernahm, und sah, wie im Süden die kreischenden Vogelschwärme in den stahlgrauen Himmel aufstiegen, stolperte ich voll Entsetzen zurück. Chiara war da. Amastris. Miffy. Eine nahm mich in die Arme, eine zog mich hinab, eine schloss die Bunkertür und verriegelte sie mit einem schrecklichen Geräusch. Energisch schüttelte ich Chiara ab und fand mich in der runden Halle wieder. Ich bekam keine Luft. Ich musste wieder raus. Ich musste –

„Schhhh", sagte die verwirrte alte Dame mit dem Touristenhut, die mir auf einmal im Weg stand. „Es wird alles gut. Es wird immer alles gut."

„Nein", widersprach ich voller Verzweiflung. „Bei mir ist das leider nicht der Fall."

„Diesmal schon, Ainia."

Ich achtete nicht auf sie oder ihre Plattitüden, eilte nur auf die Treppe zu, hinauf, hinauf, erinnerte mich an den Mechanismus, fand den Riegel, stemmte mich mit der Schulter, mit aller Kraft gegen die Tür.

Chiara riss mich so energisch zurück, dass mein Oberteil an der Schulternaht aufriss. „Es ist zu spät. Überall ist Wasser. Du kannst jetzt nicht hinaus. Hörst du das Tosen?"

„Ich …", lauschte fassungslos, „höre das Tosen", gab ich mechanisch zur Antwort.

„Wenn du die Tür jetzt öffnest, werden wir alle sterben. Verstehst du das?"

„Ja." Natürlich. Langsam ließ ich den Riegel los. Langsam ließ ich mich von Chiara nach unten begleiten. Langsam flossen meine Gedanken. Das Wasser würde alle hier unten töten. Das Wasser tötete alle oben. Das Wasser hatte wahrscheinlich Ces getötet.

Chiara brachte mich in den Speisesaal und setzte mich an einen der Tische nahe der Theke. Ein paar Minuten später stellte sie eine dampfende Tasse vor mir ab. Ich schnupperte. Irgendein süßlicher, präapokalyptischer Tee. Etwas Feines, etwas Besonderes, eine aussterbende, synthetische Art. Ich beobachtete, wie sich der Dampf in Richtung Decke kräuselte, dann setzte sich mir gegenüber jemand hin. Ich wollte keine Gesellschaft, wollte schon aufbrausen oder abhauen, doch dann sah ich, dass es Miffy war, und es war okay. Sie wirkte blass und traurig und es dauerte, bis sich durch mein eigenes Elend die Erinnerung geschlängelt hatte, dass auch sie heute jemanden verloren hatte. Als Nächstes setzte sich Amastris zu uns. Sie schien eher wütend als traurig zu sein, aber auch sie rührte nur schweigend in ihrem Tee. Dann kam Biskaya, umarmte eine jede von uns, nahm bei uns Platz. Dann Halina. Homer. Will. Lancelot. Phoenix. Verne. Shirokko. Die irre alte Frau. Marlon. Carlos. Washington. Bela. Es ging nicht nur um Ces und Tamar und Bo. Es ging um Tausende, die nicht das Glück hatten, sich in einen Bunker flüchten zu können, die den Fluten ungeschützt ausgeliefert waren, die ertrunken waren.

Trotz der Furcht und der Trauer in meinem Herzen hatte das gemeinsame Schweigen etwas Tröstliches. Ich fühlte mich wie betäubt, als ich mich irgendwann von meinem Stuhl erhob und in den Schlafsaal hinübersteuerte. Ohne nachzudenken ließ ich mich in das nächstbeste Bett fallen, in dem keine Bausteine, Puppen oder Bilderbücher lagen, und fiel sofort in komatösen Schlaf.

Ich konnte nicht abschätzen, wie lange ich geschlafen hatte, aber es war entweder zu kurz oder zu lang gewesen; ich fühlte mich elend und matschig. Irgendjemand hatte mir immerhin die Stiefel von den Füßen gezogen und eine warme Decke über mich gebreitet. Auf einem kleinen Hocker lagen frische Handtücher, darunter der Seesack mit meinen Anziehsachen. Ich hatte Chiara in Verdacht, denn meine Stiefel standen geputzt und gewienert am Fußende des Betts.

Leise erhob ich mich und sah mich um. Manche der Stockbetten waren besetzt, manche leer, ohne Tageslicht waren wohl auch die Schlafregeln für die Kinder gelockert worden und jeder schlief, wann es nötig war. So gesehen hätten wir ruhig noch doppelt so viele Leute hier aufnehmen können. Doch wir konnten nicht wissen, wie lang es dauern würde, bis das Wasser abgeflossen war, da Citey in einer Talsohle lag. Wir wussten nicht, wie lange die Vorräte reichen mussten. Wie aufs Stichwort machte sich mein Magen mit einem lauten Knurren bemerkbar. Ich erinnerte mich nicht einmal, wann ich das letzte Mal gegessen hatte. Doch ich hatte auch nicht den geringsten Appetit. Stattdessen schlurfte ich mit meinen Sachen hinüber zu den Duschen und genoss zu meiner Überraschung die erste heiße Dusche seit meinem Besuch bei Kassian.

„Dank der starken Strömung haben wir heillos viel Strom", erklärte mir Marlon später, den ich in der Kantine traf. „Wir können nur einen Teil speichern, der Rest erhitzt das Wasser."

„Gut", nickte ich nüchtern. „Wann können wir wieder hoch?"

„Keine Ahnung. Ursprünglich hatte es Kameras an der Oberfläche gegeben, doch die haben den Verfall nicht überstanden."

Ich lief zurück in die runde Halle und eilte die Treppe hinauf.

„Was machst du da?", ertönte Biskayas Stimme ungewohnt harsch hinter mir.

„Ich lausche", flüsterte ich und hielt meine Ohrmuschel nahe der Fuge an den kalten Stein. „Es tost."

„Das stimmt." Sie war zu mir gekommen und fasste mich nun am Arm, um mich mit sanfter Gewalt zum Abstieg zu bewegen. „Du kannst die Tür nicht öffnen. Der Druck des Wassers ist zu hoch."

Damit hatte sie sicher recht, doch ich fragte mich, warum dann immer alle panisch reagierten, wenn ich die Treppe hochging. Vermutlich fürchteten sie, die Kraft meiner Verzweiflung sei groß genug, um die Kraft des Wassers zu überwinden.

„Ich weiß. Ich wollte nur … lauschen."

Wieder wurde ich in die Kantine bugsiert und mit Kaffee sowie einem reichhaltigen Frühstück aus Dosenwürstchen, Maissalat und Knäckebrot versorgt. Ich merkte, wie ich beäugt und taxiert wurde. Wahrscheinlich warteten sie alle nur darauf, dass ich durchdrehte. Ich war nahe dran.

Dann setzte sich glücklicherweise Chiara neben mich. „Entschuldige, ich wollte da sein, wenn du aufwachst, aber wir haben drüben Girlanden gebastelt", erzählte sie.

Ich musste sie wohl ungläubig angesehen haben, sie schien mir nicht der Basteltyp zu sein.

„Habe ich in der Klinik damals gelernt", führte sie aus. „In der Kunsttherapie. Und was die Seele ordnet, kann für Kinderbespaßung nicht völlig verkehrt sein."

„Wie geht es Kassian?", stellte ich die Frage, die mir seit dem Erwachen auf der Seele brannte.

Chiara seufzte. „Ich kann dir nichts Genaues sagen. Munin hat alle Kugeln entfernt und ihn, so gut er konnte, wieder zusammengeflickt. Jetzt schläft er schon über einen Tag."

„Wirklich? Wie lange habe ich denn geschlafen?"

„Über einen Tag."

„Ich will zu ihm."

Sie nickte. „Ich muss Homer ohnehin ablösen. Komm mit."

In der Eile hatten sie einfach einen Teil des Lagerraums zur Krankenstation erklärt und diesen mit einem Regal und ein paar großen Leintüchern vom Rest des Raums abgetrennt. Kassian ruhte einfach auf einer Matratze, die auf den Boden lag.

„Wir haben ja sonst nur Stockbetten." Chiara zuckte fast entschuldigend mit den Schultern und beschloss: „Der nächste Bunker wird besser."

„Ich bete zu Artemis, dass wir keinen nächsten Bunker brauchen", gab ich grimmig zurück.

Homer nickte uns zu, taxierte mich kurz und verschwand, als ich ihm das Gefühl vermittelt hatte, in den nächsten Minuten nicht auszuflippen. Es hätte ja nichts gebracht. Stattdessen setzte ich mich im Schneidersitz auf den Boden neben Kassian und betrachtete sein entspannt wirkendes Gesicht. Er hing an einem Tropf, sein Kopf war verbunden und seine Brust von dicken Bandagen bedeckt, doch abgesehen davon sah er vergleichsweise gesund aus. Seine Wangen waren leicht gerötet, sein Atem floss gleichmäßig.

„Was hat Munin ihm gegeben?"

„Einen Schmerzmittelcocktail, der selbst eine Giraffe mit Halsschmerzen sediert hätte." Sie machte Anstalten, sich neben mich zu setzen.

„Chiara, du hast so viel getan. Geh und ruh dich auch mal aus. Oder bastle weiter. Ich bleibe bei Kassian und melde mich, sobald eine Änderung eintritt", versprach ich.

Sie taxierte mich. „Wirklich?"

Ich rollte mit den Augen. „Ja. Wirklich. Es ist nicht so, als ob ich sonst etwas zu tun hätte."

„Lass das nicht Per hören. Der teilt dich unverzüglich in eine der Kinderanimationsgruppen ein", spottete sie mit schiefem Grinsen.

Wir schwiegen einen Moment. Dann sagte ich mit fester Stimme: „Ich raste nicht aus. Wenn ich seine Leiche finde, werde ich zerbrechen, aber bis dahin … bleibe ich aufrecht."

„Okay." Sie schien erleichtert zu sein. „Ich werde trotzdem hierbleiben, wenn du nichts dagegen hast."

„Natürlich nicht."

„Liebst du ihn noch?"

„Kassian?" Ich sah mir sein markantes Gesicht an, seinen goldenen Haarschopf, die von der Sonne gebleichten Augenbrauen, seine Lippen, die ersten, die mich geküsst hatten, und dachte an alles, was wir zusammen erlebt und erlitten hatten. „Nein. Es ist zu lange her."

„Aber ich."

„Was?"

„Ich liebe ihn. Schon immer."

„Was?"

„Seit ich ein kleines Mädchen war."

„Was?"

„Ich habe ihn so geliebt, dass Melissa irgendwann dachte, *sie* würde ihn lieben. Aber das war nur Quatsch. *Ich* war es, die ihm hinterherfahren wollte, in die Provinz, nach Goldvelt, nach Urba. Die Partys machen und mit ihm tanzen und trinken und Spaß haben wollte. Meine Schwester davon zu überzeugen, sich an Kassian zu hängen und mich mitzunehmen, war ein Leichtes."

„Sehr subtil. Du musst mich gehasst haben."

Sie war ehrlich verwirrt. „Warum?"

„Weil er … na ja, mit mir getanzt und Party gemacht hat."

„Denkst du denn, er hätte sich in mich verliebt, wenn du nicht gewesen wärst?"

„Nein. Ja!" Es fiel mir schwer, eine diplomatische Antwort zu geben. Auf der anderen Seite fiel es mir leicht, mir die beiden zusammen vorzustellen. Ich hatte sie an dem Abend beobachtet, an dem ich Kassian in die Lagerhalle eingeladen hatte, und sie hatten unglaublich vertraut gewirkt. Wenn ich nun mein neuerworbenes Wissen damit kombinierte, musste ich feststellen … warum nicht?

„Wirst du es ihm sagen, wenn er aufwacht?", fragte ich.

Sie schüttelte den Kopf. „Nein. Das habe ich noch nie gemacht."

„Du bist verrückt."

„Ich weiß. Eben."

Schließlich ließ ich sie doch mit ihm allein und zog mich diskret zurück. Ich wünschte von ganzem Herzen, dass er wieder gesund würde. Und ich wünschte, dass er mit Chiara glücklich würde, genau mit ihr und mit niemand anderem auf der Welt. Bei jeder anderen würde mich nämlich die Eifersucht zerreißen.

Einen Tag später wachte er auf. Er war ein bisschen verwirrt, aber das lag wohl an den Schmerzmitteln, und jedes Husten und Lachen war eine Qual für ihn. Zu Lachen gab es ohnehin wenig, wobei seine fortschreitende Genesung einen der wenigen Lichtblicke darstellte. Dass wir Tamar verloren hatten, setzte ihm zu. Er machte sich verantwortlich für das Scheitern der Mission, egal, was die Urba-Amazonen oder Shirokko ihm sagten. Doch wenn Chiara bei ihm war, schien er sich zu entspannen.

Ich hingegen vegetierte dahin. Aß, trank, schlief, bastelte, sang, las vor. Aber nichts davon tat ich mit dem Herzen. Das war allein bei Ces. Manchmal versuchte mich Amastris mit

Schwertkampfübungen aufzuheitern, manchmal war die verrückte alte Dame da und haute mir ihre Binsenweisheiten um die Ohren, manchmal nervte mich Phoenix mit einem Musikquiz. Wie betäubt wandelte ich durch meine kleine, abgeschlossene Welt voller freundlicher, teilnahmsvoller Gesichter, und blieb doch selbst teilnahmslos dabei.

Das änderte sich, als ich mit einem Hauch von Elan beschloss, endlich die aufgerissene Naht meines T-Shirts zu reparieren, und auf der Suche nach dem Nähetui in der Innentasche meines Beutels auf eine Handvoll kleiner, fliegender Zettel stieß. Cesares Nachrichten.

Mein Herz krampfte sich zusammen, während sich meine Finger um das Papier krampften und ich mich langsam auf die Matratze sinken ließ. Mit fahrigen Händen ging ich die Briefchen durch, die mir Cesare dann und wann in die Jackentasche gesteckt hatte. *Angenommen, du hättest drei Wünsche frei, was wünschtest du dir?*

Das war einfach. *Ich wünsche dich zu mir. Ich wünsche mich zu dir. Ich wünsche mir, dass du lebst.*

Die nächste Notiz fragte: *Welche Superkräfte hättest du gern?*

Ich würde gerne in die Zukunft sehen können. Nein. Halt. Ich möchte lieber gar nichts wissen.

Das ist keine Superkraft, belehrte mich der Ces meiner Phantasie mit einem Grinsen. *Das ist dumm.*

Meinetwegen. Dann möchte ich eben die Fähigkeit, Tote zum Leben erwecken zu können.

Denkst du denn, ich bin tot?

Ich begann zu zittern. Ich war nicht in der Verfassung, mich dieser Möglichkeit zu stellen. Schnell las ich die nächsten Zettel.

Wohin würdest du gehen, wenn du unsichtbar wärst? Lieber Juli oder lieber Dezember? Lieber Met oder lieber Milch? Lieber warten, bis der Sturm vorüberzieht, oder lieber lernen, im Regen zu tanzen?

Dieser eine Satz, der mir hätte Hoffnung geben können, gab mir stattdessen den Rest. Das Atmen fiel mir schwer; ich ließ es lieber sein. Stand auf, mechanisch, wusste, dass sie mich beobachteten, aber mein Gesicht blieb ganz gefasst, nüchtern ... starr. Meine ganze Konzentration war darauf gerichtet, besonnen zu wirken, als ich hinüber zu den Duschen ging. Irgendjemand duschte in der zweiten Kabine, ich ging zur letzten, schloss mich ein. Betätigte den Sensor, ohne auf die Temperatur zu achten, und sobald das Wasser auf den grau gekachelten Boden prasselte und alle Geräusche schluckte, hörte ich auf, mich zu beherrschen. Ich hieb auf die makellosen, weißen Fliesen ein. Immer wieder, bis meine Fäuste schmerzten, bis meine Arme erlahmten, bis mein Körper brannte, weil mir das eisige Wasser in die Haut stach, weil mir das kochende Wasser in die Haut stach, ich wusste es nicht.

Mein erster bewusster Atemzug versengte meinen Körper, wurde zu einem Schluchzen. Ich glitt mit dem Rücken die Fliesen entlang, ließ meine Stiefelsohlen über den schwimmenden Boden gleiten, bis ich bebend in der Nässe saß.

Artemis, ich hasste mich. Ich wartete, zur Untätigkeit verdammt, hier in meinem unterirdischen Sicherheitsgefängnis, während er draußen im Regen tanzte ... und starb. Ich hielt mir den Mund zu, damit mich niemand hören konnte, schrie stumm in meine Handfläche, bis sich meine Kehle heiser anfühlte.

Die andere Dusche war verstummt, ich ... musste mich zusammennehmen. Ich versuchte einen leisen Atemzug. Noch einen. Ich betrachtete meine geröteten Hände. Stellte fest, dass das Duschwasser heiß war, ich klitschnass, meine Lederhose völlig durchweicht, meine Haare ein zerzauster Knoten an meinem Rücken. Noch ein Atemzug. Aufstehen, Dusche abschalten, atmen, lauschen, niemand. Vorsichtig schloss ich auf und spähte durch den Türschlitz.

Chiara hielt mir mit vielsagender Miene ein großes Handtuch und einen Stapel frischer Wäsche hin. „Du wirktest besonnen, aber du hattest deine Duschsachen nicht dabei."

„Wie lang sind wir schon hier?", erkundigte ich mich später bei Carlos, von dem ich hoffte, dass er den Überblick bewahrt hatte.

„Fast eine Woche. Sechs Tage."

„Wollen wir horchen?", fragte ich Chiara.

Sie nickte und wir stiegen ein weiteres Mal die Stufen zur Klappe hinauf.

„Es tost weniger."

„Wirklich?"

„Keine Ahnung."

Das betrieben wir immer wieder. Bis es irgendwann tatsächlich nicht mehr toste. Nicht mehr gluckerte. Nicht mehr schwappte. Wir hielten kurz Rat, dann beschlossen wir einstimmig, es zu wagen. Jeder von uns sehnte sich nach frischer Luft.

Chiara sollte die Tür öffnen. Wenn noch zu viel Druck darauf lastete, würden wir es tags darauf erneut versuchen. Gespannt beobachteten wir, ob sich der Mechanismus bewegen ließ. Sie betätigte den Riegel und drückte sich mit Vernes Hilfe gegen die Klappe, die widerstandslos nach oben schwang.

Ich begann zu schlottern, konnte kaum einen Fuß vor den anderen setzen, so groß war plötzlich die Angst, dass genau das eintrat, was ich Chiara gegenüber erwähnt hatte. Dass ich seine Leiche finden würde. Hier, gleich in der Nähe, kurz vor dem Ziel, das wir ihm vielleicht direkt vor der Nase versperrt hatten. Da fühlte ich eine Hand in meinem Rücken, sie stützte mich, schob mich sanft vorwärts. Dankbar nickte ich Homer zu.

Nichts ist so schlimm wie die Ungewissheit, dachte ich. Ich würde es nicht ertragen, ihn für immer verloren zu haben, aber für immer um ihn zu bangen, wäre kaum weniger grausam. Ich brauchte Klarheit.

Ich zitterte trotzdem auf dem Weg durch die Galerie, wagte mich kaum umzusehen, zwang mich dennoch dazu. Alles war feucht und roch muffig, die Wände, die verschobenen Möbel, sogar die Decke. Doch draußen … schien die Sonne. Es war offenbar Morgen. Ich schloss die Augen. Für einen Moment versuchte ich alles zu verdrängen und nur die Wärme aufzusaugen, als sei sie Liebe.

Die Aufgaben hatten wir klar verteilt.

Ich würde Ces suchen. Slash und Will würden den Bunker bewachen, Munin und Chiara bei Kassian, Halina und Per bei den Kindern bleiben. Die anderen würden sich mit den

Erben kurzschließen, um dann mit der Enklave aufzuräumen, sobald Washington, Homer und Lancelot die Pferde wiedergefunden hatten und wir wieder mobil waren.

Die Welt sah ein bisschen aus wie neugeboren, stellte ich fest, als ich mich mit unsicheren Schritten daran machte, sie zu erkunden. Allerdings war es eine chaotische Geburt gewesen, die Flutwelle hatte alles, was nicht niet- und nagelfest gewesen war, weggeschoben, Bäume umgeworfen, Büsche ertränkt. An den Häuserfassaden war deutlich sichtbar, wie hoch der Pegel gewesen war.

Andererseits ließ die goldene Sonne die nasse Stadt wie ein wertvolles Kleinod glitzern, jeder Wassertropfen brach ihr noch tief stehendes Licht wie ein Edelstein. Sie tauchte die Welt in eine fast feierliche, optimistische Atmosphäre und ein bisschen steckte sie mich an. Ließ mich wieder hoffen. Ich joggte los, sprang über Holzbalken und umgebogene Verkehrsschilder, schlitterte über nassen Kies, den die Welle mit sich gebracht hatte, rief alle paar Atemzüge seinen Namen.

Bald sah ich jedoch auch die ersten Opfer der Katastrophe. Tote Tiere, Mäuse, einen Marder, und schließlich, nur eine Häuserecke entfernt, auch einen Menschen. An der Statur erkannte ich sofort, dass es nicht Ces sein konnte, trotzdem näherte ich mich der Leiche, weil ein ungutes Gefühl in meinem Hinterkopf prickelte. Als ich die mit einer grauen Jacke bekleidete, drahtige Person umdrehte, fand ich meine Befürchtungen bestätigt. Ich nahm mir einen erschütterten Moment Zeit, um Fenreal zu trauern. Ihr verdankte ich mein Leben – wie gerne hätte ich ihr einen Platz im Bunker überlassen, um ihr dieses grausame Schicksal zu ersparen. Wobei ... sie sah nicht aus, als sei sie schon so lange tot. Und sie schien auch nicht den Fluten zum Opfer gefallen zu sein, sondern einem Raubmord. Ihre Jacken- und Hosentaschen waren nach außen gedreht, ihre Waffen und sonstige Habe verschwunden, und bei genauer Betrachtung erkannte ich zwischen ihren erdigen Haaren auch getrocknetes Blut auf ihrer Kopfhaut. Arme Fenrael. Ich hatte sie so fit und unerschrocken kennengelernt; bestimmt war sie entkräftet gewesen, als der Überfall geschah, sonst hätte sie sicherlich noch ein paar ihrer Angreifer mit in den Tod gerissen. Für den Moment musste ich sie zurücklassen, später, mithilfe der Mannen, würden wir sie an geeigneter Stelle begraben. Ich sandte Artemis ein kurzes Gebet, dass sie sich Fenraels Seele annehmen möge, dann setzte ich meine Suche fort.

Ein toter Fuchs, tote Ratten, ein toter Esel. Tote Menschen, denen ich mich gerade mal so weit näherte, dass ich feststellen konnte, ob es sich um Ces oder Bo handelte.

Er ist es nicht, erkannte ich voller Erleichterung ein ums andere Mal.

Auf der anderen Seite: Die Stadt war riesig. Ich würde nicht alle Toten überprüfen können. Und mit jeder Leiche, deren süßlich-widerwärtiger Geruch mich zu sich lockte, wuchs mein Zorn auf die Enklave.

Am späten Nachmittag kamen wir alle in Kassians provisorischem Krankenzimmer zusammen, damit auch er die neuesten Informationen aus erster Hand erhielt. Ich verkündete bitter: „Port Devine muss büßen.“

Biskaya verschränkte die Arme vor der Brust. „Sag ich schon lange.“

„Wir dürfen auch Tamar nicht länger in ihrer Gewalt lassen“, drängte Amastris.

„Habt ihr mit Duke gesprochen? Ich denke, die Erben können ihre Augen nicht mehr länger verschließen. Inzwischen sollten selbst sie genug Beweise beisammen haben, um agieren zu *müssen*.“

„Zumindest hat Duke laut Agost während der gesamten Zeit der Flut im obersten Stockwerk des MHK vor sich hin gegrübelt und finstere Pläne geschmiedet“, bestätigte Verne.

„Hast du denn … irgendwelche Neuigkeiten?“, erkundigte sich Chiara zögernd.

Ich schüttelte niedergeschlagen den Kopf. „Ich habe ihn nicht gefunden. Nicht tot, aber auch nicht lebendig. Genauso wenig wie Bo. Aber, ganz ehrlich – ich weiß gar nicht, wo ich anfangen soll. Ich war am Hafen und beim Container-Depot.“ Daran erinnerte ich mich nicht gerne. Die Containerstadt war mir noch elender vorgekommen als bei unserem ersten Besuch. Die Bewohner hatten sich offenbar in ein paar höhergelegenen Containern verschanzt und dort die Zeit hungernd und frierend ausgestanden, während sie befürchten mussten, dass ihnen das Wasser langsam, aber sicher die Behausungen unter den Füßen wegrosten ließ. Jetzt waren sie dabei, ihre armselige Stadt wieder trockenzulegen, Schlick aus den Containern zu schippen, Leichen abzutransportieren. Gano Mathieu hatte mich mit versteinerter Miene zu der unfreundlichen Frau geführt, mit der Merald zusammengewohnt hatte.

„Ich störe Sie nicht lange", hatte ich gleich erklärt. „Erinnern Sie sich an den Mann, der kürzlich mit mir hier war?"

„Der Bodyguard?" Sie wirkte blasser und ausgezehrter als bei unserer ersten Begegnung.

„Genau der. War der seitdem hier? Vielleicht, bevor der Staudamm gesprengt wurde? Oder der kleine Junge mit der grünen Jacke?"

„Nä", spie sie aus.

„Danke für die freundliche Auskunft."

„Was ist mit meinem Merald?", rief sie mir hinterher, als ich wütend wieder abdampfen wollte. Ohne Pferd kostete mich der Trip einige Stunden, und nun all die Mühe für ein lapidares *Nä*.

„Nichts", erwiderte ich knapp über meine Schulter hinweg. Ich war ja hier nicht die Trauerhilfe. Doch dann begriff ich, dass sie offenbar gar nicht wusste, was mit ihm geschehen war, und drehte mich um. Bereits meine Suche nach einer Formulierung schien ihre Befürchtungen zu bestätigen. Sie begann zu zittern.

„Ist Merald Ihr Sohn …?" … *gewesen?*

Sie nickte.

Ich fackelte nicht lange. „Er ist leider tot. Er kam bei den ersten Explosionen ums Leben, als Port Devine die Kanalisation sabotiert hat."

Sie sah mich schockiert an. „Du warst das."

„Nein. Es war die Enklave. Ihr Sohn …" … *wollte uns umbringen*, hatte ich eigentlich sagen wollen, doch ich schluckte es hinunter, „… wurde Opfer eines Unglücks."

„Du warst das. Du bist schuld", wiederholte sie fassungslos. „Du wolltest Arichs Karte. Du wolltest nicht teilen."

„Das ist nicht wahr. Wenn Sie möchten, bringe ich Sie zu

ihm." Das war das Letzte, was ich tun wollte, und zum Glück ging Meralds Mutter auch gar nicht darauf ein. In ihrem Kopf stand einfach fest, dass ich an allem schuld war, und darauf beharrte sie nun weinend und schreiend. Mir war klar, dass ich hätte bei ihr bleiben und sie trösten müssen oder so etwas, aber ich hatte schlicht nicht die Kraft dafür. Es fehlte nur so viel und ich wäre selbst heulend zusammengebrochen. Das bisschen Stärke, das mich noch aufrecht hielt, würde ich nicht an diese arme Frau verschwenden.

Also stapfte ich davon und fühlte mich schlecht.

„Ell ist es systematisch angegangen", erinnerte sich Munin und riss mich damit wieder in die Gegenwart zurück.

„Es gibt keine Systematik mehr in der Stadt", widersprach ich müde. „Ich muss darauf vertrauen, dass er zu mir zurückkehrt, sofern … er dazu in der Lage ist. Was machen wir nun mit Port Devine?"

„Noch kurz zu einer anderen Sache", schaltete sich Homer ein. „Wir haben die Pferde gefunden." Obwohl alle längst wussten, dass die alte Galerie seit dem späten Nachmittag wieder voller Aspahet stand, brandete Jubel auf, als Anerkennung und aus Erleichterung. „Wie vermutet hatten sie sich als Herde zusammengeschlossen. Aber eines konnten wir nicht mehr finden."

Ich horchte auf.

„Sirio fehlt", fuhr Homer fort. „Obwohl wir die ganze Gegend abgesucht haben."

Alle Blicke wanderten zu mir. Ich begriff nicht. Und dann galoppierte mein Herz plötzlich noch schneller in meiner Brust.

Zufall, dachte ich. *Es wird einfach ein Zufall sein. Aber wenn nicht … könnte es auch bedeuten, dass …* Nein. Ich wollte keine Hoffnung, die nur auf Vermutungen fußte.

„Was machen wir nun mit Port Devine?", wiederholte ich ungeduldig. Ich wollte Rache.

Biskaya nickte mir ermutigend zu. „Wir treffen uns nachher alle zusammen im MHK und besprechen die Lage."

„Wir beobachten die Enklave nun seit gut 72 Stunden ununterbrochen und vermuten, dass sich dort neben den zivilen

Bewohnern die zugehörige Sicherheitsmannschaft mit etwa 50 Personen sowie je 10 Sicherheitsleute aus den anderen Enklaven befinden. Insgesamt müssen wir also mit einer Gegenwehr von etwa 120 Menschen rechnen, deren Ausrüstung die unsere bei Weitem übertrifft." Duke erhob sich und schloss die Fenster seines Büros, in das wir uns gepfercht hatten.

„Die Erben verfügen derzeit über halb so viele Kräfte, allerdings müsste ich zehn Personen zurückhalten und hier sowie an ein paar anderen strategisch wichtigen Punkten positionieren, damit solange in der Stadt nicht alles völlig aus dem Ruder läuft. Wer von euch würde sich an der Operation beteiligen?"

Die Hände der Urba-Amazonen schossen in die Höhe, aber auch alle anderen meldeten sich, mich eingeschlossen. Per und Halina waren bei den Kindern im Bunker geblieben. Ich wusste, dass sie für unsere Sache kämpfen würden, doch ich wusste auch, dass ihre Kinder sie tausendmal mehr brauchten als wir. Kassian war noch nicht wieder einsatzfähig, und ich wünschte mir Chiara ebenfalls sicher im Bunker, doch auch sie hatte sich gemeldet.

„Achtzehn. Gut", stellte Duke fest.

Was an 68 gegen 120 gut sein sollte, war mir nicht klar, doch ich hielt den Mund.

„Hat jemand eine Idee, wie wir unsere Truppe bewaffnen sollen?"

Einen Moment lang dachte ich an Atalante. Das riesige Arsenal, das sie sich in den Wirren des Verfalls in großem Stil aus den Beständen der aufgelösten Armee unter den Nagel gerissen hatte, würde uns wirklich zupass kommen. Und obgleich sich die Paiti aus Prinzip aus allen weltlichen Fehden heraushielt, ging es ja immerhin auch um die Rettung einer Schwester. Nur ... der Weg war zu weit. Bis wir die Waffen hierher gebracht hätten, würde noch eine Woche und mehr vergehen und wir konnten Tamars Leben nicht noch länger aufs Spiel setzen. Wenn es nicht ohnehin schon zu spät war.

„Nein, ihr Erben habt uns ja alles abgenommen!", beklagte sich Bela und die Runde schmunzelte.

„Guter Einwand. Wir können uns also in der Asservatenkammer bedienen. Damit werden wir es jedoch nicht wirklich mit Port Devine aufnehmen können."

„Wir können es den anderen Enklaven klauen", schlug Homer vor. „Die sind ja derzeit zahlenmäßig geschwächt."

„Das wäre vonseiten Charondas' Erben moralisch nicht vertretbar. Außerdem würden wir Port Devine damit nur vorwarnen."

„Können wir nicht … keine Ahnung, irgendwie strategisch vorgehen?", meldete sich Chiara mit einem unglücklichen Gesichtsausdruck zu Wort. „Müssen wir Port Devine denn wirklich mit Waffengewalt einnehmen? Wir wollen das Gremium verhaften und zur Verantwortung ziehen, oder nicht? Müssen wir dafür ein Gemetzel anzetteln?"

„Kassian hat versucht, eine friedliche Lösung zu finden", versetzte Biskaya. „Jetzt können wir froh sein, wenn er überlebt."

Chiara zuckte zusammen. Sie tat mir leid, aber Biskaya hatte recht.

„Was wäre, wenn wir die Bevölkerung mobilisierten, uns zu helfen?", schlug ich vor. „Jeder hat durch die Flut jemanden oder etwas verloren. Die Menschen sind wütend. Und wir sollten diese Wut nutzen."

Duke hob eine schwarze, geschwungene Augenbraue. „Willst du die Zivilisten als Kanonenfutter voranschicken, um damit die fehlende Bewaffnung auszugleichen?"

„Natürlich nicht", erwiderte ich entrüstet. „Aber vielleicht finden wir eine Lösung, wenn wir alle Vorschläge kombinieren …"

Es war nicht so, dass die Erben über gar kein Kampfgerät verfügten, aber als ich mir ihre Waffenkammer ansah, verstand ich Dukes Bedenken, vor allem, wenn ich sie mit dem Arsenal verglich, mit dem Port Devine laut Biskaya aufwarten konnte.

Nun, dank meines Einfalls würden wir bald auf sehr viel überzeugendere Waffen zurückgreifen können. Shirokko mochte ihn für albern halten, aber ich fand ihn genial.

Eichenfall lieferte am folgenden Vormittag einen größeren

Posten Weinfässer an die Enklave Sommerfelden. Wie ich gelernt hatte, brauchten die Enklaven keine Neristas, denn sie nahmen große Mengen zu Sonderkonditionen ab und traten persönlich mit den Herstellern in Verhandlung, doch Verne hatte gute Kontakte nach Eichenfall. Nachdem er vereinbart hatte, dass Shirokko und seine Mannen den Winzern künftig alle Ware abnehmen würden, die sie aufgrund der Aktion möglicherweise nicht mehr in Sommerfelden würden an den Mann bringen können, hatten sie zugesagt, uns zu helfen.

Diese Lieferung hatte zwar niemand bestellt, aber Yuan Pinto, der Weinkutscher, machte die Flut der letzten Tage dafür verantwortlich – Boten seien nicht angekommen, Fracht sei verloren gegangen, Transporttermine hätten sich verzögert und so weiter. Pinto hatte in den Fluten seine schwangere Schwiegertochter verloren und war Feuer und Flamme gewesen, uns bei unserer Mission zu unterstützen.

Der Sicherheitschef winkte den ihm wohlbekannten Mann nur gelangweilt durch, Hauptsache Nachschub. 24 Fässer, davon laut Passageformular die Hälfte gefüllt mit Weiß-, acht mit Rot- und vier mit Roséwein, wurden alsbald über den Hof in den gemeinschaftlichen Weinkeller gerollt, welcher, rein zufällig, unweit der enklaveneigenen Rüstkammer lag. Nach getaner Arbeit zündete sich Yuan Pinto ein gemütliches Pfeifchen an, das er wie gewöhnlich bei einem Schwatz mit den Sicherheitsleuten im Hof schmauchte.

Unterdessen hatten sich im Bauche der Enklave von vier Fässern die Deckel gehoben. Ihnen waren, leicht schwindlig, Amastris, Miffy, Slash und Bela entstiegen. Die Waffenkammer war nicht bewacht, aber gut verschlossen. Während Pinto oben eine Anekdote nach der anderen zum Besten gab, knackte Slash die drei Schlösser, ohne sie zu beschädigen. Anschließend schleppten sie alle Faustfeuerwaffen, Gewehre und Panzerfäuste, deren Verlust nicht gleich beim ersten Blick offensichtlich wurde, in den Weinkeller hinüber. Das heißt, sie ließen Munitionskisten und Waffenkoffer stehen, nahmen lediglich den Inhalt mit und leerten nur die unteren Schubladen der Waffenschränke. Die Beute wurde in 20 leeren Weinfässern verstaut und mit Decken abgepolstert, bevor sie von Pinto zusammen mit den vier besetzten Fässer wieder nach oben gebracht und auf den Wagen verladen wurden.

In einem Waldstück etwas außerhalb wurden Munition und Waffen auf den Planwagen der Arkadier umgepackt. Pinto kehrte nach Eichenfall zurück, Miffy, Amastris, Bela und Slash fuhren einen Bogen rund um die Stadt und warteten einen Kilometer östlich der Enklave Port Devine auf den Rest der Truppe.

Diese bestand seit ein paar Stunden neben unseren Leuten auch aus einigen wütenden Bewohnern des Container-Depots, die ich angeworben hatte. Die Mannschaft rund um Gano Mathieu war mir, wenn auch ungehobelt, von Anfang an schlagkräftig, aber ehrlich vorgekommen, und ich hatte bei meinem gestrigen Besuch gesehen, wie viel elender ihr Leben durch den Anschlag der Enklave geworden war. Es hatte nicht viel gebraucht, um sie von unserem Projekt zu überzeugen, denn sie hatten alle nicht viel zu verlieren. Insgesamt kamen wir jetzt immerhin auf 102 Kämpfer, die sich für unsere Seite einsetzten, hatten halbwegs anständige Bewaffnung und: ein trojanisches Pferd.

Nun, genau genommen war es eine arkadisch-amazonische Holzlieferung. Will hatte noch in der Nacht zuvor Brooks, den Eremitenförster kontaktiert, und ihn bewegt, bei unserer Sache mitzumachen. Dieser tauschte nicht nur mit den Arkadiern, sondern belieferte auch diverse Enklaven regelmäßig mit Brennholz, und fand sich nun pünktlich mit seinem Pferdefuhrwerk und einem Anhänger voller Holz bei uns ein.

„Dann mal rein mit euch", nickte Brooks.

Mithilfe von Will lud er auf der Rückseite einen Teil der Holzladung ab und offenbarte dabei eine größere Kiste, um die die Scheite herumgeschichtet waren. Sie verfügte über eine Klappe, die er nun öffnete.

Mir war nicht nach Freude, aber ich fühlte Aufregung in mir aufwallen, als ich zusah, wie Homer, Biskaya und Lancelot, alle bis an die Zähne bewaffnet, in den Kasten kletterten. Dann folgte ich ihnen in den warmen, nach Kiefer duftenden Raum. Brooks schloss die Tür.

„Testet, ob ihr sie aufbekommt", ordnete er an.

Lancelot drückte dagegen und der Magnetverschluss löste sich. „Klappt."

„Gut, dann versucht jetzt mal, keine Klaustrophobie zu bekommen, wir stapeln die Scheite wieder vor die Klappe", ertönte Wills gedämpfte Stimme. „Viel Erfolg!"

Die Fahrt nach Port Devine war eine ziemlich ungemütliche Angelegenheit. Jede Bodenunebenheit, jeden Stein, jede Wurzel bekamen wir in der Kiste direkt zu spüren. Wir schwiegen. Was wir hatten planen können, hatten wir geplant und im Kopf. Alles andere würde Improvisation und pures Glück sein. So uns die Moiren noch welches zubilligten.

„Brooks mit der Holzlieferung", ertönte es irgendwann.

„Nicht planmäßig", erwiderte eine harsche Stimme nach einigen Sekunden.

„Hab's nicht früher geschafft. War alles überschwemmt und sumpfig, mein Wagen ist mir fünfmal steckengeblieben."

„Du kommst nicht zu spät, sondern zu früh", versetzte der Wachmann. „Übermorgen wäre die Lieferung fällig."

„Madame Pelland meinte zuletzt, sie erwarte die Lieferung jetzt immer mittwochs."

„Jaja, aber die Baronin von Velázquez de Galbassi hat alle Lieferungen zu autorisieren. Und Madame Pelland ist manchmal etwas … nun …"

„Ja?"

„Egal", knurrte die harsche Stimme und näherte sich. „Zeig her, was du hast."

Wir konnten uns im düsteren Inneren der Box zwar kaum sehen, die erschrockenen Blicke der jeweils anderen jedoch deutlich spüren. Auf eine Durchsuchung der Fracht waren wir natürlich nicht vorbereitet. Immerhin konnte jeder weithin sehen, dass sich Holz auf dem Anhänger befand. Schritte marschierten um den Wagen herum durch den Kies.

„Gutes, trockenes Hartholz von der Buche, drei Jahre gelagert, mit Liebe gespalten, mit Anmut gehackt und sorgsam verpackt. Wie immer, du Knalltüte", raunzte Brooks.

Wir hielten die Luft an. Den Feind zu beleidigen war nicht immer eine gute Strategie. Diesmal jedoch wirkte sie. Die Knalltüte lachte rau auf.

„Na dann los, alter Mann." Er schien ihn weiterzuwinken, denn das Fuhrwerk setzte sich wieder ruckelnd in Bewegung. Nach etwa einer Minute hielt es erneut an, und wir hörten, wie Brooks den Wagen durch Anweisung der Pferde genau positionierte. Dann erklang ein lautes Knarzen und der Eremitenförster rief fröhlich: „Ab die Post!"

Das war unser Signal. Wir versuchten, uns zu wappnen und festzuhalten, aber wir hatten nur eine recht vage Vorstellung davon, was uns erwarten würde, und nicht den geringsten Griff, um uns festzuklammern. Deswegen war die Rutschpartie inmitten von Holzscheiten über eine Schütte in den Gemeinschaftskeller der Enklave eine weitaus ungemütlichere Angelegenheit als die ganze, holprige Fahrt zuvor.

Egal. Blaue Flecken waren zu verschmerzen, wenn wir Tamar zurück- und unsere Rache bekamen.

Wir lagen alle quer übereinander in einer Ecke der Kiste, harrten jedoch aus, bis ein Knarzen das Schließen der Kellerklappe ankündigte. Dann sortierten wir leise unsere schmerzenden Glieder. Auf unser übereinstimmendes Zeichen hin öffnete Homer die Tür unseres Verstecks und wir kletterten in den dämmrigen Holzkeller hinaus. Mit den Klingen unserer Messer und Dolche lösten wir die nur zusammengesteckten und leicht verklebten Verbindungen der Holzwände, und ließen diese dann, als hätte es die geheime Kiste nie gegeben, unter einem Holzstapel verschwinden. Irgendwann würden sie sie vielleicht finden. Irgendwann würden sie unseren Plan durchschauen. Aber nicht heute.

Kapitel 12

Wir hatten von Kassian die nötigen Informationen erhalten, was die bauliche Struktur der Enklave anging. In ihrem Mittelpunkt befand sich die weiß getünchte, herrschaftliche Villa, die die gemeinschaftlichen Anlagen beherbergte: Den Sitzungssaal des Gremiums und einen Festsaal mit Großküche, darunter die Vorratskammern, Lager und die Räume der Sicherheitsmannschaft. Und in den oberen Stockwerken lagen einige edle Gästezimmer, von denen auch Kassian nach seiner Ankunft in Port Devine eines angeboten worden war. Er hatte abgelehnt, weil er in der Nähe seines Labors bleiben wollte und der Professor sich über seine Gesellschaft freute. Dennoch hatte ihm die Baronin voll Stolz alles gezeigt – und das war nun unser Glück.

Lautlos stahlen wir uns aus dem Holzlager. Die Räumlichkeiten der Wachleute lagen nur ein paar Schritte weiter den abknickenden Gang entlang. Vermutlich beherbergten sie auch ein paar Zellen, und in einer davon saß hoffentlich Tamar. Wir nickten einander zu. Ich holte tief Luft, machte mich auf … *alles* gefasst, stürmte dann mit zwei Schusswaffen im Anschlag um die Ecke und sah … *nichts.*

Nur eine Stahltür. Angelehnt. Keine Wächter.

Falle, formte Biskaya mit den Lippen.

Wir schlichen uns weiter an. Horchten. *Nichts.* Schwungvoll trat Homer die Tür auf, wir stürmten hinein, zielten auf Regale, Stahlschränke, Spinde, einen leeren Holztisch. Sonst … *nichts.* Keine Menschenseele zu sehen, niemand von der Security, aber auch nicht Tamar, obgleich es tatsächlich eine kleine Zelle gab. Dort entdeckten wir einen 'Shim, zusammengekauert in einer Ecke und grün und blau geschlagen.

„Das ist bestimmt der V-Mann, den Duke eingeschleust hat", meinte ich.

Er war bewusstlos, und wir fanden keinen Zellenschlüssel,

deswegen konnten wir im Augenblick nichts für ihn tun, außer ihm ein Glas Wasser hinzustellen und ihn umständlich durch die Gitterstäbe in eine Decke zu hüllen, die wir aus einem Schrank gezogen hatten.

Wir stöberten kurz herum, fanden in den breiten Schubladen einige hübsche Feuerwaffen, Munition und Handgranaten.

„Sagt Shirokko bitte nichts davon", bat ich. Wenn er spitzkriegte, dass meine Weinfass-Idee völlig nutzlos gewesen war, weil hier ganze Waffensysteme unbewacht herumlagen, würde er sich nur über mich lustig machen.

„Unsinn", widersprach Biskaya. „Was nützen uns die Waffen hier drin? Unsere Leute da draußen brauchen sie."

„Auch wieder wahr." Die mussten sich hier schon wahnsinnig überlegen fühlen, wenn sie nicht die geringsten Sicherheitsvorkehrungen trafen. Jetzt war ich froh, dass wir ihren Funk nicht blockiert hatten. Sie waren arglos. Jede Störung hätte sie nur alarmiert.

„Okay, was jetzt?", fragte Homer.

„Wir müssen Tamar finden", betonte Biskaya. „Solange sie sie in ihrer Gewalt haben, sind wir handlungsunfähig."

Was wir gar nicht in Betracht zogen oder vielleicht auch nur nicht auszusprechen wagten, war die Möglichkeit, dass Tamar nicht hier war. Oder dass sie nicht mehr lebte. Wir überprüften vergebens die restlichen Kellerräume.

„Wie spät ist es?", erkundigte ich mich irgendwann.

„Kurz vor fünf."

„Wir suchen oben weiter", beschloss Lancelot und ging voran.

Wir stahlen uns die Treppe hoch und vorbei am Foyer. Dabei warf ich einen kurzen Blick in die Halle: Hinter einem halb offenstehenden, mit goldenem Stoff überzogenen Türflügel konnte ich einen großen Tisch sehen, um den einige Personen saßen, die ich jedoch nur als Schemen erkannte. Das musste das Ratszimmer sein, in dem das Gremium seine Grausamkeiten entschied. Auch dieser Saal war nicht bewacht. War Port Devine wirklich so gutgläubig? Oder hatte Biskaya recht mit ihrer Befürchtung, dass all das hier eine wohlinszenierte Falle sein könnte?

Leise liefen wir die Stufen in die erste Etage hinauf. Auf halber Strecke verließ uns unser Glück: Ein Butler kam uns entgegen, der auf seiner flachen Hand ein Silbertablett mit einer leeren Karaffe balancierte.

Wir erstarrten.

Alle.

Spielten unsere Optionen im Geiste durch.

Dann öffnete der 'Shim den Mund, holte Luft und wollte sie, zweifelsohne in Form eines lauten Warnrufs, wieder ausstoßen. Dazu kam er jedoch nicht. Wir stürzten uns alle gleichzeitig auf ihn und kegelten uns beinahe gegenseitig die Treppe hinunter. Immerhin hatten wir den Butler aber in kürzester Zeit geknebelt und verschnürt. Um keine Spuren zu hinterlassen, warf Homer ihn sich kurzerhand über die Schulter und ich ließ Tablett und Karaffe hinter einer üppigen Grünpflanze verschwinden. Anschließend setzten wir unseren Weg nach oben fort. Biskaya spähte als Erste um die Ecke, die das Treppenhaus vom Flur des ersten Stocks trennte, und erstattete uns unverzüglich Bericht:

„Ein Raum ist bewacht", flüsterte sie, „von zwei Männern. Etwa 12 Meter entfernt."

„Einfach überrumpeln", schlug Lancelot vor. „Ihr Mädchen startet ein Ablenkungsmanöver, Homer und ich erobern den Raum."

Ich schnaubte leise. „Von wegen. Ihr lenkt ab. Wir erobern."

Gerade, als wir wispernd überlegten, ob wir fingerknobeln sollten, um eine Einigung zu erzielen, und Homer den Butler auf dem Boden absetzte, brachte uns ein barsches „He! Ihr da!" wieder auf Kurs.

Einer der Wachmänner war näher gekommen und entdeckte uns nun am Treppenabsatz. Erschrocken riss er die Augen auf.

„Rebäääääääälllääärgh–"

Wieder handelten wir blitzschnell. Biskaya verpasste ihm ein paar Tritte und Lancelot warf ihn zu Boden, bevor er um Hilfe rufen konnte. Homer und ich hatten uns solange den anderen 'Shim vorgenommen, der noch breitschultrig und breitbeinig vor der Zimmertür stand. Seine Hand war schon auf dem Weg zur Waffe, da schleuderte ich eins meiner Wurfmesser und durchbohrte damit seinen Unterarm. Er schrie, aber nicht lange, denn da hatten Homer und ich ihn schon überwältigt. Ich stopfte ihm seine Mütze in den Mund, um seine Schreie zu dämpfen.

„Kein unnötiges Blutvergießen", rügte mich Homer, während er den Wachmann fesselte. „Wir haben es Chiara versprochen."

„Das war doch nicht unnötig!", gab ich entrüstet zurück, verband die Wunde des Wächters jedoch fest mit dessen Halstuch, um die Blutung zu stoppen. „Der hätte uns erschossen oder seine Kollegen angefunkt, und mit unserem ganzen Plan wäre es Essig gewesen."

Ein Klopfen jenseits der Tür ließ uns beide zusammenzucken.

„Seid ihr hier, um euch zu streiten, oder wollt ihr mich retten?", erklang eine ruppige Stimme.

„Tamar!"

Inzwischen versuchten wir nicht mehr, besonders leise zu sein. Mit ein paar energischen Tritten trat Biskaya die Tür ein, dann flog uns Tamar entgegen und in unsere Arme. Wir drückten sie voll Erleichterung. Jetzt konnte unser Plan in Phase 2 eintreten.

„Ist alles okay?", fragte Biskaya und suchte sie mit dem Blick vergebens nach Verletzungen ab.

Tamar nickte. „Ja. Sie wollten mich aushorchen. Als es mir zu ungemütlich wurde, habe ich ihnen einfach alles erzählt." Auf unsere ungläubigen Mienen hin fuhr sie verschmitzt fort: „Zum Beispiel, dass wir eine Gruppe von Kämpfern für Gleichheit und Gerechtigkeit seien, die anstrebten, das Vermögen der Enklaven auf alle Bürger zu verteilen. Und dass wir unser Lager auf dem Kornmarktplatz aufgeschlagen hätten."

Lancelot machte das mit seinen Haaren. „Dort kampieren die Mohawk."

„Genau. Ich denke, das Gremium wird beim Überprüfen meiner Aussagen nicht viel Freude gehabt haben."

Biskaya nickte anerkennend, ließ aber nicht locker: „Und es geht dir wirklich gut?"

„Alles bestens."

„Das Gefühl habe ich auch." Ich sah mich kurz in dem Raum um. Es war tatsächlich einfach nur eins der Gästezimmer, sehr geschmackvoll eingerichtet und in zarten Erdtönen dekoriert. Hier hätte ich es während der Überschwemmung auch ausgehalten.

„Sie haben nur eine Zelle und die war wohl besetzt. Aber wie ist es euch ergangen mit all dem Wasser? Geht es allen gut?", erkundigte sich Tamar.

Biskaya wollte bejahen, da streifte ihr Blick mich und sie zögerte. „Wahrscheinlich. Deine Schwestern jedenfalls sind gesund und munter."

„Der Professor ist nebenan. Ich nehme an, den wollt ihr auch hier herausholen?"

„Ja!", rief ich.

„Nein", bestimmte Lancelot.

Ich runzelte die Stirn. „Warum? Er gehört zu den Guten."

„Zweifelsohne. Aber er ist eine Person mehr, die wir schützen müssten, falls es gleich zu Kampfhandlungen kommt", stimmte Biskaya zu.

„Meinetwegen."

Während sich Tamar bewaffnete, riskierte ich einen kurzen Blick aus dem Fenster. Von unseren Truppen war nichts zu sehen, aber ich bemerkte, dass sich auf allen Wachtürmen und an der Enklavenmauer selbst unzählige Sicherheitsleute herumtrieben.

„Die sind nicht arglos", stellte ich fest. „Im Gegenteil. Die sind völlig panisch. Aber sie rechnen nur mit einem Angriff von außen und haben deshalb alles Personal dorthin abgezogen."

Der Anblick bereitete mir Sorge. Sicher, wir strebten ohnehin eine unblutige Lösung an und unsere Leute im Wald waren nun ganz gut ausgerüstet, aber die wenigsten verfügten über Helme und Schutzwesten. Keinesfalls wollte ich, dass Dukes Szenario wahr wurde, in dem ganze Reihen der Rebellen einfach niedergemäht wurden, sobald sie sich den Toren der Enklave näherten.

Rebellen, dachte ich. So hatte uns der Wachmann genannt, der nun zusammen mit seinem Kollegen und dem Butler gut verschnürt auf der Couch saß. Aber ich war doch keine Rebellin! Und doch … war ich mein ganzes bisheriges Leben nichts anderes gewesen. Dennoch – in diesem Zusammenhang schmeckte das Wort seltsam in meinem Mund, weil es meiner Meinung nach keine Obrigkeit gab, gegen die wir uns auflehnten. Wir forderten lediglich eine gerechte Strafe für die Enklave. Offenbar sah Port Devine das anders. War mir gleich. Jedenfalls mussten wir irgendwie die Übermacht der Wachleute dort draußen von ihren Posten locken.

„Wir ändern den Plan", beschloss ich und zog das Handfunkgerät hervor. „Hört zu."

Kurz darauf eilten wir die Treppenstufen wieder hinab und nahmen uns nur eine Sekunde Zeit, um das nach wie vor unbewachte Foyer zu überprüfen. Dann stürmten wir den Sitzungssaal des Gremiums und schlugen die Doppeltüren hinter uns zu. Lancelot sicherte sie, ich ließ zusammen mit Homer alle Jalousien bis auf einen Sichtschlitz hinunter, und die anderen sorgten mit erhobenen Waffen im völlig erstaunten Gremium für Ruhe.

Eigentlich hatten wir nichts anderes vorgehabt, als uns irgendwo auf dem Gelände ein Ratsmitglied zu schnappen und zur Aufgabe beziehungsweise einem Geständnis zu bewegen, während unsere Leute draußen die Wachmannschaft in Schach hielten. Jetzt sah es so aus, als müssten wir eine etwas größere Nummer aufziehen. Warum sollten wir uns mit einer Person begnügen, wenn wir das ganze Gremium haben konnten?

„Frau Melidá von Themiskyra!", rief Fleur Pelland verständnislos aus und erhob sich. Auf einen Wink von Biskaya hin ließ sie sich jedoch rasch wieder auf ihren Platz sinken. „Wieso lassen Sie sich mit dem Pöbel ein?!"

„Wissen Sie, dass Ihr Sicherheitstrupp Kassian Devinter lebensgefährlich verletzt hat?", wandte ich mich an die Baronin.

„Nein", antwortete diese desinteressiert. „Aber es erklärt, warum der Professor so außer Rand und Band war. Nun, dieses Missverständnis ist natürlich sehr bedauerlich. Wir werden sicherlich eine für alle Seiten zufriedenstellende

Lösung finden und Herrn Devinter die ehrenvolle Bestattung in der Gruft von Port Devine zukommen lassen, die ihm gebührt."

„Er lebt noch", spie ich. „Wissen Sie, warum er angeschossen wurde? Weil er versucht hatte, den Irrsinn friedlich zu stoppen, den Ihr Gremium angezettelt hat."

Die Baronin seufzte genervt. „Ich weiß nicht, wovon Sie sprechen."

Ich dachte an Bo. Ich dachte an Ces. Ich dachte daran, was hätte sein können, wenn die verdammte Überflutung nicht gewesen wäre. Und die Wut, die in mir hochkochte, über die Niedertracht dieser Tat, über die Überheblichkeit, die Arroganz dieser kleinen, miesen Gruppe von Heuchlern, ließ mich die Waffe ziehen.

Die Baronin wurde blass, bemerkte jedoch spitz: „Sehen Sie, und solches Gebaren wollten wir zukünftig verhindern."

Der Lord of Ghanem schaltete sich ein: „Unser Ziel ist eine Welt voller Frieden und Zufriedenheit."

„Eine friedliche Welt für die Reichen und ihre Diener. Und wer da nicht reinpasst, wird ertränkt wie ein unerwünschter Wurf Kätzchen."

„Sie verstehen nicht. Wir –"

„Doch. Wir verstehen", unterbrach Lancelot und legte eine Hand auf meinen Arm, sodass ich widerwillig die Waffe sinken ließ. Ein erzwungenes Geständnis war nicht das, was Duke vorschwebte. „Geben Sie zu, für die Explosionen im Kanalsystem sowie die Sprengung des Staudamms verantwortlich zu sein?"

Das Gremium schwieg verbissen.

„Es ist nicht notwendig, dass Sie sich zu den Vorfällen bekennen", bemerkte Homer irgendwann. „Es wäre nur eine Formsache. Ehrensache. Was auch immer."

„Sie werden ohnehin zur Verantwortung gezogen", stellte Biskaya ruhig in Aussicht. „Die gesamte Enklave ist von unserer Armee umstellt, die nur auf unser Zeichen wartet. Sie haben jetzt die Möglichkeit, einfach aufzugeben und uns allen das Blutvergießen zu ersparen."

„Das ist ja wohl die Höhe!", fuhr Van der Weijden auf. „Die Enklave gehört uns! Sie haben nicht das Recht, sich hier oder auch nur im Dunstkreis unseres Viertels aufzuhalten –"

„Lassen Sie sich nicht zum Narren halten, Dr. Van der Weijden", schnappte die Baronin. „Die bluffen doch nur."

„Port Devine wird gepfändet und veräußert, um die durch Ihre Anschläge entstandenen Schäden zu beheben", fuhr ich, frei von der Leber weg, fort. Ich wusste, dass diesen Leuten kaum etwas mehr wehtat als der Verlust ihrer Besitztümer. „Außerdem werden davon Zahlungen an die Hinterbliebenen der Opfer zur Wiedergutmachung geleistet."

Jetzt brach ein Sturm los.

„Was erlauben Sie sich?!"

„Allerhand!"

„Ich möchte augenblicklich meinen Notar hinzuziehen!"

„Dazu fehlt Ihnen jegliches Recht!"

Wir betrachteten die Aufregung nur mit milder Nachsicht. Zumindest taten wir so. In mir brannten immer noch der Schmerz und der Wunsch nach Rache, aber ich würde mich nicht zu etwas hinreißen lassen, das ich später bereuen würde.

Auf einmal meldete sich eine Stimme aus einem kleinen weißen Kästchen, das auf dem Tisch stand. Sie krächzte durch das Tohuwabohu: „Bronko hier. Wir haben gesehen, dass Sie plötzlich die Jalousien heruntergelassen haben. Ist alles in Ordnung, Baronin von Velázquez de Galbassi?"

Sie taxierte uns. Wartete wohl ab, ob wir sie wieder bedrohen würden. Doch wir dachten nicht daran.

„Nein. Nichts ist in Ordnung. Rebellen sind in die Enklave eingedrungen. Wofür bezahlen wir Sie eigentlich, Sie Traumtänzer?! Schaffen Sie Ihren Trupp her und uns den Pöbel vom Hals!!!" Ihre Stimme schlug bei den letzten Worten ins Schrille um, was mir zeigte, dass ihre Nerven blank lagen.

Rufe wurden draußen laut, Befehle gebellt, zig Füße stampften im Gleichschritt.

„Duke?", fragte ich in das Funkgerät. „Nia hier."

„Duke hier."

„Es ist soweit. Over."

Wir entsicherten unsere Pistolen und richteten ihre Läufe

auf die Häupter der Gremiumsmitglieder. Sonst würden uns die Sicherheitsleute ohne zu fragen erschießen, das war gewiss. So jedoch erkannten sie die Zwickmühle und bauten sich im Foyer, vor der Tür und den Fenstern auf. Ich konnte nur hoffen, dass sich die Aufmerksamkeit nun wirklich ganz auf den Sitzungssaal beschränkte.

„Geben Sie auf", appellierte Lancelot, „bekennen Sie sich zu den Vorwürfen oder auch nicht, aber geben Sie auf und lassen Sie Ihre Leute die Waffen niederlegen."

„Wir denken nicht daran", schrillte die Baronin. „Wenn Sie einem von uns auch nur ein Haar krümmen, wird Sie das das Leben kosten, Sie –"

„Vorher jedoch Ihres", bemerkte ich lächelnd, denn ich war es, die ihre Stirn im Visier hatte.

„Und Ihres", nickte Tamar, die Lady Nilsson und Admiral Horvat in Schach hielt.

„Und Ihres." Das kam von Biskaya. Sie zielte auf den Lord of Ghanem und auf Fleur Pelland.

„Und Ihres", sagte Lancelot zu Van der Weijden.

„Okayokayokay", schaltete sich plötzlich ein Hüne in dunkler Kampfmontur ein, der sich zwischen den gezückten Waffen seiner kleineren Kollegen im Türrahmen manifestiert hatte. Er selbst war unbewaffnet und hatte seine kugelsichere Weste abgelegt, scheinbar, um ein Zeichen zu setzen. „Wir bleiben alle ruhig und entspannt. Ich bin Bronko Oliveira. Was genau fordern Sie?"

„Die Niederlegung der Waffen und die gewaltlose Aufgabe der Enklave", wiederholte Biskaya zum gefühlt hundertsten Mal. „Das Gremium und seine Mitwisser werden durch Charondas' Erben zur Verantwortung gezogen."

„Hhhahahahh." Der Kampffriese schüttelte sich vor Lachen.

Ich verdrehte genervt die Augen. „Jetzt", sagte ich in mein Funkgerät.

Wenn ich die Schlacht im Nachhinein rekonstruierte, schien sie wohlgeplant zu sein, aber in dem Moment, als sie losbrach, kam sie mir einfach nur wie eine Welle aus Chaos vor, die über die Enklave hinwegbrandete.

Schüsse und Schreie wurden draußen laut und ich konnte den Sicherheitsleuten ansehen, dass sie hin- und hergerissen waren, ob sie sich weiter dem Gremium oder der Sicherung der Enklave widmen sollten. Ihr Blick ruhte auf Bronko, und der wartete offensichtlich auf einen Befehl vonseiten der Baronin. Eine Explosion erschütterte das gesamte Areal. Stuck bröselte von der Decke. Wein tanzte in den geschwungenen Gläsern auf dem Tisch. Zarte Töne schwebten durch den Raum, als die Kristallperlen der Kronleuchter aneinanderschlugen.

Lady Nilsson war ohnmächtig geworden, Admiral Dragomir Horvat tupfte sich vorsichtig Schweiß von der Stirn, der Rest war immerhin recht blass geworden. Nur Raquildis wandte sich ungerührt zu mir um:

„Sie schießen ja gar nicht."

Ich hätte geschossen. Ehrlich. Wenn ich daran dachte, was diese Leute Cesare womöglich angetan hatten, floss mir so viel kalte Wut durch die Adern, dass es mich Mühe kostete, *nicht* abzudrücken. Doch äußerlich blieb ich entspannt.

Ich beugte mich zu ihr hinunter. „Das ist auch gar nicht nötig", flüsterte ich. „Wir nehmen Ihr kleines Paradies auch so auseinander."

Wieder schlug ein Geschoss ein. Offenbar hatte die Stromleitung etwas abbekommen und wie aufs Stichwort begann das Licht zu flackern.

Die Baronin erbleichte und wurde dann puterrot. „Bronko!!!", kreischte sie. „Kümmern Sie sich! Verteidigen Sie die Anlage! Um jeden Preis! Abmarsch!"

Bronko brüllte seiner Mannschaft etwas zu und in kürzester Zeit waren die Gewehrläufe mitsamt ihren Trägern abkommandiert. Stiefel stampften draußen erst im Gleichschritt, dann völlig ungeordnet vorbei. Ein Schusswechsel und das Rattern von Maschinengewehren durchlöcherten die darauffolgende Stille.

In der Zwischenzeit hatten wir die ermatteten Gremiumsmitglieder gefesselt und für den Abtransport bereit gemacht.

„Damit kommen Sie nicht durch!", wetterte Horvat.

Wir ignorierten ihn, ließen Homer und Tamar wohlbewaffnet bei den Gefangenen zurück und eilten nach draußen.

Staub lag in der Luft, erschwerte die Sicht, als wir geduckt an der Mauer entlangliefen und unsere Leute suchten. Ich hoffte, wir hatten ihnen mit unserer Aktion hinreichend Zeit verschaffen können, nahe genug an die Enklave heranzukommen.

Wieder explodierte irgendetwas. Mauersteinchen rieselten auf uns herab, Staub kratzte in meiner Lunge, aber ich lief Biskaya unbeirrt hinterher, vorbei an leblosen Gestalten auf dem Boden, die fast ausnahmslos die enklaveneigenen Uniformen trugen.

Dann erreichten wir den Ort des Geschehens. Es dauerte, bis mir klar wurde, dass sich hier gar nicht das Tor befand, sondern einfach ein riesiges Loch in der Mauer klaffte, durch das sich nun unsere Kämpfer drängten.

Wow, dachte ich, *was genau haben Miffy und Co. da nur in den Weinfässern mitgehen lassen?!*

Ich sah Phoenix, Will, sogar die Jugendgang und die verwirrte alte Touristendame, die wir in den Bunker gerettet hatten, dazwischen jede Menge von Charondas' Erben … In diesem Augenblick erst bemerkte ich, dass da draußen viel, viel mehr Rebellen gegen die Enklave anstürmten, als wir rekrutiert hatten – der ganze Wald war voller Männer und Frauen, bewaffnet mit allem, was halbwegs als Waffe einsetzbar war, vom Schürhaken bis zur Zaunlatte. Aber auch andere, professionell gekleidete und bewaffnete Truppen, deren Uniform ich nicht kannte, kämpften auf unserer Seite.

Dann verstummten die Maschinengewehrsalven. Bronko schrie noch Befehle, aber die Mienen seiner Männer waren entgleist: Plötzliche Unsicherheit hatte ihre vorige Entschlossenheit vertrieben, weil sie nicht mehr wussten, ob sie noch eine Chance hatten. Und, was noch schwerer wog, weil sie gegen ganz normale Leute vorgehen sollten, die aussahen wie ihre Eltern, Großeltern, Geschwister oder Freunde … und es vielleicht sogar waren.

„Gebt auf!", schrie jemand.

„Stellt euch nicht länger in den Dienst dieser Mörder!", brüllte ein anderer.

„Macht euch nicht zu ihren Schergen!"

„Folgt eurem Gewissen!"

Für einen Moment war es still.

Biskaya drückte voller Spannung meine Schulter.

Und dann legte der erste Wachmann sein Maschinengewehr nieder. Dann der nächste. Und noch einer. Immer schneller ging es, die Kapitulation des einen steckte den nächsten an, und bald brandete Jubel auf. Eine Woge von Rebellen schwemmte durch das Loch in der Mauer. Ich sah Duke, der Befehle rief, Charondas' Erben, die eilig alle Waffen konfiszierten, Zivilisten, die staunend, fast ehrfurchtsvoll begannen, durch die zwar leicht zerrüttete, aber immer noch prächtige Enklave zu spazieren. Mein Blick durchsuchte die Menge, fand nach und nach Verne und Munin, Amastris und Miffy, und die Mannen. Eine jedoch fehlte.

„Wo ist Chiara?", fragte ich Will, der mir als Erstes über den Weg lief.

„Schon auf dem Rückweg", beruhigte er mich. „Sie hatte es eilig, zu Kassian, Halina und Per zurückzukommen und vom Erfolg unserer Mission zu berichten."

Erleichterung schoss durch meine Adern und auch ich ließ mein Schwert und die Pistole sinken.

„Sind die anderen okay? Tamar? Homer?", erkundigte sich Will.

Ich bejahte. „Woher kommen all die Leute?" Immer noch fassungslos zeigte ich auf die Armee.

„Die meisten haben deine Containerstadt-Leute mitgebracht. Die haben irgendwie die halbe Stadt mobilisiert. Aber diese andere Kampftruppe ... keine Ahnung. Frag Duke." Er nickte in Richtung des Wachturmes.

Während ich dorthin eilte, wurde ich trotz der optimistischen Stimmung um mich herum in aller Deutlichkeit gewahr, wie viele Menschen in dieser Schlacht den Tod gefunden hatten. Opfer aller Parteien, Bewusstlose, Verletzte, Tote säumten meinen Weg. Mein Herz wurde hart und schwer, ich versuchte, nicht hinzusehen, und tat es doch, weil ich wusste, dass ich meinen Anteil an ihrem Tod hatte.

Meine Bestürzung schien mir noch ins Gesicht geschrieben zu sein, als ich auf dem Wachturm zu Duke stieß.

Er hielt mich fest und musterte mich eindringlich. „Alles in Ordnung?"

„Ja. Ich denke schon." Dass mir schwindlig war, lag nicht an der Höhe des Turms, die mit zehn Metern selbst für mich erträglich war, wenn ich nicht direkt von der Brüstung abwärts schaute. Es war der Geruch von Blut und das Gefühl von Schuld. „Ich weiß nur nicht ... Duke, haben wir das Richtige getan?"

Er zeigte nicht auf die Toten, sondern auf die feiernden Massen. „Wir haben niemanden gezwungen, uns zu folgen. Die Hoffnung auf Gerechtigkeit hat die Menschen getrieben."

Ein Trupp der Erben führte soeben die gefesselten Gremiumsmitglieder vorbei, die teils bleich, teils zeternd hintereinanderher stapften. Unter den hämischen Rufen der Gegenseite wurden sie in zwei gepanzerte Kutschen gesetzt und abtransportiert.

„Ab in die Minen?"

„Sieht so aus. Charondas' Rat wird morgen tagen und das Urteil verhängen."

Siedend heiß fiel mir ein: „Oben befindet sich in einem der Gästezimmer eingesperrt Professor Makary Nowakowski. Er hat uns geholfen, die Anschläge aufzudecken, und wurde deshalb vom Gremium ausgeschlossen", erklärte ich Duke. „Ihr dürft ihm nichts tun. Und im Keller ist dein V-Mann eingesperrt."

„Den haben wir bereits gefunden. Danke." Duke schickte die beiden Erben, die sich noch mit uns auf dem Turm befanden, zur Rettung des Professors weg, und wir betrachteten eine Weile, wie sich das Chaos nach und nach auflöste. Verletzte wurden versorgt, Tote weggeschafft, Sicherheitsleute restentwaffnet, befragt und fortgebracht, Enklavenbewohner und Bedienstete vorerst unter Arrest gestellt, bis Unschuld oder Mitwisserschaft festgestellt sein würde.

Ich erinnerte mich daran, weshalb ich überhaupt auf den Wachturm gestiegen war, und zeigte auf die professionell ausgestatteten 'Shimet. „Wo hast du diese anderen Kämpfer aufgetrieben?"

„Oh, das sind Kollegen aus Miéste."

Perplex schüttelte ich den Kopf. „Warum hast du uns nicht erzählt, dass sie für unsere Sache kämpfen würden?"

„Ich habe es beim letzten Treffen versucht, aber du hast mich nicht mehr zu Wort kommen lassen und uns dann mit deinem Plan überfahren. Ich wollte sehen, wie weit du damit kommst." Er lächelte knapp.

„Frechheit!", rief ich entrüstet.

„Es war ein guter Plan", versicherte er mir. „Und er hat trotz diverser Unkenrufe funktioniert. Aber Reserve ist nie verkehrt."

Ich fragte, wieder halbwegs versöhnt: „Haben wir ... das Schlimmste verhindert?"

Ein Schatten glitt über seine scharfkantigen, attraktiven Gesichtszüge. „Nein, Nia, ich fürchte nicht. Dazu hätten wir die Überflutung vereiteln müssen, und dass mir das nicht gelungen ist, obwohl du mich gewarnt hattest, bereue ich zutiefst."

„Wir hatten zu wenig Zeit."

„Trotzdem. Ich –"

Weiter kam er nicht. Natürlich, wir hatten das Poltern gehört, als jemand hastig die Stufen zur Plattform hinaufgelaufen war. Aber in diesem Moment waren wir zu vertieft in die Aufarbeitung gewesen, waren zu erleichtert, vielleicht auch zu nachdenklich gewesen, hatten uns zu sicher gefühlt, um dem Getrampel ernsthafte Aufmerksamkeit zu schenken. Und dann ... war es zu spät.

Bronko stürzte sich mit einem Schrei voller Wut und Irrsinn auf Duke. Er warf ihn um, riss dabei ein Messer hervor und hieb damit auf ihn ein. Als ob er den letzten Befehl der Baronin um jeden Preis befolgen müsste. Als ob er damit die Enklave noch retten könnte. Als ob er damit seine Niederlage wieder gut machen könnte.

Blitzschnell – und doch nicht schnell genug – zog ich mein Schwert. Ich holte aus und stieß die Klinge ohne nachzudenken in Bronkos Rücken, bevor ich seinen erschlafften Körper eilig von Duke herunterzerrte. Fassungslos fiel ich neben ihm auf den Boden.

Bronkos Messer war zwischen Dukes Arm und der schusssicheren Weste tief in seinen Oberkörper hineingeglitten, hatte Muskeln, Sehnen, Organe durchdrungen und zerstört. Blut strömte aus der Verletzung, so viel Blut, so heillos viel

Blut, auf seinem Arm, meiner Hand, dem Boden. Hektisch versuchte ich es aufzuhalten, drückte meine Jacke fest gegen die Wunde, schrie nach Hilfe.

Duke selbst schien vollkommen erstaunt zu sein. Er versuchte zu sprechen, aber aus seinem Mund kamen weder Luft, noch Worte, nur mehr Blut. Ich wurde panisch. „Gleich kommt Hilfe, warte, bleib ruhig …"

Plötzlich schaute er erschrocken und ich befürchtete schon das Schlimmste, bis mir klar wurde, dass er jemanden hinter mir fixierte. Ich fuhr herum. Der ebenfalls blutüberströmte Bronko hatte sich wieder aufgerichtet und war dabei, sich mit einem weiteren Messer in der Hand auf mich zu werfen. Ehe er mich erreichte, bemerkte ich jedoch eine fließende Bewegung hinter ihm und Bronko fiel, zweigeteilt in Kopf und Rest, zur Seite. Hinter ihm stand seine Mörderin. Meine Retterin. Voller Überraschung fiel ich zurück auf den Hintern. Es war die verwirrte alte Dame aus dem Bunker, die den Sicherheitschef soeben mit einem geschmeidigen Schwertstreich geköpft hatte.

Ich klappte den Mund auf und zu, ohne etwas zu sagen, und auch die alte Dame schwieg, hielt nur ihr blutiges Schwert in der Hand und legte traurig den Kopf schief. Ich folgte ihrem Blick zu Duke. Atmete langsam ein. Das Ausatmen tat so weh, dass es fast unmöglich war … Er war tot.

Kapitel 13

Der einst so durchdringende Blick in seinen dunklen Mandelaugen war leer, aber um seine Lippen lag ein Lächeln. Überflüssigerweise überprüfte ich mit mechanischen Handgriffen Dukes Puls und Atmung. *Nichts.* Meine Hände hörten nicht auf zu zittern. Eine schwere, schwarze Kugel aus Trauer zog alles in mir zusammen, zog meinen Kopf und meine Schultern nach unten, schien meinen Brustkorb zu zerdrücken. Ich versuchte noch einmal zu atmen, doch es wurde ein Schluchzen daraus.

Ich dachte an Duke, unsere erste Begegnung vor Moreaus Antiquitätengeschäft. Daran, wie er Kassian und mich vor seinem Vater gerettet, wie er mich vor meiner eigenen Verzweiflung gerettet hatte, nachdem ich Kassian verloren hatte, wie ich sein Leben gerettet hatte, nachdem er angeschossen worden war und er wiederum mich aus dem Gefängnis, als der Verfall über die Welt hereingebrochen war. Ich dachte daran, dass er mich geliebt hatte, zumindest ein bisschen. Und ich kam nicht umhin, in schnellen, schmerzenden Bildern zu erwägen, was geschehen wäre, wenn ich ihm nicht misstraut hätte und wir wirklich, wie geplant, in meine alte Heimat geflogen wären. Damals.

O Artemis, ich vermisste ihn.

Und ich vermisste Ces.

Unendlich.

Ich wusste nicht, wie ich das alles bewältigen sollte.

Ohne Ces.

„Weinen bringt nichts, Ainia", erklang plötzlich die Stimme der verwirrten Alten neben mir.

„Ich weiß." Ich weinte ja auch nicht. Wenn sie nicht gewesen wäre, hätte ich wohl die ganze Nacht und länger dort verbracht. Irgendwann zog sie mich mit erstaunlich viel Kraft auf die Füße. Zeit war vergangen, viel Zeit. Überrascht stellte ich fest, dass uns mittlerweile einige Erben Charondas' umringten, die bestürzt auf ihren Chef und voller Abscheu auf die Reste Bronkos hinabsahen.

Ich bückte mich noch einmal, um Dukes Augen zu schließen. Zwei seiner Leute legten sacht ein großes, weißes Tuch über seinen Körper. Dann brachte mich die alte Dame weg.

„Nach Hause", sagte ich.

„Wo ist das?", wollte sie auf dem Weg abwärts wissen.

„In Urba bei Biskaya. In Shirokkos Fabrikhalle. In der *Arcadia Kaufwelt*." Als mir aufging, dass keiner der Orte mehr existierte, wurde ich von Panik ergriffen. „Überall. Nirgends."

„Themiskyra?", schlug sie vor.

Alles war zu schmerzhaft, um merkwürdig zu sein; ich hörte ihre Worte, doch ich begriff nicht, dass ich mich hätte wundern müssen, darüber, dass sie meinen richtigen Namen und Themiskyra kannte und wie geschickt sie das Schwert geführt hatte ...

„Nein", gab ich zurück und stolperte neben ihr her über das Gelände.

„Warum nicht? Was hindert dich, Ainia?"

„Die Amazonenstadt ist so weit entfernt von meiner derzeitigen Existenz, ich würde mich mehr denn je wie ein Fremdkörper fühlen. Und ich heiße *Nia*", gab ich wie betäubt zurück.

„Jacintha hat dir aber den Namen *Ainia* gegeben."

Langsam und zäh waren ihre Worte, ihre Bedeutung durch die Trauer zu mir durchgedrungen. Ich blieb stehen. Sah sie fest an. „Wer bist du?"

Sie rollte mit den Augen. „Das weißt du doch längst."

„..." Ich räusperte mich. „Nie im Leben. Du bist seit zig Jahren in der Welt unterwegs auf der Suche nach dir selbst", behauptete ich das, was Jacintha und meine Bisabuela immer als Erklärung angeführt hatten.

„Ich habe mich gefunden. Und dich."

Ich schüttelte nachdrücklich den Kopf. „Du siehst in Wirklichkeit ganz anders aus. Größer. Stattlicher."

„Ich bitte dich. Das Bild, das du von mir kennst, ist gut und gerne vierzig Jahre alt. Über die Jahre habe ich eben an Größe und Stattlichkeit verloren."

„Du bist nie im Leben meine Großmutter!", raunzte ich sie an.

Meine Oma klopfte mir begütigend auf die Schulter. „Schon gut, schon gut. Ich bin einfach weiterhin die verwirrte Alte für dich. Kein Problem. Nenn mich einfach Idalina. Wo möchtest du denn jetzt hin?"

Halbwegs beruhigt darüber, dass ich mich in diesem Moment voller Trauer und Erschöpfung nicht damit befassen musste, überlegte ich: „Vielleicht … in das Haus von Professor Nowakowski, falls es noch steht und noch nicht geplündert ist."

„Nichts wurde geplündert. Dein Duke Ibro war sehr strikt in seinen Vorgaben. Und die meisten Gebäude sind vollkommen unbeschädigt."

„Okay." Ich wusste, ich hätte eigentlich mithelfen, aufräumen, ordnen, begraben, betrauern müssen, aber ich … konnte gerade nicht. Ich wollte einfach nur alleine sein.

Ich zog mich still in Kassians Labor zurück, denn es wäre mir komisch und falsch vorgekommen, mich ins Bett zu legen, das wir zuletzt geteilt hatten. Stattdessen rollte ich mich auf einem hart gepolsterten Designersofa zusammen, starrte die Pflanzen an, die mit der Dämmerung langsam zu glimmen begonnen hatten, und *vermisste*. Von ganzem Herzen.

Es dauerte einige Stunden, bis ich tatsächlich einschlief; und ich erwachte in Helligkeit nach einer traumlosen, bodenlosen Ewigkeit. Diesmal hatte mich Chiara unterdessen nicht zugedeckt oder gesäubert, so dreckig und blutbesudelt, wie ich mich schlafen gelegt hatte, erwachte ich.

Ich fühlte mich einsam. Und eigentlich wusste ich nicht einmal, warum. Es war ja nicht so, als ob Duke und ich in den letzten Jahren viel Zeit miteinander verbracht hätten. Und ohne Ces war ich jetzt auch schon einige Tage. Aber es war, als wüsste mein Herz, dass es ab jetzt und für immer ohne diese Menschen würde auskommen müssen, und es wehrte sich mit brennender Wut dagegen, diese Tatsache zu akzeptieren.

Mir hingegen war klar: Es war zu viel Zeit vergangen.

Wenn Ces noch lebte – er hätte inzwischen zu mir gefunden, dessen war ich sicher. Mochten die Stadt und das Chaos auch groß sein, mittlerweile hätte er irgendwo auftauchen müssen, im Bunker oder bei den Erben.

Mit schweren Gliedern erhob ich mich und blickte aus dem Fenster des Labors. Mal wieder ein Morgen der Sorte Glückstag, mit strahlendem Sonnenschein, frühlingsgrünen, blühenden Büschen, zwitschernden Vögeln … und fröhlichen, fremden Menschen, die sich auf dem wohlgepflegten Rasen vor der Veranda ausgestreckt hatten. Ich überlegte, ob ich ihnen zurufen sollte, dass gegen neun Uhr der Rasensprenger seine Arbeit aufnehmen würde, aber ich war zu niedergeschlagen und schlurfte stattdessen den Gang entlang auf der Suche nach Nahrung. Mein Blick streifte die Ahnengalerie zu meiner Rechten. Plötzlich erstarrte ich. Apropos größer und stattlicher – ich kannte den Mann, der da, abgelichtet in seinen frühen Zwanzigern, auf dem Bild neben Nowakowski stand. Perplex kniff ich die Augen zusammen und rückte nahe an die alte Fotografie heran. Zweifelsohne. Seltsam. Oder auch nicht. Ich zuckte mit den Schultern und setzte meinen Weg fort. In der Küche wirtschafteten ein Koch und Herr Tanaka herum, und zu meiner Überraschung saßen am kleinen Ecktisch Professor Nowakowski und meine Großmutter.

Sie legte den Kopf schief und betrachtete mich, und als ich am Tisch ankam, stand sie wortlos auf und umarmte mich. Womöglich fühlte ich mich danach ein kleines bisschen weniger einsam.

„Was macht ihr hier?"

„Im Speisezimmer schlafen Menschen", erklärte der Professor.

„Menschen?", erkundigte ich mich argwöhnisch.

„Rebellen", präzisierte meine Oma

„Oh."

Herr Tanaka schob mir einen Küchenstuhl in die Kniekehlen und ich ließ mich vor einem großen Teller voller Köstlichkeiten nieder. Kauend fragte ich Nowakowski:

„Tut es Ihnen nicht leid um Ihren Besitz?"

„Mädchen, die Welt hat mir eine Revolution zu verdanken.

Wenn ich gewusst hätte, welch erhebendes Gefühl das ist, hätte ich nicht gezögert und eure Truppe schon beim ersten Verdacht hinzugezogen. Charondas' Erben haben mir für meine Bemühungen Straffreiheit zugesichert, ich werde also hier in der Enklave bleiben. Vielleicht verlange ich auch irgendwann Miete. Aber Gold macht mich ohnehin nicht mehr glücklich."

Das konnte sogar ich nachvollziehen. Die Barren, die ich vor Kurzem vergraben hatte, bedeuteten mir nichts. Ohne zu zögern hätte ich alles hergegeben, wenn ich damit Cesares oder Dukes Leben zurückbekommen hätte. Ich schluckte schwer an meinem Toast.

Der Professor hatte mich aufmerksam beobachtet. „Dein Verlust tut mir leid."

Ich nickte knapp. Mein Verlust ging niemanden etwas an und er war nicht zu ändern. „Woher kennen Sie Dante?", wollte ich wissen.

„Woher kennst *du* Dante?", fragte er verwirrt zurück.

„Aus Themiskyra."

„Ah", machte er und lächelte wehmütig. „Er ist mein Bruder."

„Ah", machte ich. „Dachte ich mir. Er ist der Pflegevater eines Freundes."

„Woher kennst du Themiskyra?", wandte sich nun meine Oma ehrlich verwundert an Nowakowski.

„Durch Dante. Er hat sich vor zig Jahren in eine der Damen verliebt und ist dorthin gezogen."

„Ah", machte meine Großmutter und berichtigte: „Als 'Shim ziehst du nicht einfach dorthin."

„Er arbeitet dort", stellte ich klar.

Meine Oma zog ein missbilligendes Gesicht. Ich war nicht sicher, ob sie etwas gegen Arbeit im Allgemeinen, 'Shimet in Themiskyra oder die mickrigen Rechte der Arbeiterschaft dort hatte. Da ich keine Kraft für Grundsatzdiskussionen hatte, spachtelte ich still vor mich hin, bis sie mich entschieden ins Badezimmer schickte, damit ich mir unter der Dusche Dreck und Blut von der Haut spülte. Ich lasse mich ja grundsätzlich nicht schicken, aber wenn der Befehl von einer verschollen geglaubten Großmutter kommt, ist es, denke ich, okay, auch mal zu gehorchen.

Danach schlüpfte ich in Ermangelung frischer Kleidung einfach in Kassians Bademantel. Mit gesenktem Kopf kam ich aus dem Bad und bemerkte erst, dass ich nicht alleine war, als ich Füße in sauber gewienerten Stiefeln auf dem Teppich vor mir sah.

„Chiara!", rief ich.

Sie fiel mir in die Arme. „Es tut mir so leid", flüsterte sie und drückte mich fest. „Ich habe deine Lederjacke gewaschen. Ich hoffe, das ist okay; sie war auf dem Wachturm zurückgeblieben. Und ich habe dir Klamotten mitgebracht. Frische Wäsche hilft mir immer, wenn mich etwas aus der Bahn geworfen hat. Faltenfreie, frische, duftende Kleidung." Sie zog ein gequältes Gesicht. „Sorry."

„Wie geht es Kassian?", erkundigte ich mich, nachdem ich mich angezogen hatte.

Sie lächelte. „Viel besser. Er ist auch hier. Und auch Halina und Per sind mit den Kindern angekommen."

„Ist Kassian … entsetzt über die Zustände?"

„Nein, er hat viel gelacht."

„Zum Glück." Ich schob die Vorhänge zurück und blickte aus dem Fenster. Musik dröhnte laut durch die Straßen. Leute jeglichen Alters hüpften gelöst durch die Gegend oder aalten sich in der Sonne, unbeeindruckt von Rasensprengern und Mährobotern. Port Devine hatte sich binnen knapp 24 Stunden in eine Hippie-Kommune verwandelt.

„Hast du es ihm gesagt?"

Chiara wusste sofort, was ich meinte. Sie errötete und schüttelte den Kopf. „Nein. Aber er will dich sehen. In seinem Labor."

„Aber ich will ihn nicht sehen." Das war die Wahrheit. Ich freute mich, dass er wieder fit war, aber ich konnte mich jetzt nicht mit weiteren Dramen herumschlagen. „Kannst du nicht –?"

„Nein." Sie schüttelte energisch den Kopf und schob mich zur Tür. „Geh."

Lustlos trottete ich den Weg zurück zum Labor. Mein Herz fühlte sich wund an, es wollte in Ruhe gelassen werden, damit es vielleicht irgendwann mal eine Chance hatte zu heilen. Und genau das würde ich Kassian auch sagen.

Das war zumindest der Plan. Die Realität sah so aus, dass er mich in die Arme schloss, bevor ich überhaupt zu Wort kam, und mich minutenlang drückte. Ich brachte es nicht über mich, ihn abzuschütteln, auch wenn mich seine Nähe schwach machte. Zerbrechlich. Ich riss mich mit aller Kraft zusammen, blinzelte meinen Blick klar und löste mich schließlich entschieden von ihm.

„Was gibt's?", fragte ich. Weil mir das zu harsch vorkam, setzte ich noch hinzu: „Geht es dir wieder gut?"

„Ja, dank Munin und Chiara. Wie ich hörte, haben sie ein halbes Wunder vollbracht. Ich bin anscheinend echt dem Tod von der Schippe gesprungen. Und ich hatte viel Zeit nachzudenken. Zu begreifen. Was wichtig ist, was richtig ist, was wahr ist, und was ich vergessen hatte. Und das ist auch der Grund, weshalb ich mit dir reden muss." Er zog mich zum Sofa. Widerstrebend ließ ich mich auf die Sitzfläche drücken, bevor er zum Labortisch lief und eine Schublade öffnete. Als er sich zu mir umdrehte, hatte er ein blaues Samtkästchen in der Hand, das er nun aufklappte. Der Saphir funkelte mit seinen Augen um die Wette.

Ich schüttelte den Kopf. „Kassian, bitte, ich –"

Er ließ mich nicht ausreden. „Du weißt, dass er von Anfang an für dich gedacht war. Und ich habe nicht vergessen, dass du mir noch eine Antwort schuldig bist. Ich weiß, dass du gerade viel durchmachst, und was geschehen ist, tut mir wirklich von Herzen leid. Aber ich ... habe gelernt, wie schnell das Leben vorbei sein kann, und ich habe beschlossen, nicht länger Zeit zu verschwenden." Er setzte sich neben mich. Mit sanfter Gewalt hob er mein Kinn an, um mich eindringlich anzublicken.

Ich wollte nicht. Ich wollte weg. Tot sein. Oder zumindest auf dem Mond.

„Kannst du mir verzeihen, wenn ich mein Angebot zurückziehe?"

„Was?" Perplex schüttelte ich den Kopf. „Ja! Ja! Jajaja! Kann ich!" Mir fiel ein Stein vom Herzen. Es lagen immer noch genug Felsbrocken darauf, aber es wurde immerhin einen Hauch leichter.

„Ich weiß, das muss dir komisch vorkommen, ich bin normalerweise nicht wankelmütig oder so etwas. Vielleicht bin ich einfach … ein anderer seit meiner Verletzung. Chiara hat mir so viel Mut gemacht. In der Zeit, in der sie sich um mich gekümmert hat, hat sie viel erzählt, gesungen und mich unterhalten, als ich noch nicht sprechen konnte. Sie ist so gutherzig und aufopferungsbereit, aber sie ist auch unkonventionell und … na ja. Du kennst sie. Exzentrisch. Mir wurde klar, dass sie mich besser kennt, als jeder andere Mensch auf der Welt. Einerseits gibt sie mir das Gefühl, sie unendlich gut zu kennen, und andererseits, nichts über sie zu wissen, aber alles wissen zu wollen."

Mit dem ersten, echten Lächeln, das mir seit Dukes Ermordung über die Lippen kam, erwiderte ich: „Dann hat sie doch mit dir geredet?"

„Ja. Nein. Was meinst du?"

„Oh … nichts", versicherte ich schnell.

„Und sie ist schlau! Wusstest du, dass sie einen Master in Molekularbiologie hat?"

„Du hast einen Master in Molekularbiologie?!", fragte ich ungläubig, als ich Chiara in der Küche wiedertraf.

„Halb so wild. Als meine Eltern noch nicht wahrhaben wollten, dass ich verrückt bin, dachten sie, ich sei hochbegabt. Also habe ich mit ein paar Abkürzungen meine Schulkarriere beendet und wurde sofort in die Universität gesteckt."

„Chiara, wenn du das in der kurzen Zeit geschafft hast, bist du wirklich hochbegabt."

Sie winkte ab. „Unsinn. Sie haben die Lehrer und Professoren geschmiert."

„Aber du hast einen Abschluss."

„Ja. Klar. Das war einfach."

Kopfschüttelnd wollte ich mich vom Acker machen, da hielt mich Chiara noch einmal auf. „Sie wollen ein Fest geben. Heute Abend. Hier in der Enklave. Ich weiß, dir ist nicht nach Party zumute, aber sie wollen den Sieg feiern und die Opfer ehren. Ich denke, es würde allen guttun, damit wir abschließen können mit der Überflutung, der Angst, dem

Tod, und wieder nach vorne schauen können."

„Sicher. Warum nicht." Ich persönlich sah keinen Sinn darin, in die Ödnis zu schauen, die vor mir lag, aber ich wollte den anderen die Freude daran nicht vermiesen. „Siehst du nachher noch einmal nach Kassian? Ich glaube, er kann deine Hilfe bei irgendetwas …", ich wedelte vage mit den Händen, „Molekolarbiologischem brauchen."

Anschließend lief ich durch die Enklave, versuchte halbherzig, beim Aufräumen und den Vorbereitungen zu helfen, aber alles lief reibungslos auch ohne meine Unterstützung, und ich wurde im Grunde nur von einer Gruppe zur nächsten geschickt. Selbst meine Oma, an die ich ungefähr hundert Millionen Fragen hatte und die bereits seit Stunden in Nowakowskis Küche werkelte, speiste mich mit einem „Späterspäterspäter" ab. Ich fühlte mich, als sei ich gar nicht wirklich da, und ich überlegte, ob es irgendeinen Unterschied machen würde, wenn ich tatsächlich nicht da wäre. Der Einzige, der mich in meinem Leben wirklich gebraucht hatte, war Bo gewesen. Und den hatte ich verloren. Unter anderem. Großartig.

Ich schluckte die Tränen über den Verlust des kleinen Kerls hinunter und beschloss, Chiimori zu besuchen. Der war zusammen mit den anderen Aspahet in den Stallungen der Enklave untergebracht worden. Ich verbrachte meinen Nachmittag bei ihm, ließ ihm eine ausgiebige Fellpflege angedeihen und mich von seinen liebevollen Anstupsern ein bisschen trösten. Als es Abend wurde, schlich ich auf den verlassenen Wachturm, um von dort aus die Feierlichkeiten mitzuverfolgen. Ich hatte keine Veranlassung, mich ins Festgetümmel zu stürzen, und hielt es für eine gute Idee, die Umgebung jenseits der bereits wiederhergestellten Enklavenmauer im Auge zu behalten. Ich schätze, es war ein Versuch, mich nicht ganz so überflüssig zu fühlen.

Phoenix' Anlage beschallte das gesamte Areal mit präapokalyptischer Partymusik. Aus den umstehenden Häusern waren Tische und hübsch gepolsterte Stühle auf den Platz vor der Gremiumsvilla getragen worden und bildeten nun bunt zusammengewürfelt ein wesentlich fröhlicheres Bild als in den strengen Esszimmern, aus denen sie entwendet worden waren. Ringsum waren Buffettische aufgebaut worden und darauf Berge von Essen, Wein- und Bierfässer. Die Rebellen hatten ihre Plünderungen also, wie von Duke angeordnet, auf die Vorratskammern der Enklave beschränkt. Aber mir fiel auch auf, dass einige uniformierte Erben unterwegs waren, deren Präsenz größere Ausbrüche verhindern sollte. Bald hatten sich alle auf dem kleinen Platz versammelt. Zuerst sprach Celeste, die wohl Dukes Nachfolge antreten sollte. Ihre Worte waren versöhnlich und stark, aber an ihrer Miene während einer Schweigeminute erkannte ich, dass sie sich fast so verloren fühlen musste, wie ich mich. Ich mied den Anblick der Stelle, auf der Duke gelegen hatte, und ertappte mich dabei, dass ich doch immer wieder hinschaute.

Nach der Rede wurde die Stimmung heiterer. Das Buffet wurde eröffnet, Hunderte von Kerzen auf den Tischen und in Lampions entzündet, die an langen Schnüren über das Gelände gespannt waren. Menschen aßen, lachten, tranken, tanzten, dazwischen tobten Halinas Waisenkinder. Ich sah meine Oma, die mit dem Professor das Tanzbein schwang, Miffy, die ihre Hände in Washingtons blonden Locken vergraben hatte, um ihn für einen Kuss zu sich herunterzuziehen, und irgendwann auch Kassian, der nahe bei Chiara am Buffet stand und ihren Teller bergeweise mit Essen füllte, sodass er kaum noch zu balancieren war. Ich konnte mir vorstellen, was Kassian jetzt sagte. Und ich musste lächeln. Wärme füllte mein Inneres. Es war gut so. Die beiden waren gut. Füreinander. Für die Welt. Und für mein Herz. Alles war in Ordnung.

Ich konnte die Tränen nicht wegblinzeln, die mir unversehens in die Augen schossen und die nicht im Geringsten mit Eifersucht zu tun hatten. Ich war einfach nur unendlich glücklich und unendlich traurig und unendlich ausgelaugt und, verdammt, wer würde es schon mitbekommen, wenn ich jetzt auch mal heulte. Meine Oma tanzte ja den Kasatschok mit Makary, allen anderen war es egal, wenn ich Tränen vergoss. Trotzdem verzog ich mich hinter die Brüstung, setzte mich auf den Boden und lehnte mich an der steinernen Mauer an. Es würden ja nicht gerade jetzt, wenn ich mal kurz verzweifelte, Horden über die Enklave hereinbrechen.

Ich weinte sieben Lieder hindurch, dann stellte ich mal wieder fest, dass es nichts brachte, Tränen zu vergießen. Entschlossen wischte ich mir mit meinem Ärmel das Gesicht trocken und rappelte mich wieder auf. Port Devine war inzwischen nicht von Vatwaka überrollt worden und die Party in vollem Gange. Und ich war immer noch überflüssig.

„Und nun, Ainia?", fragte ich mich leise selbst. „Was nun? Wohin als nächstes?"

„Ich dachte, es sei egal, wohin?", erkundigte sich eine leicht ironische Stimme neben mir.

Mein Herz blieb stehen. Ich konnte mich nicht zu ihm umdrehen. Ich hatte Angst, er würde sich augenblicklich in Luft auflösen. Sprachlos wartete ich ab. Ich glaubte eigentlich nicht an so etwas, aber die einzig plausible Erklärung für das, was ich gerade erlebte, war eine Geistererscheinung. Oder ich war vorhin auf dem Boden eingeschlafen und träumte nun.

„Bist du sauer?"

„…"

„Nia?"

„Nein. Nur. Traurig", presste ich hervor.

„Warum? Er gibt eine Party."

Ich traute mich nicht zu hoffen. Ohne den Blick von den feiernden Massen zu wenden, hauchte ich: „Nicht für mich. Ich habe … dich verloren."

„Nur kurz." Mein Körper versteifte sich, als ich im Augenwinkel einen großen Schatten zur Stimme bemerkte. „Nia, ich bin zurück. Ich liebe dich."

Und dann zog Ces mich an sich und küsste mich. Meine Hände tasteten über seine Brust, seine Arme, sein Gesicht und nichts davon fühlte sich nach Gespenst an. Mein Körper wurde weich vor Erleichterung und glühend vor Liebe, als ich mich an ihn klammerte und seinen Kuss erwiderte. Mein Herz hatte seinen Dienst wieder angetreten und trommelte los wie verrückt.

Ich sog seinen Duft ein. Er war wirklich hier. Er war am Leben. Und sah auch ziemlich lebendig aus. Braungebrannt, erholt und entspannt, im Gegensatz zu uns, die wir die letzte Zeit in Bunker und Schlachten verbracht hatten, bleich und blutig. Entschieden löste ich mich von ihm.

„Wo, verdammt, bei Artemis, warst du, Cesare!?", fuhr ich ihn an und hieb mit der Faust auf seine Brust ein.

Die Selbstsicherheit in seiner Stimme wankte. „Hast du … hast du denn meine Nachricht nicht bekommen?"

Ich rollte mit den Augen. „Nein, oh Wunder, habe ich nicht, du Idiot, in der Stadt steht ja kaum ein Stein auf dem anderen! Wo hast du sie denn hingepinnt, bitteschön?!"

„Ich habe einen Kurier geschickt."

„Ces! Boten kommen *nie* an. Nie. Niemals", rief ich fassungslos aus und rang schniefend die Hände. „Und schon gar nicht, wenn Ausnahmezustand herrscht!"

„Weinst du?"

„Nein. Nie. Niemals." Dennoch war meine Stimme kratzig: „Was ist passiert, an dem Tag, an dem der Staudamm gesprengt wurde?"

„Ich habe Bo gesucht. Am Hafen. Danach war es zu spät; wir hätten es nicht mehr bis zum Bunker geschafft, deswegen suchten wir Zuflucht im MHK."

„Wir?", erkundigte ich mich vorsichtig.

„Bo und ich."

„Du hast ihn tatsächlich gefunden?"

„Ja. Schau doch. Da unten ist er, bei Homer und der kleinen Su."

Tatsächlich! Glück durchrieselte mich, als ich die genannten drei fröhlich durch die Menge hüpfen sah. „Artemis sei Dank! Und dann?"

„Wir warteten ab, bis die Welle kam. Für Bo war es das Abenteuer seines Lebens. Natürlich waren wir nicht die Einzigen, die bei den Erben Schutz gesucht hatten, das Haus platzte in den höheren Etagen fast aus allen Nähten, während unten das Wasser stieg. Und dann sprach mich diese Frau an."

„Welche Frau." Obgleich mein Herz lachte, konnte ich das Misstrauen nicht aus meiner Stimme halten.

„Eine mir bis dahin unbekannte drahtige Mittfünfzigerin mit exotischem Einschlag."

„Fenrael", stellte ich fest.

„Ja", bestätigte er verwundert. „Du kennst sie?"

„Sie hat mir mal das Leben gerettet."

„Uns auch mehr oder weniger. Zumindest wären wir sonst verrückt geworden, zusammengepfercht in diesem Haus mit den tausend anderen Menschen. Anscheinend war sie schon seit einer Weile auf der Suche nach mir gewesen, jedoch von der Katastrophe überrascht worden und hatte sich wie wir ins MHK zurückgezogen. Als Bo mich am dritten Tag irgendwann zufällig rief, horchte sie auf. Tags darauf flüchteten wir in einem ausgeschlachteten Kühlschrank, den wir dem Mitarbeiterraum entwendet hatten. Mithilfe von Aktendeckeln paddelten wir zum Ufer und marschierten anschließend zu dem Weideland, auf dem ich die Pferde zurückgelassen hatte."

Ich schüttelte den Kopf. „Hanebüchen."

„Glaubst du mir nicht?"

„Doch. Ell sagte schon, du seist auf alles vorbereitet."

„War ich nicht. Keineswegs. Und das mit dem Kühlschrank war Bos Idee. Er half mir auch mit dem Paddeln. Wäre einhändig etwas schwierig zu manövrieren gewesen."

Ich beäugte ihn von Kopf bis Fuß. „Wie geht es dir inzwischen?" Seine Verbände waren verschwunden; er schien den verletzten Arm ohne Schmerzen bewegen zu können.

„Bestens", grinste er. „Munins Pillen haben Wunder gewirkt."

„Du hast alle genommen?"

„Klar."

„Deswegen warst du auch zu benebelt, um zu mir zurückzufinden, oder was?"

„Nia, so war das nicht –"

„Dann erzähl mir, wie es war. Was wollte Fenrael von dir?"

„Atalante schickte nach mir."

Mein Mund wurde trocken. Ich hatte Angst, Ces gleich wieder zu verlieren. Ich hatte Angst, dass sie ihn für eine ihrer Yashti einplante.

„Was wollte die Unbeugsame?", krächzte ich.

„Wissen, was passiert war. Meine Sicht der Dinge, was die

ganze Angelegenheit um Ell angeht."

Ich blieb skeptisch. „Das war alles?"

„Im Großen und Ganzen, ja."

Ich vermutete, die Paiti hatte herauszufinden versucht, ob Ces etwas von ihrer geheimen Vergangenheit wusste und somit eine Bedrohung für sie und das System darstellte. Zum Glück hatte ich darauf verzichtet, ihn ins Vertrauen zu ziehen, und ihn aus der Angelegenheit, so weit es ging, herausgehalten.

„Und Fenrael hat sich unterdessen um Bo gekümmert?"

„Nein, sie war die Kurierin, den ich zu dir geschickt habe. Nia, ich weiß, dass Boten normalerweise nie ankommen, aber Fenrael kam von Atalante und ich war davon überzeugt, dass sie auch mich nicht übers Ohr hauen würde."

Ich spürte, wie mir die Farbe aus dem Gesicht wich. „Das hat sie auch nicht. Sie hat es nur nicht bis zum Bunker geschafft. Sie wurde überfallen, erschlagen und bestohlen." Und dass das beim Versuch geschehen war, mir Cesares Nachricht zu überbringen, machte mich wirklich betroffen. „Wir haben sie am Herzogfriedhof bestattet." Ces drückte mich und ich atmete tief durch. Wir hatten viele und vieles verloren, aber Chiara hatte recht. Wir mussten nach vorne blicken. „Also, was war mit Bo, der kleinen Nervensäge?"

„Ich habe ihn einfach nach Themiskyra mitgenommen."

„Du traust dich was."

„Ich hatte ja einen guten Babysitter. Er war in Dantes Obhut, während ich mit der Paiti sprach."

Wir schwiegen eine Weile, und ich betrachtete ihn ganz genau, meinen 'Shim, der zu mir gehörte und der zu mir zurückgekommen war. Er erwiderte meinen Blick voll Liebe und Entschlossenheit. Leuchtende Freude durchströmte meinen Körper. „Und was machen wir jetzt?"

Ces nickte in Richtung des Festplatzes. „Feiern?"

Ich strahlte ihn an. „Meinetwegen."

„Und wie genau hat deine Oma dich gefunden?", fragte Ces verwirrt. Wir ritten bereits den vierten Tag durch die Pampa, aber ehrlich gesagt genoss ich das frische, wilde Grün im Kontrast zur dahinmodernden, brüchigen Großstadt.

„Oh, zuerst hat sie anscheinend nach einigen Jahren Suche sich selbst gefunden. Danach ist sie nach Themiskyra geritten, nur um von Jacintha zu erfahren, dass ich zuerst verbannt wurde und nun mehr oder weniger unbekannt verzogen bin. Sie war wohl ziemlich entsetzt und hat sich auch selbst die Schuld an meinem Versagen als Amazone gegeben, weil sie sich nicht um mich gekümmert hatte. Aber das wollte sie nun wieder gut machen.

Polly hat sie dann in Kenntnis gesetzt, wo sie Shirokkos Fabrikhalle finden würde, nur dass wir zu dem Zeitpunkt, als sie dort ankam, bereits mit den Kindern zum Bunker weitergezogen waren. Ein paar von den Mannen allerdings waren noch da, und Bela erzählte ihr, dass sie mich in der Galerie Gutherz finden würde. Er wollte wohl nicht konkreter werden, da er nicht wusste, mit wem genau er sprach, und er den Bunker geheim halten wollte."

„Und dann ist sie mit einem Stadtplan losgezogen, um die Herzogbrücke zu finden?"

Ich lachte. „Sieht so aus."

Es hatte mir leid getan, die alte Dame zurückzulassen. Wir hatten lange Gespräche geführt, die ich auch genutzt hatte, um meine Verfehlungen ins rechte Licht zu rücken. Ihre Abwesenheit in den letzten Jahren war jedenfalls nicht daran schuld gewesen.

„Wo ist Oma Idalina?" Bo, der müde vor mir auf Chiimoris Rücken saß, schaute plötzlich zu mir auf, als sei ihm jetzt erst aufgefallen, dass wir seine neue Lieblings-Geschichtenerzählerin überhaupt nicht dabei hatten.

„Sie ist vorerst beim Professor geblieben. Die beiden verstehen sich ziemlich gut. Sie wird uns aber sicher bald besuchen."

Darauf freute ich mich. Wir waren auf dem Weg nach Riparbaro und ich hatte einen ganz schönen Bammel davor, Cesares Familie kennenzulernen. Seinen Vater, seine Pflegemutter, den Bruder, den er außer Louis offenbar noch hatte, seine beiden Halbschwestern, seine Großeltern. Und das war nur der engste Familienkreis; der Stammbaum des Clans umfasste noch viele weitere Zweige, und alle, alle lebten sie in Riparbaro. Andererseits wollte ich natürlich mein Möglichstes tun, dass sie mich ins Herz schlossen. So oder so – ich hoffte auf moralische Unterstützung vonseiten meiner Großmutter und genoss derzeit noch, Ces ausschließlich für mich zu haben. Wobei Bos Anwesenheit natürlich alles, was über ein verstohlenes Küsschen hinausging, verhinderte, zumal wir mit einem kleinen Zelt unterwegs waren, in das wir uns alle drei Nacht für Nacht quetschten. Sicher, ich war inzwischen einiges gewohnt, aber nach dem Enklavenluxus kam mir das Campen wieder arg schlicht vor.

Gewöhn dich lieber daran, sagte meine Bisabuela. *Was glaubst du, wie wenig komfortabel es erst in Riparbaro wird? Aufstehen im Morgengrauen. Melken. Misten. Schuften bis spät.*

War mir egal. Ich hatte meinen Ces. Und drei Barren Gold in meinem Rucksack. Warum nur drei? Weil ich mich nach einigem Ringen dazu entschlossen hatte, der unfreundlichen Mutter von Merald Patony einen Barren abzugeben. Mir war klar geworden, dass sie, abgesehen von ihrer Unfreundlichkeit, eigentlich nur eins war: ein Opfer. Und mir war klar geworden, dass sie mir auch dann nicht verzeihen würde, wenn ich ihr einen Berg Gold geschenkt hätte. Doch darum war es auch gar nicht gegangen.

Den zweiten hatte ich nach weit weniger Gehirnakrobatik einfach Halina und Per überlassen. Nach der Überflutung musste das Waisenhaus saniert werden und ich hatte ihre sorgenvollen Gesichter einfach nicht mehr ertragen können. Das Paar war mir doch sehr ans Herz gewachsen. Und, ja, seltsamerweise auch ihre Pflegekinder.

Inzwischen gehörte die Enklave wieder seinen ursprünglichen Bewohnern. Zumindest denen, denen keine Schuld oder Mitwisserschaft an den Vorfällen nachgewiesen werden konnte, und die unter dem Vorsitz des Professors ein neues Gremium gewählt hatten. Die Besitztümer der federführenden Schurken des bisherigen Gremiums waren verkauft worden, und der Erlös in eine Kasse zum Wiederaufbau der Stadt geflossen, welches Celeste verwaltete.

Die Urba-Amazonen waren mit Shirokkos Mannen in die Fabrikhalle zurückgekehrt, in der es, dank Marlon, nun Heißwasser und zukünftig auch Strom für jede Menge Musik, Party und Unsinn geben würde. Die Arkadier hatten den Bunker vorerst als Lager und Wohnung behalten, und Pandora war dabei, mit vielen durch Freibier angelockten Helfern die *Büchse* zu renovieren.

Und ich? Ich wunderte mich ziemlich, als ich eines Tages um die Mittagsstunde Themiskyras Türme in der Ferne auftauchen sah. Nervös rutschte ich im Sattel hin und her. Ich wusste, es war unsinnig, aber mein altes Misstrauen kochte hoch, und ich musste einfach fragen:

„Was hast du vor? Willst du mich in Themiskyra abladen, um dir dann einen schönen Sommer ohne mich zu machen?"

Er grinste, wandte den Blick aber nicht vom Weg vor uns. „So ähnlich." Als er merkte, wie unruhig ich war, erklärte er beschwichtigend: „Wir werden Bo abladen."

„Bei Atalante?"

„Bei Dante."

„Echt?!" Bo riss freudig die Arme in die Höhe und skandierte den Rest der Strecke: „Abladen! Abladen!" War schön, dass er sich so freute, aber meine Annahme, dass mich zumindest ein Mensch auf der Welt brauchte, löste sich abrupt in Luft auf.

„Würdest du das übernehmen?", fragte Ces. „Ich fühle mich hinter diesen Mauern immer nicht so recht ... willkommen."

„Und du versprichst mir auch, dass du hinterher nicht verschwunden bist und dir einen schönen Sommer ohne mich machst?"

„Ja." Er küsste mich. „Versprochen."

„Na gut. Komm mit, Bo, wir suchen Dante."

Zu meiner Überraschung lag die Amazonenstadt abgesehen von einer Handvoll Wächterinnen jedoch wie ausgestorben vor mir.

„Was ist denn hier los? Wo sind denn alle? Auf einem Feldzug?", erkundigte ich mich bei der fußkräftigen Tianyu.

„Yazama", berichtete sie spitz. „Du erinnerst dich vielleicht. Findet einmal im Jahr am längsten Tag statt. Wenn nicht jemand mit Bandenkriegen und Steuerfahndern dazwischengrätscht."

Ich räusperte mich. „Ich muss ins Arbeiterviertel. Bringe Nachwuchs."

Das war zwar nicht wirklich der Plan; Bo sollte laut Ces einfach ein paar schöne Wochen bei Dante, auf den Feldern und in den Wäldern um Themiskyra herum verbringen, aber es vereinfachte das Gespräch mit Tianyu um ein Vielfaches. Sie winkte mich durch und kurz darauf übergab ich Bo an den alten Herrn, mit dem Ces bereits bei seinem letzten Besuch alles vereinbart hatte.

„Sei brav, versuch, nichts kaputt zu machen und nicht verloren zu gehen, hörst du?", ermahnte ich Bo, dann wandte ich mich an Dante: „Ich habe Ihren Bruder kennengelernt."

Er zwinkerte ungläubig. „Makary? Wie das? Geht es ihm gut?"

Ich fasste knapp zusammen, was Citey, der Enklave und uns widerfahren war, und welche Rolle der Professor dabei gespielt hatte, und Dante staunte. Meinen Abschied von Bo gestaltete ich kurz und schmerzlos. Ces würde ihn ohnehin bald zu uns nach Riparbaro holen und ich hatte es eilig aufzubrechen. Morgen würden wir bei seiner Familie ankommen, das heißt, uns blieb zumindest eine einzige, erste, zweisame Nacht. Die wollte ich nun wirklich nicht mit stundenlangem Lagerplatzsuchen und Holzsammeln verschwenden. Zumal seine Mutter wohl sehr strenge Moralvorstellungen hatte, was unverheiratete Paare unter ihrem Dach anging.

Als ich über den Hof eilte, kam mir eine schlanke, dunkelhäutige Gestalt in einem wallenden, sonnengelben Gewand entgegengelaufen, die mich sofort in die Arme schloss.

„Ainia", atmete sie in meine Haare, „du bist zurück! Tianyu hat mir gleich Bescheid gegeben."

Ich zögerte; es war immer noch ungewohnt, meine Mutter so nahe an mich heranzulassen. Doch dann erinnerte ich mich an unsere letzte Begegnung und ich erwiderte ihre Umarmung kurz und fest.

„Ich bleibe nicht", erklärte ich. „Ich gehe mit Cesare zu seinem Clan."

Erschüttert trat sie einen kleinen Schritt zurück. „Oh, meine Ainia. Ich hatte solche Hoffnung in dich gesetzt."

„Jacintha … Mama! Tu nicht so, als ob das jetzt ein Weltuntergang sei! Es ist alles gut! Ich habe es zu bescheidenem Reichtum gebracht, habe Freunde und einen 'Shim, der mich liebt – willst du denn nicht, dass ich glücklich werde?"

Sie maß mich mit eindringlichem Blick. „Ainia, du gehörst nicht zu denen, die wirklich glücklich werden können. Du bist getrieben, und das ist gut so, denn du verharrst nicht, du *veränderst*."

Obwohl ich ihr nicht hundertprozentig widersprechen konnte, empörte mich ihre schonungslose Ansprache, und ich versprach mir selbst, dass sie unrecht haben würde. „Ich bin und bleibe glücklich." Zu fünf Sechstel zumindest, in den zehn von zwölf Monaten, in denen Cesare mir gehörte, mir ganz allein.

„Du kannst immer zurückkommen. Das weißt du."

Ich rollte mit den Augen. „Das werde ich ganz sicher. Aber nicht, weil ich mit Ces unglücklich bin, sondern weil ich dich vermissen werde." Es kostete mich Überwindung, das zu sagen, doch sobald es raus war, durchströmte mich ein warmes Gefühl von den Haarwurzeln bis in die Zehenspitzen. Was ich gesagt hatte, war die Wahrheit, und dass ich es gesagt hatte, war gut.

Mama lächelte traurig und nahm mich zum Abschied noch einmal in die Arme.

„Du würdest mich besser verstehen, wenn du ihn kennenlernen würdest."

„Er ist ein 'Shim", erwiderte sie, als würde das alles, als würde das irgendetwas erklären, und ich wusste, es war ein *Nein*.

„Du bist hoffnungslos provinziell", gab ich mit einem kleinen Lächeln die Worte der Urba-Amazonen wieder, bevor ich Jacintha losließ. „Dann bis … in einem Jahr?"

Es schien mir ein guter Zeitpunkt für einen Besuch in Themiskyra zu sein, denn ich würde sicher nicht mit Cesares Leuten auf deren ärmlichem Bauernhof abwarten, bis er von den Sommerhäusern zu mir zurückkäme. Auf der anderen Seite würde ich in der Amazonenstadt natürlich herausfinden, welche Amazonen sich als Yashti gemeldet hätten, und dass eine von ihnen sich mit meinem Clanmann vergnügen würde, erfüllte mich jetzt schon mit quälender Eifersucht und Rage.

Ja, na gut, zugegeben, mich zurückzulehnen und einfach glücklich zu sein, das war wirklich nicht meine Stärke. Aber ich würde daran arbeiten.

Jacintha nickte. „Ich freue mich darauf."

„Und grüß Polly von mir." Es tat mir überraschend leid, dass ich sie nicht gesehen hatte. So ein paar Stunden in einer Wildgrube mit Entenkadaver können einen nämlich ganz schön zusammenschweißen.

„Mache ich. Leb wohl, meine Ainia."

Ich joggte zurück durchs Tor. Ces war noch da.

Zum Glück.

Natürlich.

Wieder ritt er voran, ich kannte den Weg ja nicht.

„Wann wollen wir denn Pause machen?", fragte ich, als die goldene Sonne nur noch zwei Handbreit über dem Horizont stand. „Und wo?"

„Ähm. Eigentlich gar nicht", gestand er mir.

„Wir reiten durch?" Ich konnte nicht fassen, dass mir gerade meine erste, letzte, zweisame Nacht durch die Lappen gehen sollte.

„Es ist das Einfachste."

„Hm."

„Alles okay?"

„Jep", knirschte ich zwischen den Zähnen hindurch. Sicherlich würde ich mich nicht dazu herablassen, die Angelegenheit ein weiteres Mal zu thematisieren. Dann wartete ich eben noch ein paar Jahre. Was war schon dabei. Ich war immerhin eine Amazone. Da sind Liebesnächte ja generell gar nicht vorgesehen.

Wenig später veränderte sich die Landschaft, wurde licht und weit. Wir ritten an einem Bach entlang, der sich verbreiterte und verzweigte, in einen großen See hinein- und wieder herausfloss. Das mussten die Auen sein, von denen Cesare gesprochen hatte. Aus seinen Erzählungen hatte ich mir alles ganz anders vorgestellt, dichter, grüner, feuchter, hügeliger, uriger. Hier jedoch säumten Schilffelder und ab und zu ein kleines Wäldchen unzählige Seen, die teilweise auch ineinander übergingen. Es sah aus, als sei die Gegend vom Verfall völlig unberührt geblieben, weil sie nur Natur und keinerlei Zivilisation beherbergte.

Dass das Unsinn war, bemerkte ich spätestens, als ich ein kleines, blaues Ruderboot erblickte, welches an einem Steg festgemacht auf den Wellen schaukelte.

„Wir sind da", erklärte Ces.

„Wie? Da? Hier? Schon?", brachte ich hervor.

Ich hätte mich gerne noch ein bisschen gewappnet, bevor der Saveri-Clan über mich hereinbrechen würde. Eilig sah ich mich um. Zu meiner Rechten stand ein hellblau getünchtes Holzhaus auf hohen Stelzen, was der Hochwasserspezialistin in mir ziemlich angemessen schien. Steinplatten führten zum Haus und Holzstufen zu einer rundum laufenden, überdachten Veranda hinauf. Das Gebäude wirkte mit seinen schicken Gartenmöbeln und hohen Bogenfenstern edler, als ich es erwartet hätte, aber es war nicht besonders groß und ich fragte mich, wie dort eine ganze Großfamilie hineinpassen sollte. Ansonsten war die Gegend nämlich bis auf einen kleinen Stall unbebaut. Und wo waren das Weideland, von dem Ces gesprochen hatte, und die Kühe?

Cesare war schon abgestiegen und reichte mir nun seine Hand, um mir galanterweise von Chiimoris Rücken zu helfen, bevor wir die Pferde absattelten und zum Grasen entließen.

„Und, gefällt's dir?"

„Ja, schon?", gab ich wenig überzeugt zurück. „Wo sind denn alle?"

Er runzelte die Stirn. „Wen hättest du denn gerne noch dabei?"

„Ähm." Irgendetwas war hier faul. Ich sah ihn eindringlich

an. „Ces, wo sind wir hier?"

„Erkennst du es denn nicht? Das hier ist dein Sommerhaus."

Ich blickte zwischen dem Gebäude und Cesare hin und her.
„Mein Sommerhaus?"

„Bist du enttäuscht?"

„Nicht im geringsten." Aufgeregte Vorfreude flatterte
durch meinen Bauch. Keine Familie. Nur er und ich, ein
Holzhäuschen und ein Ruderboot. „Und wie machen wir das
jetzt? Knacken wir das Türschloss oder willst du ein Fenster
einwerfen?"

Er holte mit strafendem Blick einen Schlüssel aus seinem
Rucksack und zog mich die Stufen hinauf, bevor er aufsperr-
te. „Ich habe natürlich Atalantes Einwilligung."

Ich weigerte mich, über die Schwelle zu treten, ehe ich
wusste, was Sache war. Hatte ich mir doch gleich gedacht,
dass sie nicht nur nach ihm geschickt hatte, um Ells Erleb-
nisse neu aufzurollen. „Was hast du ihr dafür versprochen?
Cesare, was wollte die Unbeugsame von dir?"

Ces platzierte mich auf dem weißen Polster der Holly-
woodschaukel auf der Veranda und setzte sich neben mich.
„Wie ich dir bereits erzählt habe, wollte sie, dass ich ihr
berichtete, was ihrer Tochter im letzten Jahr widerfahren
war. Dabei kam ich jedoch nicht umhin, zu der einen oder
anderen Heldentat Stellung zu beziehen, die wir beide vollbracht haben. Immerhin haben wir beide Ell echt oft die Haut
gerettet. Und deshalb wollte Atalante sich ein bisschen erkenntlich zeigen."

„Quatsch."

„Doch. Das Sommerhaus gehört uns für die kommenden
zwei Monate. Die einzige Bedingung ist, dass ich dir freistel-
le, danach nach Themiskyra zurückzukehren, wenn du das
möchtest."

Ich schnaubte. Erstens musste der Mann erst noch geboren
werden, der mich daran hindern konnte, in die Amazonenstadt zurückzureiten, wenn ich das wollte. Zweitens war es
völlig undenkbar, dass ich Ces je wieder verlassen würde.

„Aber wir haben auch über meine Aufgabe im Clan geredet."

Okay, jetzt kommt's, dachte ich mit einem mulmigen Gefühl im Bauch.

„Das Problem ist, dass sie schon Louis als potenziellen Amazonenvater mehr oder weniger verloren hat. Und mein anderer Bruder, Gio, ist seinen Pflichten zwar nachgekommen, aber sein Sohn lebt nicht bei ihm, sondern bei einem Cousin zweiten Grades, weil Gios Verlobte ein bisschen … schwierig ist. Sie käme nicht so besonders gut mit ihrer Mutterrolle zurecht, weißt du."

Mir schwirrte zwar der Kopf, aber das konnte ich nachvollziehen.

„Moment mal – Gio?"

„Ja, warum?"

Irgendwo hatte ich den Namen doch schon mal gehört … Ich kam im Moment einfach nicht drauf.

Cesare fuhr fort: „Die Situation bei uns Brüdern ist also, gelinde gesagt, schwierig. Das Gute jedoch ist, dass ich echt viele Cousins zweiten Grades habe. Und ersten Grades. Und dritten Grades. Und die können meiner und Atalantes Meinung nach all das Chaos in unserem Familienzweig kompensieren."

„Aha."

„Verstehst du?"

„Ähm." Ich nickte. „Nein."

Die Abendsonne tanzte in seinen lächelnden, goldbraunen Augen. „Ich bin raus."

„Wie. Raus."

„Ich bin nicht verstoßen oder so etwas. Ich kann in Riparbaro bleiben, aber ich werde nicht mehr zu den Sommerhäusern geschickt."

Ich glaubte, ich träumte. „Ehrlich?"

„Ja."

„Ich habe dich ganz allein für mich?"

„Ja."

„Für immer und ewig?"

„Ja."

„Du hast die *Umstände* geändert!"

„Ja!" Sein Grinsen war mit jeder seiner Antworten breiter geworden.

„Und wie kommst du damit klar?" Das war ernst gemeint. Ich hatte inzwischen begriffen, dass sein ganzer Stolz, seine Identität und seine Bestimmung nun mal in dem Yashta-Ritus verwurzelt waren.

Seine Finger wanderten über meinen Wangenknochen und meine Lippen zu meinem Kinn. „Wenn ich dich habe: problemlos." Er küsste mich und schon bald stand ich von Kopf bis Fuß in Flammen.

„Was meinst du – ist es Zufall? All das? Oder ist es etwas Größeres? Du weißt schon. Etwas Magisches. Oder Schicksal?", fragte ich, als ich wieder Luft bekam. Andere mögen *ihr Lied* haben, wir hatten eben *unsere Frage*.

Er zog mich auf die Beine. „Es ist auf jeden Fall der richtige Ort für einen besonderen Moment", beschloss er und nahm mich mit ins Haus.

Die zwei Monde vergingen wie im Flug. Es waren die schönsten in meinem ganzen bisherigen Leben, selbst wenn ich alle besonderen Momente abzog, die Ces und ich in dieser Zeit hatten. Sorglos und glücklich lebten wir in den Tag hinein, in die Nacht hinein, badeten, angelten, jagten, kochten, spielten und lachten, erinnerten uns, zählten Sternschnuppen und Regentropfen.

Der Abschied von meinem Sommerhaus fiel mir entsprechend schwer, aber ich war auch voller Aufregung, was mich in Riparbaro erwarten würde.

„Nimm es dir nicht zu sehr zu Herzen, wenn sie am Anfang vielleicht ein bisschen … unfreundlich sind", hatte Ces mich vorgewarnt.

Dennoch war ich nicht auf so viel Schroffheit gefasst, als mich jetzt, kaum dass wir über die angeblich letzte von gefühlt 100 Brücken geritten waren, ein sonnenblonder, junger 'Shim mit Louis' Augen zornig musterte und dann über seine Schulter rief: „Dieser Esel hat schon wieder eine Amazone mit nach Hause gebracht."

Binnen kürzester Zeit hatte sich auf dem Weg, der zu einer kleinen bewachsenen Anhöhe hinaufführte, eine Menschentraube versammelt. Alle redeten aufgeregt durcheinander und rangen die Hände.

Ces blieb cool. „Das machen die manchmal so, wenn sie aus dem Häuschen sind. Warte einfach ab."

Schließlich sorgte ein bärtiger, bärenhafter 'Shim für Ruhe, den ich jedoch recht sympathisch fand. Es war nicht nur seine Statur, auch der Blick aus seinen tiefbraunen Augen hatte etwas … verlässlich-Bäriges. Ich war mir sicher, es handelte sich um Cesares Vater, und ich mochte ihn, auch wenn er versuchte, Respekt einflößend zu wirken.

Er nickte mir höflich zu, bevor er sich mit sorgenvoller Miene an seinen Sohn wandte: „Schön, dass du zurück bist, Ces. Aber: Du bringst uns in Teufels Küche mit deinen impulsiven Aktionen."

„Ich freue mich auch, dich – euch alle – wiederzusehen. Und, bevor du dich aufregst, lieber Vater, lass mich dir einen Brief von der Paiti geben."

Der liebe Vater riss ihm den Brief fast aus der Hand. Las dann, während er brummend hin und her spazierte. Die restlichen Familienmitglieder machten lange Hälse, versuchten erfolglos, mitzulesen, und beschieden sich dann darin, mich gespannt zu beäugen und sich dann und wann zu räuspern.

Ces drückte meine Hand, während ich seine Leute betrachtete. Zwei junge Mädchen wippten auf den Füßen auf und ab und barsten dabei fast vor Energie. „Ginger und Sian, meine Halbschwestern", raunte er mir zu. Der Blonde mit dem Dreitagebart starrte uns ablehnend entgegen, wohingegen die junge, blasse Frau neben ihm meinen direkten Blick mied. „Das sind Gio und Lilja." Eine rothaarige, rundliche Frau um die vierzig lächelte mich mit schief gelegtem Kopf an. „Theresa, meine Mama. Papa heißt mit Vornamen übrigens Peleo. Und die beiden Herrschaften dort sind meine Großeltern Priska und Ezio." Die ältere Dame musterte mich mit unverhohlener Neugierde, der schlanke, grauhaarige Mann an ihrer Seite eher mit Anerkennung.

Schließlich ließ der Vater das Papier sinken. Seine Frau schnappte sich den Brief und alle anderen versammelten sich mit ihr darum.

Peleo kam auf mich zu und gab mir die Hand. „Willkommen in Riparbaro. Entschuldige das ganze Durcheinander. Ich schätze, wir haben einfach Angst vor Atalante."

„Verstehe ich. Ihr gelingt es auch immer noch, mich zum Zittern zu bringen", gab ich zu und er schmunzelte.

Nun hatten es auch die anderen durch den Brief geschafft und ein erneuter Sturm brach los, diesmal jedoch einer der positiven Sorte. Er brauste über uns hinweg mit Umarmungen, Tätscheln und Wangenküssen, und ich dachte mir, dass ich unbedingt auch mal diese Nachricht lesen wollte, wenn sie aus skeptischen Hinterwäldlern solch herzliche Gastgeber machte. Unter großem Hallo wurden wir die Anhöhe hinauf begleitet. Ich war auf ein paar ärmliche Holzhütten gefasst gewesen, vielleicht eine Feuerstelle und ein Stallgebäude, alles ein bisschen schief, krumm und improvisiert im Stile des Arbeiterviertels in Themiskyra. Der Anblick, der sich mir nun jedoch bot, verschlug mir die Sprache.

„Schön", war alles, was ich herausbrachte.

Wie angewurzelt war ich vor dem Anwesen der Saveris stehengeblieben. Es war von hohen Linden umgeben und von wildem Wein umrankt; alles blühte und glühte in der Abendsonne. Vor einem Seitenflügel des Hauses stand eine üppig gedeckte Tafel, von der, den schief stehenden und umgeworfenen Stühlen nach zu urteilen, vermutlich alle gerade eiligst aufgesprungen waren. Gepflegte Blumenbeete rahmten die gepflasterten Wege ein, die zu weiteren Gebäuden führten. Ein Stallbursche nahm uns ehrerbietig die Pferde ab, bevor mich Ces im Gebäude herumführte. Eine Eingangshalle. Seidentapeten. Eine behagliche, dunkle Küche. Ein Fernsehzimmer mit einem riesigen Display. Ein Billardzimmer. Ein Wintergarten mit Pool. Alles vom Feinsten, aber gemütlich. Alles edel, ohne protzig zu wirken. Und alles voller bester, präapokalyptischer Ware.

Erschöpft von all den Eindrücken brachte ich hervor: „Ich dachte, ihr habt ein paar Kühe."

Wir waren im Garten angekommen und schlenderten gerade an einem Teich vorbei.

„Haben wir ja auch. Unter anderem."

„Warum haben wir dann überhaupt den Schatz gehoben?"

„War doch ein tolles Abenteuer."

„Wir wären fast gestorben!"

„Aber dadurch ist dir klar geworden, dass du mich liebst.

Das war's doch wert!"

„Das wusste ich schon zuvor. Und warum hast du mir nicht gesagt –"

„Ich hab's versucht. Aber ich fand es auch spannend, ob du dich für mich interessieren würdest, obwohl du dachtest, ich sei nur ein armer Kuhhirte."

„Hab ich. Tu ich", versicherte ich.

Wir waren einen kleinen Hügel hinaufspaziert, von dem aus wir die Auenlandschaft überblicken konnten. Die Aussicht auf die unzähligen Bäche und Flussarme, eingebettet ins saftige, wilde Grün, war atemberaubend. Der Duft des Wassers, das Gefühl auf meiner Haut … ich wusste, ich war unendlich weg von meinem ursprünglichen Zuhause am Rio Melidá, aber seitdem ich von dort weggezogen war, hatte ich mich kein einziges Mal so zu Hause gefühlt, wie in diesem Moment. Glücklich lehnte ich mich an Ces.

„So, jetzt sollten wir langsam das Zelt aufbauen. Vielleicht drüben bei der Terrasse, dann haben wir es nicht so weit zum Bad."

Ich sah nicht gerade begeistert auf. „Schon wieder Camping? Ernsthaft?"

„Meine Mutter duldet keine Unzucht unter ihrem Dach."

„Aber in ihrem Garten schon?" Ich hatte die Dame kennengelernt, sie war eine lebhafte, liebenswerte Person, eine phantastische Köchin und eine Seele von Mensch. Ich konnte mir kaum vorstellen, dass sie jetzt solche Schwierigkeiten machen würde.

„Ich hoffe." Er zuckte entschuldigend mit den Schultern.

Ich haderte. Ehrlich. Das Haus war traumhaft und eine Nacht darin klang nach der Zeit im rustikalen Sommerhaus unglaublich verlockend, selbst wenn ich sie ohne Ces verbringen musste.

Er spielte den Entrüsteten. „Musst du wirklich überlegen?"

„Na ja …"

„Pass auf. Ich habe vielleicht eine Lösung für dich. Letztes Mal hast du zwar nicht wirklich positiv reagiert, aber ich gebe nicht auf."

Ich verengte misstrauisch meine Augen.

„Heirate mich einfach."

Mir wurde ganz warm unter seinem leuchtenden Blick. Doch zuerst musste ich sichergehen: „Dann komme ich ums Zelten herum?"

„So ist es", bestätigte er.

Wooosh. Das war Pan, der sich aus dem puren Äther auf meiner Schulter materialisiert hatte und mir nun eifrig ins Ohr flüsterte.

„Wo ist der Ring?", wollte ich daraufhin wissen und verschränkte die Arme.

Nach kurzem Überlegen entschränkte Ces sie wieder und wickelte mir einen kleinen, zarten Farnwedel um den Ringfinger. „Hier. Was sagst du? Hast du Lust?"

Ich betrachtete den improvisierten Ring mit klopfendem Herzen. Sicher nicht der wertvollste, den ich je getragen hatte, aber zweifellos der schönste. Der ehrlichste. Der erste und einzige, den ich würde annehmen können. Diesmal war es ganz einfach, die richtige Antwort zu geben.

„Ja", sagte ich. „Habe ich."

Pan rollte mit den Augen und … verschwand.

Diesmal für immer.

Ende.

Für Thilo,
der Duke auf dem Gewissen hat.

Glossar

Der besondere Wortschatz meiner Amazonen basiert auf Altgriechisch und Avestisch, Sprachen, die in den Gebieten gesprochen wurden, in denen die Amazonen vermutlich ihren Ursprung hatten. Ich habe sie nach klanglichen Vorlieben abgewandelt und vermischt – Sprachwissenschaftler*innen mögen mir diese Freiheit nachsehen.

Andrakor
Randalierer, Plünderer, Marodeur, Plural: Andraket

Aspa
Pferd, Plural: Aspahet

Aspahi
Stute

Basilissa
Königin

Blütenmond
fünfter Monat im Jahr

Diadoka
Nachfolgerin (der → Paiti)

Dunkelmond
zwölfter Monat im Jahr

Eari
Frühling

Epor
schmückender Beiname, den eine Amazone erhält, sobald sie ihren ersten Feind getötet hat

Feuermond
siebter Monat im Jahr

Fliedermond
vierter Monat im Jahr

Hama
Sommer

Hiery
Amazone, die ihr Leben oder zumindest einen Teil dessen ausschließlich der Anbetung Artemis' widmet

Honigmond
achter Monat im Jahr

Jahi
unmoralische Frau, Prostituierte

Kanya
Jungfrau

Kardia
Hauptgebäude, welches die
Schlafquartiere, Aufenthalts-,
Schulungs- und Versammlungs-
räume, Speisesaal, Bibliothek,
Tempelraum, Verlies und Waf-
fenkammer beherbergt

Klarmond
erster Monat im Jahr

Lichtmond
sechster Monat im Jahr

Mashim
Mann, auch → 'Shim

Mußemond
Schaltmonat, der alle zwei bis
drei Jahre im Hochsommer
stattfindet

Nebelmond
elfter Monat im Jahr

Nerista
Händler auf dem Schwarzmarkt

Obstmond
neunter Monat im Jahr

Paiti
Anführerin

Regenmond
dritter Monat im Jahr

Safranmond
zehnter Monat im Jahr

'Shim
Mann, Plural: 'Shimet,
vgl. → Mashim

Sturmmond
zweiter Monat im Jahr

Themiskyra
Stadt der Amazonen

Triga
Herbst

Vatwaka
marodierende, plündernde Bande

Yashta
Frauen, die sich als Mütter der
nächsten Amazonengeneration
zur Verfügung stellen, Plural:
Yashti

Yazama
Sonnenfeier am längsten Tag
des Jahres

Yazaya
Lichterfest in der längsten Nacht
des Jahres

Yazeari
Fest zur Tagundnachtgleiche am
Frühlingsanfang

Yuztri
Erntefest zur Tagundnachtgleiche am Herbstanfang

Zaya
Winter

 *Danke*

Danke an meine wunderbaren, hingebungsvollen
Lektorinnen Sara, Ringel, Hildo, Sabrina, Loulou und Anna.

Danke an Christina,
meine Pferdeexpertin.

Danke an Martin,
meinen Waffenexperten.

Danke an Suzan,
meine Zielgruppenexpertin.

Danke an Thilo
für die technische Beratung.

Danke an den Master of Flames
für sein gutes Auge.

Danke an Dariush,
der Ainias Geschichte vermutlich nur gelesen hat,
weil er wusste, dass ich ihn irgendwo eingebaut habe ;)

Und:

Danke an Xt
für seinen Rat, seine Liebe und seine Geduld.

Liebe Leserin, lieber Leser!

Danke, dass du Ainia auf ihrer langen Reise zu ihrem Glück begleitet hast. Sicher hast du mehr als einmal den Kopf über die eigensinnige Amazone geschüttelt – oder hättest Ainia selbst gern geschüttelt, weil sie Dinge getan hat, die du sicher ganz anders gemacht hättest. Aber jetzt ist ja zum Glück alles gut, und wir können uns neuen Abenteuern und Büchern zuwenden!

Für den Fall, dass du von starken Mädels und Frauen, der Apokalypse und dem Verfall, sturen Clanmännern und hübschen Jungmarodeuren, schmetterlingstanzender Verliebtheit und herzzerreißendem Drama nicht genug hast: Auf den nächsten Seiten findest du Informationen zu meiner Themiskyra-Reihe, in der Ell die Hauptrolle spielt, sowie zu dem Tagebuch-Roman *Finger weg!*, der aus Pollys Sicht geschildert ist.

Wenn dir *Ainias Heimkehr* gefallen hat, freue ich mich über deine positive Rezension bei Amazon und LovelyBooks. Für unabhängige Autorinnen wie mich sind Bewertungen unglaublich wertvoll. Lob, Kritik und Anmerkungen kannst du natürlich auch auf Facebook, Instagram, Twitter etc. oder einfach per E-Mail loswerden: info@dani-aquitaine.de. Ich freue mich über jede Rückmeldung! Informationen über meine Bücher und geplante Projekte findest du auch auf meiner Website www.dani-aquitaine.de.

In naher Zukunft ist die Erde nicht mehr so, wie wir sie kennen. Der Weltvorrat an Öl ist endgültig versiegt, die zivilisierte Gesellschaft daran zerbrochen und der Verfall allgegenwärtig.

Plündernde Banden ziehen umher, während der Rest der Bevölkerung versucht, sich mit Schwarzhandel und Eigenversorgung irgendwie über Wasser zu halten.

Auch die 16-jährige Ell und ihr Vater haben sich mit der postapokalyptischen Welt arrangiert. Als dieser jedoch bei einem Raubüberfall ermordet wird, muss Ell ihr altes Leben hinter sich lassen und begibt sich alleine auf eine Reise ins Ungewisse. Worauf sie dabei zufällig trifft, ist eine Parallelgesellschaft, die unbemerkt schon seit Menschengedenken existiert: Die Amazonen. Eins mit der Natur, kämpferisch und frei – die Frauen von Themiskyra führen ein ganz anderes Leben, als Ell es bisher kannte.

Gerade, als Ell hofft, in der Stadt der Amazonen einen Platz für sich gefunden zu haben, läuft ihr Louis über den Weg – vielleicht ihre große Liebe, wäre da nicht seine unerklärliche Feindseligkeit und die klitzekleine Tatsache, dass sich Amazonen niemals verlieben …

Die mitreißende Liebesgeschichte vor postapokalyptischer Kulisse umfasst die drei Bände *Themiskyra: Die Begegnung*, *Themiskyra: Das Versprechen* und *Themiskyra: Die Suche*.

Du möchtest wissen, was Polly Ainia verschweigt?
Hier erfährst Du mehr:

Finger weg! Pollys Aufzeichnungen

„Zwei Dinge, über die nicht diskutiert werden muss: Erstens: Amazonen schreiben kein Tagebuch. Und zweitens: Amazonen verlieben sich nicht. Nein, drei Dinge – eins fehlt noch: Ell ist eine Verräterin. Und weil sie mich in dieses ganze Chaos reingezogen hat und ich im Gegensatz zu ihr zu meinem Wort stehe, sind meine Lippen versiegelt, was den ganzen Bockmist anbelangt, der in den letzten Tagen passiert ist.

Das hier ist kein Tagebuch. Nur ein paar zerfledderte, fleckige Malpapiere, denen ich nie die Gunst einer Zeichnung zukommen lassen werde und die eher früher als später im Kaminfeuer des Atriums landen werden, denn, bei Artemis, ich werde sie niemals wieder lesen, um mich zu erinnern. Ich schreibe nur, um zu vergessen. Anders kann ich die Erinnerung nicht vertreiben. Denn sprechen kann ich mit niemandem …"

Polly ist eine Amazone mit Leib und Seele – und sie hat es nicht leicht: Nicht nur, dass ihre uneinsichtige Schwester ihr das Leben schwer macht, weil sie es mit den Regeln der Amazonengemeinschaft Themiskyra nicht so genau nimmt, wird Polly zu allem Überfluss auch noch von Plünderern verschleppt und muss sich mit dem jungen Marodeur Mato herumschlagen – und der Tatsache, dass sich der Typ in sie verliebt hat. Was an sich kein Problem wäre, wenn sie es nur schaffte, ihn zu töten. Doch genau das bringt sie nicht übers Herz …

Mitreißend, hinreißend, herzzerreißend meldet sich Ells Schwester Polly mit ihrer tragischen Liebesgeschichte zu Wort. Chronologisch neben *Themiskyra – Das Versprechen (Band 2)* angesiedelt, ist der Tagebuchroman *Finger weg!* von den anderen Teilen der Reihe unabhängig und bietet somit auch Neulingen einen spannenden Einstieg in die Welt der Amazonen von Themiskyra.

Viel Spaß beim Lesen,

Dani Aquitaine

Das schreiben Leser*innen über
Finger weg! Pollys Aufzeichnungen:

„Ich habe laut gelacht, geseufzt und geweint – denn es wird wirklich dramatisch. Sehr! Ganz doll! Aber das müsst ihr selbst lesen. Dani Aquitaine schreibt mitreißend und lustig und doch kann man in ihren Geschichten auch immer eine tiefere Ebene entdecken. Leseempfehlung für große und kleine Amazonen." (Virginie Storm)

„Super geschrieben, wie man es von den Themiskyra-Romanen gewohnt ist." (Amazon-Kunde)

„Die Sicht der Geschehnisse aus Pollys Blickwinkel rundet die ganze Geschichte perfekt ab, ist spannend und ansprechend geschrieben sowie schlüssig und nachvollziehbar." (Baucis)

Dani Aquitaine wurde in München geboren, ging dort zur Schule und studierte Marketing-Kommunikation. Schon im Alter von acht Jahren tippte sie auf einer alten grünen Reise-Schreibmaschine ihre ersten Geschichten. Heute schreibt sie am liebsten auf ihrem Balkon am grünen Stadtrand von München, in den Hügeln der Toskana oder auf langen Zugfahrten irgendwo dazwischen. Neben dem Schreiben als unabhängige Autorin arbeitet sie als Graphik-Designerin, trainiert Bogenschießen und spielt E-Bass und Klavier. Auf www.dani-aquitaine.de freut sie sich über Deinen Besuch!

Zeitfracht Medien GmbH
Ferdinand-Jühlke-Straße 7
99095 Erfurt, Deutschland
produktsicherheit@kolibri360.de